U0839567

散生的花草

SAN SHENG DE HUA CAO

刘单◎作品

大众文艺出版社

目录

"我没钱，我真没钱。"我眼泪汪汪带着哭腔，因为我知道，男人最受不了的就是女人可怜巴巴的眼泪，以前跟管东在一起我就老爱使这招，只要我一用微红盛满泪水的小眼圈对着管东，他再暴跳如雷也会立刻服服帖帖了。

第一章　动物凶猛

月朗星稀、风高夜黑的某一晚，我和蔡大军戴好口罩、翻过院墙，我们的手悄悄伸向了李教授家的菜园子……

事情还得从一周前说起。

一周前，我收完摊儿回家打开电脑准备收菜，瞥蔡大军的菜地，粉嘟嘟的桃子让我垂涎三尺，我已经好久没吃桃子了。我一边瞄他那只长毛苏格拉牧羊犬的走向，一边迅速地摘取。18 块地，21 个桃子，被长毛狗咬了一次，成绩还算不错，我沾沾自喜。

蔡大军的头像亮了，一条信息发了过来：你偷得挺爽?

我回复：还行吧，别那么小抠。

蔡人军：吃了吗?

我回复：吃了，你呢?

蔡大军：还没，我请你，咱出去吃。

我回复：你看看表，这都半夜了。

蔡大军：半夜怎么了，10 分钟后，老地方见。

还没等我回复，蔡大军的头像就灰了。我又跟 QQ 里的两个不知道是谁的人互种了杂草放了小虫，得了 100 多经验，这才磨磨蹭蹭关了电脑出了门。

初秋的北京是我最喜欢的时节，尤其是深夜，一个人走在街边，看零落的楼房，呼吸微凉的空气，没有眼泪，没有失望，同样的也没有希望，只有失落，指尖的那么一点儿，刺进心里。

蔡大军穿着皱巴巴的米黄夹克和蓝色裤子，双手插兜站在路灯下。那路灯距离我租来的小瓦房 300 米，距离他租的小平房 500 米。这个数据绝对准确可靠，是我用脚亲自量过的。平时到了傍晚时分，以这个路灯为基准，沿着街道向两边延伸开来，就是我和蔡大军练摊的地方，蔡大军卖的是既可以当刀又可以去土豆皮，而刀体与鞘结合是一把老虎钳，刀鞘配上专用皮筋，又是一把弹弓的神奇刀具。那刀具我用过，削土豆皮还不如直接用牙啃来得痛快，还有，刀变了弹弓连只蚂蚁都打不死。

我卖的东西比他高雅多了，我卖的都是艺术品，比如不用浇水就可以开出小花的种子，比如手工的刺绣，再比如一些碟片，不过，你千万不要误会，我从不卖色情光盘，我只卖那些把当红明星印制的一个个就跟小妖精似的音乐碟，至于版权问题嘛，我说了你也不明白。

假如我和蔡大军摆摊的这一片儿只有我们俩，那我俩现在不是李嘉诚，也该是买个小别墅专门养狼狗的款爷和款姐。每天我和蔡大军摆摊吆喝就跟打仗似的，下午 4 点，小商贩们蜂拥而至，大家为了抢占地盘拼的你死我活。蔡大军还好，他卖的都是残次品，所以得打一鸟枪换一地方，我就不同了，我得以质取胜，牢固在某一地站稳脚跟，我还得树立品牌威信呢。

而我和蔡大军就是在一次“战争”中认识的。

那天，我摆摊整一个月，蔡大军刚好打游击到这里，那时的他还不卖破刀具，他跟我一样卖盗版碟。同行是冤家，我俩一相遇立刻电闪雷鸣火光四射，我迅速对眼前这个身高 170CM 左右，平头、上身黄夹克、下身蓝布裤子、脚蹬黑色军板鞋的男人做了估量，在确定我的智商肯定略胜他一筹后，我率先发起了进攻。

“刚来这里的啊？以前怎么没见过你呢？”

“小丫头，我来这里的时候，你还在家喝奶呢。”他反客为主。

“哇，这么说你今年都快 100 岁了吧？赶上小乌龟了，长得年轻，真没看出来。”

蔡大军没搭腔，他拿起一张光碟吆喝起来：“5 块钱您买不了吃亏、也买不了上当，李宇春 2008 北京演唱会珍藏版、限量版统统在这里！走过路过不要错过喽！瞧一瞧看一看啦！”

附近的中学校门正往外涌人，看看表，5 点整，他们放学的时间到了，两个短发小姑娘手挽手朝我们走来，我恍然大悟，居然被那只老油条抢占了先机！我赶紧拿起自己的一张光碟也吆喝起来，“瞧一瞧，Michael Jackson 最新单曲新鲜出炉喽。”

姜还是老的辣，蔡大军上前拦住两个小姑娘的去路：“两位小妹妹，李宇春的最新专辑，不买没关系，看看吧？”

那俩小姑娘的眼睛一亮，其中一个接过光碟，原本红扑扑的小脸却立刻沉了下来，蔡大军只顾卖命介绍，根本没注意这俩小姑娘的表情细节变化。穿粉色衣服的小姑娘眼眉一挑，声色俱厉:“你居然敢卖我家春春的盗版碟?”

另一个过于激动了，指着光碟封面上的照片，嘴唇微白，颤抖着说:“你看看，你看看，你把我们家春春弄成什么样了?”

我也很好奇，伸脖子去瞅，哇哇哇，好端端一个李宇春穿着绿色小花袄，还被涂了腮红和红指甲，印刷不过关，眼睛是重影的，嘴巴也多了一个在脸颊上，蔡大军你惨啦!

那两个小粉丝一个抠住蔡大军的手，一个跷起脚扯他的衣领子，两人手脚并用，又踢又挠，“走，你卖盗版碟，跟我们去警察局。”

“为什么现在乐坛不景气，都是你们这些没人性的卖盗版卖的。”小姑娘知道的还挺多。

见大事不妙，我故作镇定地将自己摊儿上的几张“李宇春”悄悄塞进兜子，动物凶猛哇!

蔡大军被两个小姑娘拉扯的东倒西歪，嘴里告饶:“哎呦呦，别抠我的手……两位小妹妹，算我求你们啦，我不卖了还不行吗?我以后绝对不卖了。哎呦呦，你别揪我耳朵啊……其实，其实吧，我也特喜欢你们李宇春，不喜欢我能卖她的碟嘛，你看，我就没卖周笔笔的，但是，但是啊，我老了，老人家脑袋不好使，脑袋不好使喜欢的方法不对，我改，我绝对改，我向你们保证，我发誓!”

蔡大军一边告饶一边瞅我的摊儿，那样子好像在说，你还看什么热闹?赶紧跑得了。那俩小姑娘也不傻，自然明白蔡大军的意思，她俩揪着蔡大军来翻我的摊儿。多亏我早有准备，我的摊上没有李宇春，没有李宇春，哼哼哈嘿，哼哼哈嘿!

也赶巧了，偏在这时，城管也来凑热闹，真是屋漏偏逢连阴雨，哇哇。

小贩们一溜烟儿的卷铺盖，连背带抱，连扛带拽，一时间，袜子、小白菜、小胡萝卜、小背心，还有不知是谁掉了的鞋，原本平静的夜市，顷刻就像遭了打劫一般，纵横交错、狼藉一片，所有的人都狼狈不堪，但大家心中的信念是一样的:抱着自己吃饭的家伙，跑!

我当然也不例外，当看见不远处有人推着小三轮车狂奔，我就知道是城管来了。摆摊一个月，遭了两次城管:一次成功逃脱，另一次片甲不留，手里仅抓着一块盖影碟的布跑回了家。所以这次，我不能再全军覆没了，再丢得一张不剩，我下个月就没法儿活了。

我把歌碟一股脑儿的倒进早就准备好的大兜子，拎起来就跑，不料兜子带儿被旁边还在跟那两个小姑娘告饶的蔡大军给踩住了，我推他的脚，冲他大喊："你踩着我兜子了，快把你的脚拿开！"

蔡大军的脚挪了挪，我使劲拽，他又把脚放下了，我急了，站起来就推蔡大军，于是，本来是蔡大军与两个小姑娘纠缠不清的局面不知怎的一下子就变成了我们 4 个的你推我搡，在你推我搡中，3 个城管站在了我们面前……

我垂头丧气地被领进了附近的派出所，理由是占道经营和出售非法光碟，要交 500 元的罚款才可以出去。蔡大军没我这般哭丧着脸，他好像是派出所的常客，此刻正一脸谄媚地跟警察们套近乎呢。由于都交不出钱，警察留我们两个在拘留室里反省，我愤愤地瞪蔡大军："都怨你，要不是你踩了我兜子，我早跑了。"

"怨我？我早就给你使颜色要你走，你不走怨谁。"

"使眼色？得了吧，装什么好人，你那是想转嫁两个小姑娘的怒气。"

"我转嫁怒气？你把我蔡大军当什么人了？真是狗咬吕洞宾。"

"你才是狗。"

"是啊是啊，我就是狗，狗有狗道，"蔡大军耸耸肩，"反正这一片我熟悉得很，一会儿我有招儿出去，你自己就跟这儿蹲着吧。"

蔡大军转到墙角抽烟去了。

被他这么一挤兑，我立刻心生一计。你跟这片很熟是吧？你跟警察认识是吧？姐姐我就怕你跟他们不熟跟他们不认识呢。那个什么蔡大军，对不住了。我这个人就是这样，欺负我的人我必定要以牙还牙以眼还眼。我喊来警察，蔡大军听说我要交罚金，坐在墙根朝我轻蔑地笑。

笑吧笑吧，一会儿有你哭的时候。

罚金我只交了 300，剩下的 200 嘛，我跟警察叔叔说，我跟里面那个蔡大军是一起的，现在兜里没那么多钱，我先交 300 然后回家做饭，剩下的 200 加上蔡大军的 500，一会儿有朋友来交，顺便接蔡大军出去。

警察上下打量我，"好好一个姑娘，别跟那个蔡大军混，他一天不务正业，就会摆地摊能有什么出息。"

我装出一副心悦诚服的样子，头点的跟小鸡啄米似的，"嗯嗯，警察同志说的对，我回去真要好好考虑了。"

出了警察局，我撒丫子跑开了，我就不信那蔡大军能找到我的住处，堵在我门口问我要那 200 块钱？

事实却是，蔡大军真的找到了我！

有一天我出屋倒垃圾时猛然就看见了在巷子口转悠的蔡大军，同时，他也发现了我，我丢飞垃圾桶就跑，蔡大军在后面紧追不舍，口里喊着：你给我站住！还我200块钱！

我俩就像是狮子遇到了小羚羊，一个惊恐地拼死保命，一个底气十足的在后猛追。我终究没跑过蔡大军这头疯狮子，被堵在了一个小胡同的尽头，周围是两米多高的院墙，翻墙而逃对我来说是不可能完成的任务。

蔡大军得意地笑，伸手向我走来，“200块钱！”

“什么200块钱？”我装疯卖傻。

“少装，派出所里的200块钱！”

“你别过来，再过来我喊非礼了。”

“哈哈——”蔡大军掐腰站住，“你以为这是香港，我这儿跟你拍电影呢？”

“我没钱，我真没钱。”我眼泪汪汪带着哭腔，因为我知道，男人最受不了的就是女人可怜巴巴的眼泪，以前跟管东在一起我就老爱使这招，只要我一用微红盛满泪水的小眼圈对着管东，他再暴跳如雷也会立刻服服帖帖了。

蔡大军他要是个男的，我就准吃定他了。

果然，蔡大军的语气软了，“你干吗？哭穷？”

“我没哭穷，真的，你看——”我翻裤兜和衣兜，“你看，我就只有这100多块了，我还得活呢，不信我带你到我家去翻，我真没钱，有钱我也不会去摆地摊，你再看我穿的，10块钱从旧货市场买的，我像有钱人吗？”

我说的是实话，交了300块的罚金，又被没收了那么多歌碟，我受了内伤，一连几天都没出我那还不到20平米的小砖房，我窝在家里唉声叹息，数着兜里仅剩的180块钱琢磨余下的日子要怎么活。

“你没钱，那我也没钱，我也得活，那你说那200块钱怎么办？”

“我现在也不知道，我还剩100多块，这几天我正琢磨能进点儿啥货，挣了钱就还你。”我低下头声音弱弱的，心里却有另一个自己在贼笑。

“你——”蔡大军恨得牙根直痒痒，但他是男的，我是女的，所以他只能无可奈何的干瞪眼，这让我想起了小时候我最爱说的一句话：干气猴儿，买糖球……

“要不，咱俩合伙吧？”我抬起头。

“你说什么？”

“我说咱俩合伙进点儿什么再去摆摊吧，反正你也没钱，我也没钱，合在一起说不定还能赚大钱。”

“开什么玩笑。”蔡大军甩甩膀子走了。

不过当然，他又回来找我了，他敲我的房门说，出来，咱俩合伙。

我就这样和蔡大军合了伙，其实那时他不比我好多少，他的钱和我的钱加起来刚好差两块整500。合伙之后并没有像我说的那样赚来大钱，但起码生活有了保障，而且我每周都可以吃一次香肠炒鸡蛋啦，在这一点上，我得感谢蔡大军，如果不是他，真不知道会不会在N天之后，我的尸首瘪着肚子干挺挺地躺在床上，而我的死亡通知单变成一纸文书飞回家乡，我的爸妈捧着那张宣告我此生消失于世界的文书，哭的天崩地裂、千肠百转。

他们会哭吧？

管东大概也会红着眼圈站在我面前，他一定不会哭，他会看着我嘲弄地笑笑，他会在心里说，早就告诉你了，北京那地方不是你可以去的，你还不听，这回知道错了吧。

或许，我现在应该简单的跟你说说管东这个人。

妈妈曾跟我说过，对，是妈妈说的，她说，一个女孩子一生最重要的是——婚姻。她还拿自己作例子来教育我，她说她当年就是因为被我爸爸的花言巧语给骗了，没听父母的话，一时误入歧途，才嫁给了爸爸这个“窝囊废”。因为这样，她现在只能住60平的房子，只能骑自行车去上班，只能在商场里买打折的衣服，只能每天为着柴米油盐算来算去。

而他指的那个窝囊废，我的爸爸，是一名炼钢工人。我一直对妈妈的话持怀疑态度，因为在我眼里，爸爸是一个不善表达的人，我宁可相信青蛙可以长了翅膀飞上天，也绝不会相信爸爸的嘴里会吐出如花蕊般盛开的巧语。相比之下，我更愿意接受这样的事实：当年的爸爸遭了妈妈的勾引，一失足就成了千古恨。

爸爸的性格与他的职业完全不符，很难有人相信爸爸是那种面对汹涌澎湃的铁水而面不改色心不跳的人。爸爸是一个温和的人，在妈妈整日的喋喋不休中，他仿佛失去了语言功能，总是笑，笑起来憨厚，像只小熊。

所以当我和妈妈的乘龙快婿，这个叫管东的男子闹分手时，我的妈妈，这个体态发福的老太太终于找到了发挥她语言天赋的地方，她像个说客，终日游走于我和管东之间。而我的爸爸却只会在家里没人时，有一搭没一搭地跟我谈管东。

我和管东分手的原因在外人看来过于小题大做了，我想去北京，而他不想，这就是原因。妈妈的游说和爸爸假装的淡然不见效果，我和管东的分手终成事实。

老太太在我们分手后的一日清晨从被窝里将我揪出，她穿着翠绿色的开衫，用红色毛巾盘住额头，睡意蒙眬的我一睁眼，以为昨夜电玩里的忍者神龟现世了，惊恐的直抽搐。老太太抓住我的手按在她的额头上，“颜花花，你妈我感冒了，不是普通病毒，是SARS！SARS！你看着办吧。”

其实妈妈早已跟时代脱钩了，她不知道，现在已经不流行 SARS 了，现在流行的是：中性美与不结婚。

我把老太太送进医院，爸爸给她送鸡汤的时候悄悄问我：这又是演的哪出？

医院里，老太太拽住管东的衣袖，哭天抹泪，一遍遍数落我的不是，一次次叫他勤考虑多思量三思四思五六思之后再行动。

管东躲进他的小本田里给正在买车票的我打电话，“你妈妈正在医院里闹，你不管她了？”

“你多余去看她。”

“不管怎么样，我总得送点儿补品表示一下。”

“你别管了，等她祸害完我爸那几个月的工资心情就舒畅了。”

“要不，咱俩别分了。”

“那你跟我去北京吗？”

“还是分吧。”

当得知我辞了管东不算，还要南下，大闹北京城，去做时髦的“北漂”一族，这个一连换了 3 个主治医生都没能看好病的老太太居然神奇般的康复了。她跳下病床，飞奔回家，堵住门口，踢我的行李箱，撕我的衣服，扯我的头发对我又掐又拧。

那样子真的不是我的亲妈。

不过，这一切都没能阻挡我南去的决心，因为我知道，此刻对我来说最重要的事情是：寻找。

我只剩车票在手冲出家门，老太太在 10 层楼的阳台上飙海豚音：颜花花，你要是走了这辈子就别想再回这个家！

你的心真狠，管东送我去火车站的时候说。

管东不但送我去火车站，还给我买来了新的行李箱，连内衣都给我备好了。要不是我现在必须去北京，我真的很想很想嫁给他。

你要是回来我还等你，管东送我上车时留下这样一句话，目光坦然而笃定。但是在我离开沈阳不到一年的时间，他就跟他的同班同学——一个叫陆欣的女孩子结婚了。

得知管东结婚的消息，我连着一个星期没出门，素面朝天的蜗居在租来的小平房里终日煮面吃。我吃面不是因为我很难过，是因为 3 个月内连续 3 次丢掉工作让我元气大伤。

在遍地铺着枯黄落叶的京城，我吐着寒气裹紧大衣坐在街边，那天我终于明白：我在茫茫人海中的找寻是无果的，而在找寻的过程中，我大概错过了人生最美丽的东西。如果你认为那只是爱情，那你就太肤浅了，或许，我也丢失了宝贵的亲情。

可是失去的就是失去了，叹息与悔意不但徒劳，还会让人产生绝望。绝望这东西是最要不得的，它会钻进你的心，扎进你的肺，吃了你的肝，腐蚀你的胃。所以，我宁愿一辈子都在找寻，也不愿那一丝一毫的绝望在我的身体里存留。

我看着蔡大军的眼睛，那是像蒙了一层哀怨的眼睛，我一定感受到了什么，或许可以用同病相怜这个词来形容，我们都是有故事的人，而他的故事一定比我的繁琐而冗长。

第二章　那白菜练过千斤坠

我朝路灯一溜儿小跑，“干吗？这么晚出来还有什么可吃的？”

蔡大军像变戏法似的从兜里掏出两罐啤酒、一袋香肠，还有一个大号的鸡米花，“给你。”他说。

“你不会是想跟我借钱吧？”我接过鸡米花。

蔡大军撇撇嘴，在马路边上坐下来，我吃着鸡米花凑到他跟前又问了一遍：“你不会是想跟我借钱吧？跟你说，我可没钱。”

“快喝吧。”蔡大军又递给我一罐啤酒。

“不会是想灌醉我，然后硬抢吧？”我塞了满嘴鸡米花，用油花花的手接过啤酒，“嗯，真好吃，真好吃。”

“嘿嘿——”蔡大军笑嘻嘻地撕开香肠，“咱们今天也奢侈一回，你好久没吃肉了吧？”

“让我想想啊——”我掐着手指算起来，“大概——一个月零 4 天，对，一个月零 4 天。”

“你少吃肉好，免得长胖。”

我喝了一口啤酒，“我倒想胖得像猪，然后天天可以吃肉。”

“你为什么来北京？”蔡大军问。

“不知道。”我将最后一块鸡米花吃进肚里，“你呢？”

“我啊，不告诉你。”蔡大军把他还剩下一半的香肠全都塞进嘴里。

我看着蔡大军的眼睛，那是像蒙了一层哀怨的眼睛，我一定感受到了什么，或许可以用同病相怜这个词来形容，我们都是有故事的人，而他的故事一定比我的繁琐而冗长。

“不会为了女人吧？不能啊，你没身高没长相还没钱，谁会看上你呢。”我摸摸圆滚滚的肚子，故意用夸张的语调，想将刚刚突然涌出来的感伤氛围驱走。

“我们去偷菜吧？”蔡大军起身将空啤酒罐狠狠踢向马路对面，一只草丛里酣睡的野猫中了招，嚎叫一声逃开了。

“啊？”蔡大军的思维转换太快，我没明白他的意思，“偷什么菜，你的桃子明天才熟。”

蔡大军奸邪地笑笑，“不是电脑里的，是现实的，咱们去感受一下。”

“真菜？上哪儿去偷？”

“新街口那边有个学校，里面的家属区里有人种菜，白菜、辣椒、大葱都有。”

“那有没有桃子？我好久没吃桃子了。”我像被点燃的爆竹，兴奋地直搓手。

“我还想吃椰子呢，去不去？”

“去！当然去！不过要怎么去？”我摩拳擦掌、跃跃欲试。

从我们这里到新街口那边，就算开车也得半个小时，何况我们俩一穷二白，属于坐公交逮到机会都会逃票的穷光蛋呢。

“骑自行车，我驮你。”

在凌晨00：08分这个乌漆麻黑的深夜，一个身高173CM，体重恐怕不会超过110斤的陕西小男人居然说要骑着自行车驮着我从城东奔到城西，而我们的目的更为惊艳，居然是要将网络变为现实，为的就是去偷别人地里的几棵大白菜。

我没听错吧？

“走吧，自行车我都准备好了，快上来，再磨蹭一会儿天亮了。”蔡大军从身后的花坛里推出自行车，一跃骑了上去。

我蹿上后车座，虽说惊诧但是蔡大军的“偷菜行动”的确让我血液沸腾了。

“看看，这就是你不吃肉的好处，瘦巴巴的，我驮起来还没那些刀具沉。”蔡大军一边蹬自行车一边回头跟我说。

我就这样坐在蔡大军的后车座上，任前面的蔡大军将车轮蹬得嗡嗡直响，遇到上坡，他会弓起腰像只受了惊吓的猫，车速也随之减慢，这时的蔡大军会说，不行啊，你还得减肥，这重量不行啊。我会用双手拍着他的背，借着打出的节奏，迎着扑面而来的风高喊：加油，蔡大军！蔡大军，加油！

深夜的街道有的只是疾驰而过的小汽车，风灌进我的肚子，我被呛得咳咳直咳，但夹杂在这咳声中的却是止不住的笑声，加油，蔡大军！蔡大军，加油！

1个小时48分，我们终于到了蔡大军说的学校，一所高校。周围黑漆漆静悄悄，风吹得树叶哗啦哗啦，蔡大军推着车喘着粗气，我看不清他脸上有没有汗，但光听那喘气声就知道他累得不行。我倒是惬意得很，伸手胡乱去摸蔡大军的脸，嘴里说着：淌汗没？别乱动，我看你长没长汗腺。

蔡大军已经没有力气跟我耍贫了，他只好吓唬我说，你还闹，这么黑的天，你不怕来坏人啊？我掐掐他的脸蛋，不怕，你已经跑不动了，我跑得比你快。

“嘘——”蔡大军突然停住了。

“怎么了？”我立刻拽着蔡大军的胳膊，小声地问。

微风吹来，我打了一个寒战，蔡大军没吱声。

“怎么了？”我再次小心翼翼地问。

“哈哈哈哈哈哈！”

蔡大军这爆笑来得太突然了，我惊叫一声甩开他的胳膊握紧拳头猛回身往后跳，然后找了个自认为安全的地方蹲下来摆出格斗的架势观察黑漆漆的夜，蔡大军又没声了。

“蔡大军你干吗？”我怯怯地问。

没人回答。

“你再不说话我走了。”

蔡大军好像消失了。

“蔡大军，我不跟你闹了，你干什么呢？你怎么不说话啊？”

“蔡大军，你走了？”

“蔡大军，我错了。”

……

“哈哈哈，怕了吧？我逗你玩呢。”蔡大军终于开口讲话了。

我长吐了一口气，绷紧的神经松弛下来，我甩了甩摆格斗架势已经酸掉的手，浑身瘫软地跟蔡大军说：“蔡大军，真有你的。”

“哈哈，你被吓坏的样子可真逗。”自行车轮旋转起来，世界又恢复了运转。

“真是的，吓唬我算什么能耐。”我像刚刚经历了一场战争，惯用的暴力手段此刻歇菜了。

“好啦好啦，不吓唬你了，我们要进入状态，向我们的白菜和大葱进军！”

说话间一堵两米左右的墙挡住了我们的去路，蔡大军停好自行车，之后递给我一个口罩。

“戴口罩翻墙进去？”

“当然，我们是去偷，一切总得像那么回事嘛。”

“口罩什么颜色的?”我边戴边问。

“白的。怎么样，准备好了吗?好了你先踩我肩膀上去。”

“白色我喜欢，准备好了，朕允许你趴下给我垫脚了。”

我踩着蔡大军的肩头，费了九牛二虎之力才爬上墙头，可墙头那边不见一丝光亮，我根本不敢往下跳，只好撅着屁股双膝跪在上面等蔡大军。蔡大军往后退了几步，站定，之后向墙跑过来，他的一只脚蹬住墙做支点，身体猛向上一蹿，双手顺势扣住了墙头，随后轻轻松松骑在了上面。

“真笨，有什么不敢跳的呢?”蔡大军晃荡着双腿嘲笑我。

“我怎么知道下面有什么?万一全是碎玻璃呢。”

“让你跳你就跳，这个学校我以前常来，总从这个墙翻进去。”蔡大军一迈腿，嗵的一声跳下去了，声音从下面传来，“快跳，我接着你。”

我眼一闭，“嗵”的一声也跳了。

“李教授家的菜园子就在前面，快跟我走。”蔡大军拉起我手。

我俩猫着腰，嗖嗖地走，像极了电视里那些闯入皇宫盗取玉玺的武林高手。

“到了。”

蔡大军用手电筒照前方，我的眼前是几尺见方的小菜园，里面圆墩墩的东西一个接一个，活像蹲了一个又一个胖娃娃。

“这是白菜?怎么不太绿啊?”

“一会儿拿到家借着灯光看就绿了，快，相中哪个就往出拔，给你刀。”

我沿着菜园边儿走了一圈，挑了一棵看上去最大的，双手抓住菜干儿，使劲往出拔，那白菜像练过千斤坠，一动没动，我拿蔡大军给我的刀开始刨它四周的土，觉得土松的差不多，又伸手去拔，这回白菜动了动。我见了曙光，像一只勤劳的硕鼠，不断地掘土，边挖还边傻呵呵的乐，这比电脑里的菜园子有感觉多了。而那棵练过千斤坠的大白菜终于在我的不懈挖掘下被拔了出来。

“虽然比电脑里的费事，但感觉就是不一样，哈哈。”我摸着额头的汗对已经挖出两棵大白菜的蔡大军说。

“小点儿声，一会儿校警过来抓你。快过来，这边还有大葱，拿几棵回去炒鸡蛋。”

挖到双手发软我们才收手，战利品为：5 棵白菜，一堆葱。看着这些战利品，我和蔡大军犯了难，只有一台自行车，路途又那么远，如何将这些东西统统拿回去呢?思量再三，我们决定只带走 3 棵白菜和一些葱。

为了证明我和蔡大军是侠盗，我还决定把剩下的两棵白菜和葱找坑重新栽回去，蔡大军不乐意，他说，下次不能这么贪心了，这还得往回栽，名声倒是有了，可是挨累的是自己啊。

翻墙出去的时候我报了之前蔡大军不说话装死人吓唬我的一箭之仇。

蔡大军先翻墙出去，然后在墙外面接我。我抱起一棵白菜站在墙这头，我说，蔡大军，我把这些菜给你扔过去啦，你接好了。说完，我运足气力，拿白菜当石头，狠狠地冲墙那头的蔡大军丢过去。

如我所料，蔡大军“哎呀”一声，白菜砸了他的脑袋。

“你怎么了?”我假惺惺。

“你轻点儿，白菜砸我脑袋了。”

“哦，知道了，这回你看着点儿。”

又一棵白菜弹抛了过去……

“哎哟！颜花，你是不是故意的！”

“不会吧？又砸到你了？对不起对不起对不起……”

“颜花，你再这样我丢下你自己走了，反正我有两棵白菜了。”

“不要啊，蔡大军你怎么这样，我又不是故意的，我根本看不到你。”

“好了好了，快把剩下的东西都丢过来，然后你快出来。”

“好嘞，这次你站远点儿，免得又说我是故意的。”

我抛第3棵白菜时已经在墙这面笑到胃部抽筋了。

回去的路上，我坐在后车座上怀里抱着两棵白菜，前车筐里放着另外一棵白菜还有葱。蔡大军蹬起自行车比来时费劲多了，弓着的腰就没直过。

凌晨4点我们到的家，极度的疲惫让最初的兴奋烟消云散，我丢下白菜直扑到床上，蔡大军咕咚咕咚喝下整整一杯水，一抹嘴说，走了，你睡觉吧。

第二天的阳光晃我的眼睛，我本能扭脸躲避，地上阳光里的白菜上一只绿得晶莹剔透的大青虫悠闲地扭来扭去，我仿佛看见了它雪白光亮的尖尖牙正咔嚓咔嚓地啃我的大白菜。我拍拍身上的棉被，尘埃洋洋洒洒在阳光中，这个容纳了我一年之久的小房子，它充满阳光和白菜的清香，那一刻，我似乎突然理解了幸福：一种无欲无求的满足感。

经历了昨晚的“癫狂”，如今睡醒一觉，面对空荡荡的肚囊，我深刻体会到了温饱问题的重要性，所以——我现在要对昨晚的战利品下黑手啦，就像那只大青虫那样。

端起饭碗，蔡大军来敲门，他像狗一样闻来闻去，说，呦，白菜这么快就下锅了?我还以为你得当艺术品供起来呢！不行，既然你都下手了，剩下的这两棵归我了。

这白菜下到面条里味道还不错，于是我摇摇头，不行，白菜给你一棵，那些大葱都归你，你不是要炒鸡蛋吗?

颜花你不会占便宜占到我头上了吧? 蔡大军抱起白菜要走，我紧随其后去抢，他这人怎么能这么小抠?

你昨晚吃的鸡米花还是我买的呢，拿两棵白菜你也来抢。蔡大军又在地上划拉起几棵大葱抓在手里，剩下的都归你了，很公平。

蔡大军! 你以后别来找我! 我对蔡大军远去的背影握拳怒吼。

一棵白菜我坚持吃了一个星期，省下不少菜钱，吃光之后我又想起自己还私藏了一些，那是类似花儿的紫色植物，我偷偷挖的，挖完之后就揣兜里了，没告诉蔡大军，既然他那么小抠，我当然要独吞啦。种在菜园子里，总该会是吃的吧? 揪下一点儿放在嘴里，涩的，我呸呸吐了几口。按照它的相貌特征去网上查，居然是——鲁冰花! 我想起来了小时候那部电影里唱的："夜夜想起妈妈的话啊，泪光闪闪的鲁冰花……"

的确，我有点儿想家了，还有那爸爸妈妈。

管东因为我而留了下来，但却没有因为我而跟我一同离开。我不怨他，因为我知道，他一定也是个有故事的人，只需一眼，我就懂得。

第三章　只需一眼　我就懂得

我比一般的女孩子晚熟。

在别的女孩子看见心仪的男生早就懂得该扭捏着面红耳赤心跳不止时我却连穿内衣的习惯都还没有，我整日剃着五号头，穿松垮的裤子、大的背心，嘴里咬着冰棍，呼啦呼啦跟着那帮男同学在操场上踢足球。那时我的梦想是成为一名足球运动员，为此，我的班主任几次三番找我的父母谈话，每次都是我那个好脾气的爸爸替我在班主任面前点头哈腰称赞老师说的对，女孩子踢什么足球呢，女孩子就该文文静静的学学画画书法什么的。

即使这样，初中时班里居然会传出我和某位男孩子关系异常，我那时当着全班的面用手狠狠砸了班级的门，我还在体育课上给了那个始作俑者一拳，我清清楚楚地记得那个男生既惊诧又胆怯的用手摸着脸一声不吭地走开了。后来，一个平时关系还算不错的女生替一个男生交给我一封情书，我第二天就跟那女生鄙夷地说，就他？他也算帅？我知道那女生必定会将这话传给那封情书的作者，果然，此后那男生见了我总是忿忿的眼神。

高中时，一个男生跟在我身后，我们都推着自行车，那个男生一遍一遍在我身后跟我重复：要怎么跟你说呢，要我怎么说呢？我当然明白他要跟我说什么，无非就是我喜欢你，我们在一起吧。我站定，扭头，眼神带着轻视、嘴角拥着不屑，说，你想说什么？

那男生逃也似的骑上车跑掉了。

“我不是喜欢足球，我就是喜欢奔跑的感觉，我想把那个恶魔甩掉。”一次，我对刚跟班主任谈完话领我回家的爸爸这样说。

爸爸宽大的手掌裹住我的冰冷的手，我永远都搞不懂为什么我的手还有我的脚一年四季永远是冰凉的，爸爸说他能明白，他指着天空里掠过的飞鸟对我说，我小时候，也总想着能像鸟一样飞。

“我会突然想哭，好像所有的亲人都离开我了。”

我试图跟他说深藏在我的内心的感受，那是一种与生俱来的恐惧。偶尔，当我冰凉的手无意碰到我的肚皮，心就会仿佛纠住一般，一股令人绝望的冰冷就会顺着我的五脏六腑齐聚心脏。这个时候，我会双手合十，默念阿弥陀佛，我说求你快离开求你快离开。除此之外，我不知道还有什么办法能将这个藏在我身体里的恶魔赶走。

我在成长，我发现恶魔也在悄然成长着，它强大到我什么都不需要触碰，那恐惧也会自找上门。

“我不知道为什么老是这样。”

我用了“这样”一个词汇，因为我搞不懂“这样”到底包含着什么，我说不好，我连自己的感受都表达不好。

爸爸蹲下身来，他替我裹了裹衣服，又替我拍掉了屁股上的泥土，那是下午踢球摔倒时弄脏的。

“没有人会离开你，颜花，你过于敏感了。”爸爸笑着说。

是的，我敏感且懦弱，我需要用强大的假象来武装自己。

我之前说过，我比一般的女孩子晚熟，晚熟并不代表着不熟，所以当别人的男朋友换了一茬又一茬，我终于也情窦初开了，初恋来的太突然，大三的时候，那个叫做管东的人走进了我的世界，一切那么美好。

管东比我大一届，所以我们相恋时他其实已经快要毕业，那是最不被看好的爱情，他们都说那是最后的疯狂，是最没有结果的爱情。同寝的姐妹还笃定的跟我说那个管东肯定就是耐不住寂寞跟你玩玩，一毕业一拍两散，他当然不会有什么损失，可颜花，你呢?

但管东跟我说他不是玩玩，他是真喜欢我，他说我跟其他女孩子不同，他从我的眼里看不到物欲横流的世界。管东跟我说这话的那天下着小雨，我们只有一把雨伞，所以我们离得很近，他顺理成章地牵住了我的手，到了寝室的拐角处，他又顺理成章的吻住了我。

我很庆幸，我用两年的时间把我所有的单纯和青春都献给了一个叫管东的人，我的初恋。

我相信管东说的一切都是真的，他毕业之后为了我留了下来，在一家钢铁公司上班，就是爸爸工作的那家，那是国有企业，管东用了一年的时间就当上了部门主管，他还到处托关系要把即将毕业的我也弄进那里，这也是闹分手时，我妈那个老太太最耿耿于怀的事情。老太太说，颜花，你究竟为什么要走?那是国企，千八百人排队等着去的地方!

管东因为我而留了下来，但却没有因为我而跟我一同离开。我不怨他，因为我知道，他一定也是个有故事的人，只需一眼，我就懂得。

平静变成躁动，它们以破竹之势噬食我的肉体，最后变成铁定的理智：我要走，我必须要找到当年那个将我遗弃的人。

第四章　佯装的平静终于穿破我的心

又是一个精疲力竭的星期天，蔡大军半夜送我回家，他从兜里掏出一张纸，神秘兮兮地说，你别摆摊了，去应聘助理吧。我瞄了一眼那不知道他从哪里淘来的皱巴巴的B5纸，说了句，神经病吧你？赶紧回家睡觉去。

我关门赶人，蔡大军抵住门不走，他挤进屋，将纸拿到我眼前，我真的觉得这个适合你，你看看。

这么好的事儿你怎么不去？我打来水准备洗脸。蔡大军挡住脸盆，人家要女的，不然我早去了，还能轮到你？我揶揄他，现在科技这么发达，你咔嚓一下不就得了？蔡大军满脸通红，我特意花了一块钱给你打印出来的，浪费我的感情也别浪费我的钱，赶紧看吧，你不看我不走。

你爱走不走，我用毛巾擦了擦手，索性脏兮兮的就往床上躺。

那我给你念，蔡大军真念了起来："由于业务发展需要，青橘子娱乐公司现面向社会招聘助理1名，要求，女性，全国统招本科以上学历，体貌端正……"

青橘子？我还烂苹果呢！

蔡大军，我谢谢你的好意了，可是我现在真的要睡觉了，我头疼。蔡大军搬过椅子坐在我身边，语重心长地说，颜花，你一个女孩子，总不能摆一辈子地摊儿，你去试试，说不定就行了。

我从床上起来，揪起自己的头发给蔡大军看，你看看，我的头发是枯黄的。我将脸凑到蔡大军眼皮底下，你看看，我的毛孔有多粗。我又在蔡大军面前转了三圈，你再看看，从上到下，我哪一点儿像个明星助理？

蔡大军继续开导我，就好像我要是当成了明星助理，他就能成明星似的，蔡大军说，颜花，如果你长得跟明星似的，那就显不出那些真明星的漂亮了，去吧，明天早上我来找你，我陪你去，好不好？

我真是败给他了，蔡大军这个人婆妈起来，真的比女人还女人，我只能认输，我说，好吧好吧，为了你那一块钱的打印费，我答应你了，可以睡觉了吧？

当然，你睡吧，我回去了。

自打08年来到北京，一年多的时间，我经历了数以千计的应聘，也受到了各种各样的挫败，最后我才明白，是那种叫做天性的东西俘虏了我，就像有位作家说的：人生来有着类似倾向性的东西，不管喜欢还是不喜欢，都无法逃避与摆脱，这就是天性。

我本就不是个能与人相处得很好的人，我总是怕失去，我固执地认为只要不曾拥有就谈不上任何失去。所以，记忆里，我总爱一个人抱着肩膀沿着墙根走路，而把我丢进喧嚣的人群就等于把一只青蛙丢进汪洋大海，虽然不至于丢了性命，但却也只能终身漫无目标地游走，不得靠岸。

蔡大军走后，我做了一个奇怪的梦，我梦见自己变成了一只小蚂蚁，在忙忙碌碌的间歇，我看见自己抱着干粮，眼望苍茫的大地，我发现梦里的自己眼睛里有憧憬，梦里的自己想象着，也许会有那么一天，我的找寻终有结果，我会以一头傲气十足的食蚁兽的模样站在他们面前，我要他们为当年的行为忏悔。

我说的“他们”是指我的亲生父母，你猜对了，我是个被人遗弃的孩子，把我养大的笑起来温和的爸爸和一天到晚唠叨不止的妈妈并不是亲生的爸妈，但他们给我的，却是亲生的待遇。亲生到在我25岁之前，从不对此产生任何怀疑。如果不是因为有一天我起夜去厕所偷听到他们的谈话，我想我这一辈子都会快乐而幸福的生活在这样一个不富足有争吵但却时刻充满爱的家庭里。

我想象不出亲生父母抛弃我的原因，在我知道了自己的身世之后，我去过孤儿院，见了许多孤儿，那里面的孩子不是瘸子就是兔唇，或者精神有问题，可我不是，我完完整整、健健康康，所以我想不明白，但我却明白了为什么我总是手脚冰凉，为什么那个恶魔总是在缠着我，因为我是一个被人遗弃的孩子，注定了残缺。

我要去找寻答案。

我的手里只有一张在家里箱子底翻出来的字条，那是当年他们捡我时包在我衣服里面的，上面的字迹清秀看不出一丝慌乱与愧疚：如果哪位好心人捡到这个孩子，请把她送去孤儿院，谢谢你们了。

正是他们这种平静与不慌乱激怒了我，让我选择了寻找。他们做错事，凭什么可以心安理得？他们一定在遗弃我之前演练过很多次，该把我什么时间放到什么地点，他们一定都算计好了。在我的爸妈捡起我的时候，他们也一定在不远的角落里窥视、观察，最后一走了之。

而这张字条是我唯一的线索，我还从偷听到的谈话中得知我的遗弃地点是在北京的火车站，所以我要去北京，哪怕无疾而终。

一张纸条、一个地点，必定是无疾而终。

但是我无法控制自己，没有人能理解这样的感受，得知真相的当晚我并不相信这是真的，我只在心里说了句，这么晚不睡觉还开玩笑玩儿，之后就钻进被窝安静的睡去。可是第二天第三天……一个月过去之后，那种佯装的平静终于穿破我的心，我坐立难安，几次想要开口求证，但每次话到嘴边都被我咽了回去。但体内的恶魔，那种恐惧与孤立感让我相信那晚我听到的并非玩笑。

平静变成躁动，它们以破竹之势噬食我的肉体，最后变成铁定的理智：我要走，我必须要找到当年那个将我遗弃的人。

如果我跟爸妈说我要弃你们而去，去北京找我的亲生父母，我想不光他们会伤心难过，连我自己也接受不了我的这种白眼狼行径。所以我不说，我只说我想要北漂，我想要自由。

我爱我的爸妈，我愿用我的一生去报答他们的养育之恩，但在这之前，我必须得找到我的亲生父母，狠狠扇他们一人一个耳光，然后走掉，就像他们当年那样的决绝。

1元
招聘

我胆怯了我害怕了，面对那些个穿戴讲究的竞争对手还有屋里面那个干练的女白领，我抬不起头，我觉得无论从哪方面来讲我都不该来，要不是为了你蔡大军的那一块钱，我根本就不会来！

第五章　为了你的一块钱

第二天早上6点，蔡大军就站在门口喊：颜花，快起来，你忘了今天要去应聘了？快起来！咱们得倒好几趟公车，你快点起来，收拾收拾……

我狂抓自己的头发，将床上的抱枕用力砸在地上，蔡大军依旧在门外不依不饶，我住的地方周围都是些标准的60后，他们的优点就是始终贯彻着早起早睡的大政方针，所以这个时间，那些爱哼京剧、满嘴京腔、走路晃着膀子的老爷子们准拎着油条往家里走呢，他们一定瞅见了蔡大军，他们更一定是会指指点点的。

于是我恶狠狠地起床，就像跟自己有仇，推开门，我更加恶狠地拉进蔡大军，我说，你别嚷嚷了，我这就穿衣服跟你走。

倒了两次地铁、3趟公交，9点才到青橘子娱乐公司，面试地点在11楼，蔡大军陪我上到11层就不走了，他说，颜花，你自己进去吧，我在这儿等你，没问题的，你能行。

我一个人进了面试大厅，进去之后完全傻眼，10点面试，这才9点，就已经有30多号人在等了，最让我接受不了的是这帮人个个长发飘逸、脸蛋细致、身材匀称，脚上踩的高跟鞋更是五颜六色，这让我眼花缭乱的瞠目结舌。

再看自己，短发、白色的大号棉衣，牛仔裤的屁股上还坏了一个窟窿，是前几天搬东西时不小心刮的，还好不大，大号的棉衣下摆正好能将它遮住。唯一值得安慰的是脚上那双白色球鞋，一尘不染，这是我多年的习惯，不管多忙多落魄，鞋就像我的脸，可以不华丽昂贵，但必须干净。

我当然明白面试要穿得有模有样成功的几率才大一些，但这大冷天的，她们露的比穿得多，也不怕冻着？

9点半，有人来发面试申请表，就是填填姓名、毕业院校、工作经历这类的表格。

要说眼前的这些小姑娘耍性格飙性感那肯定比我强，但是细节工作她们就做得不如我了，当我从包里掏出从不离身的圆珠笔，那些满脸羞红跟工作人员讨笔不成的小姑娘们就像灰太狼看见了喜洋洋，个个目露期盼而贪婪的目光。我旁边站着的那个小姑娘动作最快，她跟我说了句先借我使使我写得快，我的笔就迅速到了她手里，之后一传十十传百，笔再也没回到我手里。

但是，我说过了，我这个人注重细节嘛，我找了个角落，又从兜里掏出第二根笔，安安心心地填起表格来。你要是经历过蹲在茅坑里爽痛快了一摸兜却没有纸的痛苦就该明白有备无患以及多备几份的意义，能预备双份的东西我绝不预备单份，这是我来北京一年多学到的最实用的经验。所以，你在我身上的各个口袋还有我的小背兜里总能翻出双份的东西，譬如面巾纸啦、笔啦、记事的小本子啦，还有零钱，在我穷得没剩下几分钱的时候，我从不绝望，因为我知道，我的某个衣兜里一定有我之前备份的小零钱在里面笑嘻嘻地等我。

大伙都填完表格，我满屋子找我那根笔，一根笔一块钱呢，最后终于在一个羽绒服配超短裙的女生脚下找到了，那女生看我低头捡笔，笑了一下，声音里我听着全是鄙夷。

这样隔了差不多半个小时，本来我以为是一面玻璃墙的地方突然亮了灯，大家都被吓了一跳，原来这大厅里还套着小单间呢。亮了灯的单间里面摆着一排桌椅，后面却只坐着一个30多岁的女子。

她开始挨个叫名字进去面试，透过这个大玻璃窗，只能看见应试者的后脑勺和那女子的表情变化，听不见声音。

这玻璃的隔音效果还真不错，我趁那女子低头看桌上的面试表时，偷偷伸手在玻璃上敲了敲。

轮到我了。

我本想脱去外面的棉大衣，只穿里面的T恤衫，这样会显得正式一些，不过想到自己屁股上的窟窿，只好作罢。

“你好，请坐。”那女子颔首一笑。

我规规矩矩地坐下，心里却莫名地烦起来，我承认，之前的那些失败经历让我露怯了，尤其是面对这么一个精明干练的女白领。

“我看了你的资料，你学经济学的，为什么却来应聘明星助理?”女子问。

“你们的招聘启事上也没要求专业，学经济学的怎么不可以来呢?”我回答。

“我刚注意到，你在外面填表格的时候带了两根笔，为什么？你弯腰捡笔的时候在

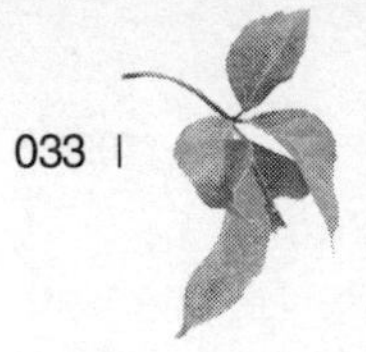

想什么?"

老天，刚刚我们一群大傻冒儿在外面做了什么、说了什么，难道全被这藏在小单间的女子看在了眼里?

"有备无患，带两根笔是我的习惯。至于低头捡笔，那是我的笔，我当然要拿走。"

女子笑了一下，"关于我们公司旗下的明星，如果你应聘成功，最想做谁的助理?"

"这个我不挑，听组织安排。" 我人云亦云地回答。

之所以人云亦云，是我根本就不知道他们公司都有哪些艺人，我早就过了追星的年纪，而且也好久不看电视了，现在市面上谁最火，除了李宇春，我还真就不知道还该有谁。

"晨晨呢，你觉得他是怎么样一个人?"

"晨晨——" 我拖长声音，迅速在脑子里搜索这个人，搜索失败，我自认倒霉，"其实——说实话，我不怎么看电视，不太了解这些明星。"

"不是源于喜爱吗? 能做明星的助理，接触明星的生活，或许还可以进而实现你们的明星梦，这不是你们现在年轻人很感兴趣的事情吗?" 她又问。

"对于一个连温饱都解决不了的北漂来说，重要的是给自己物质上的保障吧。" 我回答。

"好的，谢谢你来面试，等我们的消息吧，录取了会通知你。"

有人带着我从后门出去，为了省 3 毛钱的电话费，我出了后门绕了一圈又来到前门，蹬蹬蹬上了 11 层去找蔡大军。蔡大军手里夹着没点的烟站在窗前望风景，见了从电梯里出来的我大吃一惊。

你不会临阵脱逃了吧? 蔡大军问。

为了你那一块钱，怎么可能，我面试完了，特意回来找你的。我说。

蔡大军在电梯里小心翼翼地观察我的脸色，半晌，才问，怎么样? 顺利吗?

你说呢? 我反问蔡大军。蔡大军没说话，他等待着我的下文。我叹了一口气说，首先我穿的不入流，其次我根本就不了解明星那些事儿，当然，你可以说这都是借口，那让我告诉你最真实的情况吧，我胆怯了我害怕了，面对那些个穿戴讲究的竞争对手还有屋里面那个干练的女白领，我抬不起头，我觉得无论从哪方面来讲我都不该来，要不是为了你蔡大军的那一块钱，我根本就不会来!

我落下蔡大军急匆匆地走，我回头冲跟在后面的他张牙舞爪地喊。蔡大军追上来，他抓住我说，坐车吧，难道你要走回去? 我甩开蔡大军，是啊，我就想走回去，我们干吗不走回去? 我们没钱，我们是地摊儿族!

“你别这样，不就是一次失败吗？没什么了不起的。”蔡大军劝我。

“你干吗看起来比我还要失望?”我停下来问蔡大军，“你不想跟我合伙了？我知道了，你一定是不想跟我合伙了，你觉得自己干可以挣得更多，所以想甩开我，是不是?”

“颜花，你怎么可以这样想我？我，我就是想你一个女孩子不可能摆一辈子地摊，你应该有更好的发展。”蔡大军红着脸跟我解释。

“那你说话怎么磕巴了？你干吗不敢看我的眼睛说这些？别狡辩了，要分就分吧，用不着找一个假装关心我的理由然后将我一脚踢开。”

我继续头也不回地往前走，蔡大军仍旧在后面追，他说，颜花，你走错方向了，咱们的家不在这边，你快回来。

我满肚子火，哪听得见蔡大军说什么，只顾猛劲儿往前走，只感觉越走越热，抬头看天，北京秋天的太阳还挺毒辣，我脱去外套拿在手里。这时蔡大军又追了上来，他拿过我的衣服往我身上披，说，别闹了，快穿上吧，被人看见多不好，你屁股都露出来了。

我窘在原地，又气又恼又好笑，索性一屁股在马路牙上坐下来，这样就没人看得到我的屁股了吧?

“不要闹了好不好，我错了，我请你吃饭，你的裤子我也替你补，这样还不行吗?”蔡大军无可奈何了。

“你真帮我补裤子?”

“嗯，我给你补裤子，我还请你吃肯德基，起来跟我走吧，这样闹下去，天黑咱们都回不了家。”

我立刻起身拍拍屁股跟着蔡大军，“这可是你说的，请我吃肯德基，给我补裤子，到时候别反悔。”

“不反悔，我怎么敢反悔，你要是一天不欺负我，我都活不起了。”

“嘿嘿——”怨气烟消云散，我耀武扬威地跟着蔡大军迈向了肯德基……

面对暗送秋波或者明赠飞吻的众多女孩，颜草的另一面渐露头角，他开始了拈花惹草的岁月，也让我深刻体会了“暴风雨来临前必将是宁静的夜”这一说法绝对靠谱。我的生活为此陷入了为颜草收拾烂摊子的巨大漩涡，每隔数日，我总要跟在形形色色的女孩身后堆笑脸赔不是，我还要用我本就不多的零用钱买饰品和洋娃娃往她们怀里塞。这时的颜草，却打着口哨，怀搂另一个女孩招摇过市了。

第六章　亲亲抱抱也能生孩子吗

我真怀疑蔡大军是不是做过女人。

他给我补的裤子不但手工精细，上面居然还缝了一朵红色的小花儿。我瞪大眼睛表示我的诧异，蔡大军得意洋洋地问，怎么样，我厉害吧?

“你是不是做过女人?”我说出了自己的怀疑。

“这得感谢生活，它打造了今天的我，快给你穿上吧。”

我将屁股对着镜子照那只花，笃定地说：“你一定做过女人。”

“面试都问什么了?”蔡大军突然问。

“没问什么，就问我了不了解他们公司旗下的明星，还提了一个什么晨晨的，我听都没听过。”我还在研究屁股上的那朵花，并为之惊叹。

“晨晨你都不知道?”

“你知道?”

“知道，唱歌的嘛。”蔡大军低头收拾针线，“就拿着吉他唱‘请你告诉我，这世界究竟有多大’的那个，你可真是落伍了，还不如我呢。”

蔡大军说完似乎不过瘾，又在我的电脑上查那个晨晨的资料给我看，“你看嘛，就这个人，长得跟我比还差点儿。”

我抢过鼠标，“别动我电脑，我的菜马上熟了。”

这时，QQ 上的颜草给我发了一条信息：颜花，我过几天去北京找你。

颜草的一句话让我刚喝到嘴里的水喷了蔡大军一身，蔡大军抹着脸嚷嚷，你干什么啊? 我挤开蔡大军赶紧给颜草回信息：你可别来，我最近忙死了，没时间招待你。颜草说：没关系，花花我想你了，我必须得去。我回复：别来，千万别来。颜草不说话了，他不说话并不代表他在思考要如何说服我，他那是在告诉我，这事儿就这么定了，再多说也没用。

这就是我的弟弟颜草，从我俩的名字上你就能看出，一花一草，他当了我25年如假包换的亲弟弟。当年也不知道我妈怎么想的，生了个这么难缠的弟弟给我。我这个弟弟颜草，无论在什么场合，他从不喊我姐，总是花花花花的乱叫，就像在喊一只猫。小的时候我也曾对爸妈给我起的这个名字表示过不满，你说好好一个姓，偏偏配了个植物名，了解我家底细的还好，不知道的指不定会误以为我是哪个风流女生下来准备继承衣钵的后备力量呢。

不过后来，当我的弟弟从我妈肚里蹦跶出来，我爸用颜体郑重在报纸上写下一个“草”字，我就再也不抱怨了，我可怜的颜草，你的名字怎么听怎么都不像是文明用语。

爸妈的寓意是，他们的孩子要像花草一样顽强，要像毛主席教导的那样洒脱：“不管风吹浪打，胜似闲庭信步。”

而渐渐长大的颜草倒是还给我们的名字添了新的寓意：校草与拈花惹草。

颜草从我记事开始就在朝着校草的方向努力生长着，三四岁的时候，爸妈领我俩出去遛弯，邻居们对颜草的小脸蛋总是爱不释手：呦呦，瞅瞅这孩子长得活像个瓷娃娃。上了小学，人们通常会指着跟我手牵手一起放学的颜草说，快看那孩子，长得多像电影里的小明星。

同样都是人，长相上却有如此大的偏差，我自然心有不甘，报复的方法就是：放学趁爸妈还没下班揪住丢下书包要出去耍的颜草，无论他如何哭喊、如何撕扯，我最后总能顺利的将他的脑袋按进水盆里又洗又搓，洗完之后我给他换上干净的衣服，会对着眼泪汪汪不停抽鼻子的颜草和颜悦色地说，看你那脖子黑的都像车轴了，怎么能不讲卫生呢。

到了初中，颜草像野草一样疯长，好像忽的一下，他就已经有了1.80的身高，而我却永远定格在了1.60。还好之后的几年他也没再长，要不然，我一定会拿锤子砸他的脑袋，把他砸扁。

高中的颜草不再出去疯玩，他突然安静了，也不知从哪里弄来一把旧吉他，整日浅吟低唱着齐秦的歌：“外面的世界多精彩，外面的世界多无奈”，“你也不必牵强再说爱我，反正我的灵魂已片片凋落……”

面对暗送秋波或者明赠飞吻的众多女孩，颜草的另一面崭露头角，他开始了拈花惹草的岁月，也让我深刻体会了“暴风雨来临前必将是宁静的夜”这一说法绝对靠谱。我的生活为此陷入了为颜草收拾烂摊子的巨大漩涡，每隔数日，我总要跟在形形色色的女孩身后堆笑脸赔不是，我还要用我本就不多的零用钱买饰品和洋娃娃往她们怀里塞。这时的颜草，却打着口哨，怀搂另一个女孩招摇过市了。

大学，我大呼清静生活终于来了，没想到好日子只过了一年他就随之而来，让人大跌眼镜的选了计算机专业。大学里颜草频频登台，惹得台下那些小女生激动不已。最离谱的一件事发生在大二，一天，一个女孩子哭哭啼啼跑来找我说她有了，我弄了半天才明白她不是有了理想感想和随想而是有了颜草的孩子。安抚好那女孩，我跌跌撞撞去寻颜草，这个家伙正在寝室悠闲的画五线谱，见我到来，他眨眨眼说，花花，我写了一首歌，你要听吗？我说你还唱什么歌，人家都有了，你等着唱给你的孩子听吧。颜草挠挠头，一脸无辜地说，花花，亲亲抱抱也能生孩子吗？

事情的结果是，颜草誓死不承认那孩子是他的，我陪那女孩去医院打掉了孩子，医院的处置单上写的我的名字，我还把一年的学费外加生活费和我给别人补课挣的小费统统给了那女孩作为补偿。

事后颜草不但不领情，还一脸气愤拍着桌子说我不相信他，他看起来很伤心，一个月都没搭理我。不过看到我此后日日啃馒头，还得东跑西颠的挣钱补学费，颜草总算良心发现，收敛了许多。

这就是我的弟弟颜草，在我决定北漂之时却意外地跟爸妈保持一致投了我反对票的人。

如今，他毕业了，他又来了。

应聘成功这个事儿就好像是天上掉了星星正好砸碎了我的碗，我辗转反侧一宿没睡好，迷迷糊糊中还梦见自己和颜草放学一起回家，到了楼门口他先进去，我跟在后面，突然从身后猛上来一个人一刀就抹了我的脖子，我连呼喊声都没来得及发出就死了。死了的我看见颜草蹲在我的尸体旁，他变回了小时候瓷娃娃的模样，满脸鼻涕，摇着我的肩膀喊：“花花花花，你别死”，凄惨得像死了心爱的猫。

第七章 天上掉了星星砸了我的碗

我正在跟一个大妈就我地摊儿上的口罩讨价还价，电话的振铃让我泛起嘀咕，不会是颜草告诉我他已站在我家门口了吧？再一看电话号，果然是他！我头皮发麻，表情僵硬，似乎有一道闪电破天而降，不偏不倚射穿了我的脑壳，我抹抹顺脸淌下来的血水，其实是汗水，一个声音带着绝对的邪恶：花花，我在火车上，明早就到，好好款待我哦。

大妈一个劲儿问我口罩两块钱卖不卖，该死的电话又响了，在接电话的间歇，那大妈不知怎的，丢给我3块钱，之后拿着口罩舞动她的小脚颤颤巍巍地逃了，后来我估摸着一定是我铁青的脸吓坏了她。

这次是个女的，她说，您好，颜花吗？我们是青橘子娱乐公司，恭喜您应聘成功，明天9点来公司报到，可以吗？

哦？好的。

我站那儿攥着大妈给我的钱想了半天，很懵。又卖了几样东西，才回过神来，不会吧？要给明星去当助理了？

跟蔡大军说当助理的事儿，他反倒没有惊讶，蔡大军说，颜花这下你可走狗屎运了，做了助理，说不定以后也能混进娱乐圈呢。蔡大军见我不怎么欢快，又说，怎么？你不高兴？不乐意去？

我不是不高兴也不是不乐意去，而是觉得这一切来得太突然，这不像摆摊，虽然辛苦，但每一分都是我的辛苦换来的，踏实。

瞧瞧，我那还怕失去又有点儿神经质的天性又来了。

应聘成功这个事儿就好像是天上掉了星星正好砸碎了我的碗，我辗转反侧一宿没睡好，迷迷糊糊中还梦见自己和颜草放学一起回家，到了楼门口他先进去，我跟在后面，突然从身后猛上来一个人一刀就抹了我的脖子，我连呼喊声都没来得及发出就死了。死了的我看见颜草蹲在我的尸体旁，他变回了小时候瓷娃娃的模样，满脸鼻涕，摇着我的肩膀喊："花花花花，你别死"，凄惨得像死了心爱的猫。

早晨的北京雾气蒙蒙，空气中悬浮着粉尘，让人不敢呼吸，这绝对称不上一个好天气。我来到蔡大军的住处，他正好蹲在门外刷牙，我皱着眉，昨晚颜草凄惨的哭声弄得我心情很糟，我问蔡大军有没有时间去车站帮我把弟弟接回来，在工作和小魔头一样的弟弟之间，我肯定是会选工作的，除非我脑袋进水了。

蔡大军满嘴泡沫瞪大眼睛疑惑地说，你弟弟？你不是要去公司报到，你什么弟弟？我解释说，我有一个弟弟，亲弟弟，今天早上到北京，你什么都不用做，只需要去车站把他接回来丢进我家就行。蔡大军用脖子上的毛巾擦擦嘴，问我要了颜草的电话号，他还说你就放心去公司报到吧，我一定照顾好你弟弟。

那样子，就像我弟弟是几岁的小孩子。

上次面试的11层，电梯口有工作人员等我，她把我领进办公室，里面坐着的还是那个精干女子。

"坐吧。"她冲我招手，"先自我介绍一下，我叫管西，经纪人，如果你加入我们公司，我就是你的上司。"

"我记得你的名字，面试的时候你说过。"我笑笑。

她也笑了，"这是合约，你先看看，没有问题在最后一页上签字就好。"

管西不再说话，她用手按着太阳穴，从桌上的小瓶里拿出一粒白色药片吃了，我瞥了一眼那药瓶，是阿司匹林。

合约虽然被我翻得哗啦哗啦，但实际上，除了封页上的公司名儿，其他的我一个字儿都看不进去。我在心里默念释迦摩尼阿童木达芬奇的名字，企图安定自己焦躁的心。之后低头集中精神，再次定眼看合约，无非就是一般的用工合同，福利待遇职责什么的，勉强从头到尾翻了一遍，掏出笔，签了。

管西递了一杯茶到我面前："说几点给你做借鉴的东西吧，助理是跑来跑去的活儿，所以不必穿得那么妖娆，高跟鞋更是要不得，在这一点上你很符合。"管西停了一下，又说："以后跟你合作的明星叫晨晨，不要试图跟明星有更多私下的交往，如果势头不对，我们会随时终止合同，这点你能不能明白?"

"能明白，那为什么不请男助理?"

管西又笑了，是那种慈爱的笑，"现在不是很流行同性，如果传出那样的绯闻对晨晨来说更糟糕，还有什么疑问吗?"

"我以后要做晨晨的助理?"我问。

"是的，上次你回去之后有查他的资料吗?"

“哦，查了，弹吉他唱歌的那个嘛。”

“你的第一个优点是细心，这是做助理必备的，你要细致地照顾好晨晨。第二优点是不狂热，这在很大程度上减少了晨晨私生活外泄的可能。第三就是你的外表风格符合助理的要求，希望你以后可以发挥这些优势。”

“谢谢你。”

“一会儿出去到工作人员那儿领一份培训的日程安排，跟你同期的还有几名助理，将会有更为详致的培训等着你们。”

出门领了培训日程已是中午，我在楼外用力呼进一大口空气，想想觉得好笑，无论在心里还是身体上，我还是不能接受自己就要做明星助理的事实，就像一个良家妇女不能接受自己献身青楼一个样儿。

日程上写的培训时间从明天开始，地点就在青橘子公司，为期15天。

回到家，蔡大军和颜草一人一个小板凳坐在屋子里，就像天平的两端。他俩的嘴角各带一块淤青，见我回来，颜草扬起脸，他拧着眉毛，眼睛里有愤怒有倔强有委屈似乎还有点儿依恋，说不好那是怎么样的一种眼神，而蔡大军则说了句“你弟弟我给你带回来了”，抬腿就走人了。

俩人不会是在火车站遇着劫匪了吧？

我想起自己到北京的那一天。

那天也是这样阴沉沉的天气，我一个人拎着管东买给我的行李包下了火车，呼进的第一口气是凝重的。我来到候车大厅，找一个靠窗的位置坐下，想象着自己当年被抛弃时的样子：深夜12点，静悄悄的候车室里，一个被裹在襁褓里的婴儿，她孤零零的躺在座位上，脸蛋被冻得红扑扑，喉咙里发出响亮的哭声。

他们来了，爸爸先抱起了她，然后妈妈凑过来，两人焦急地环顾四周，却找不到孩子的父母。火车马上要开了，谢天谢地，警务室里的值班警察偏巧不在，于是他们决定：先带上她回家！

一定是她太可爱了，他们决定把她留下，一个简单的决定，一个伟大的决定，就此决定了她的命运，而她的眼睛里，因此幸运地缺少了孤儿的芥蒂与恶毒。

那天从候车室里出来，我又一个人在车站前的广场上走了很久，我在寻找那两个罪人可以藏身的地方，我甚至为他们设计了一条从候车大厅出来逃离的最佳路线。黄昏的阳光照射在我坐着的栏杆上，栏杆不干寂寞，在地上投射出自己的影子来做伴。

路过一个保安，他用陕北腔害怕似的低声跟我说，你别来来回回的走了，小偷盯上你了。

我回头，目光与几个贼眉鼠眼的人相对，内心立刻惊恐起来，我一路小跑钻进路边的一辆出租车，司机透过反光镜观察我的脸，问我去哪里。

是啊，我要去哪里呢?

从哪里来要到哪里去，这是哲人该思考的问题，我不是哲人，却庸人自扰般去思考，思考的结果就是我在火车站附近醒目或是不醒目的地方贴了许多张寻人启事，上面写着我想象出来的遗弃细节和我的电话号码，寻人启事被人撕去一茬又一茬，给我打来电话的人也形形色色，有警察有民工有白领也有寻找特殊服务的，他们谁都不能阻止我，就像再大的鲨鱼也无法阻止飞鸟的翱翔一样。

“花花——”颜草叫了一声。

我回过神来，伸手去摸颜草的嘴角，“你和蔡大军不会是遇着抢劫的了吧?”

颜草别过脑袋躲开我的手，满脸愤怒地问:“他是谁?”

“谁? 你说蔡大军?”

“花花!”颜草大喊，“你就跟那种人混这种鬼地方?”

我不明白颜草为什么会生气，我以为我俩见了面他肯定会像块狗皮膏药似的黏住我，然后央求我陪他去街上溜达看美女。这或许跟他的新发型有关? 记忆中的颜草从没剪过板寸，现在留了板寸的他看上去呆头呆脑像个愣头青，怪不得脾气见了长，肯定是没了头发火气蹿出来没了遮拦。

“不住鬼地方难道住天堂? 天堂是死人呆的地方，我可不想去。”我扯过颜草，像在菜里找肉似的翻他的嘴皮，颜草挣扎着像只待宰的小猪崽儿嗷嗷直叫。

还好，伤的不严重，只是淤青。

“花花，你弄疼我了。”颜草气鼓鼓。

“你怎么就不能让人省心呢? 刚来就跟人打架?”

“花花，跟我回家吧。”颜草突然柔软的像随风摇摆的草。

“我才不回去，在北京多好，祖国的心脏，又大又蓬勃的心脏!”我摆出爱死了这心脏的姿态。

“花花，”颜草摇晃我的手，“回家吧，跟我回家吧。”

我眉毛一挑，“你干吗? 不会是又弄烂摊子要我跟你回去收拾吧?”

“不是的，花花，你到底要不要回家?”颜草瘪瘪嘴。

“不回，我喜欢北京这个怦怦怦怦跳跃的心脏!”

“那好吧，花花，我现在毕业了，我也跟你一样，来北漂。”

“啥? 北漂? 你的意思是你这次来了就不走了?”

“当然啦。”颜草躺到床上舒展四肢，“花花，你太让我失望了，我还以为我来了就能跟你住洋房开小车呢。”

我无语，人家北漂他也北漂，漂就漂还非要漂到我这儿来。我干脆转身出门去找蔡大军，颜草在后面突然说："颜花，我想你了，你想我了么？"

"颜草，你来的时候脑袋肯定让火车门给挤了。"我回了这么一句。

蔡大军正在家揉嘴角，他伤得比颜草严重，嘴角不但青了还流了血。

"你们到底怎么弄的？在火车站遇到小偷了？"我用毛巾裹了鸡蛋替蔡大军按摩。

"你怎么不去问你弟弟，"蔡大军顿了一下，"他真是你亲弟弟？"

"他叫颜草我叫颜花，你说是不是一个妈生的？"

"这辈子我算是栽在你们姐俩手里了，挨你欺负不说，现在你弟弟也来欺负我。"

"他揍的你？"我一激动，手上用劲儿狠了点儿，蔡大军疼得龇牙咧嘴。

"他没跟你说？也是，他怎么好意思跟你说。"

"到底怎么回事？"

蔡大军给自己倒了一杯开水，咕咚咕咚喝下去，"我去车站接他，也不知怎么惹着他了，他见了我气就不顺，等我把他带回家，他就闹开了，问我跟你什么关系，他还说'就你那德行，别癞蛤蟆想吃天鹅肉了'"。

"所以你们就打起来了？"

"你弟弟先动的手。"蔡大军顿了一下，"你这哪儿弄来的破弟弟？容不得别人说话，上来就动手。"

"他一定是误会咱俩怎么样了才动的手，不好意思啊蔡大军。"

就像我整天跟着颜草屁后替他收拾烂摊子一样，颜草在我根本没有心思谈恋爱的岁月也尽职尽责地充当了我的护花使者。那些不知死活的小少男没少挨颜草的拳头，我觉得颜草除了脸蛋漂亮他还是个适合做运动的料，遇上事儿没说几句就动手，绝对符合头脑简单、四肢发达的标准。我看不上的那些小男生他拳脚相向也就算了，大三那年的管东也让颜草揍过。后来，我旗帜鲜明地表明了立场，颜草好像受了天大的委屈，他嘟着小嘴一脸不乐意地问："花花，你真喜欢他啊？那以后就不再用我保护你了么？"

"你不知道，颜草一直做我的护花使者帮我赶走身边那些臭男生来着，这孩子可能是习惯了之后条件反射了，见了男生在我身边就怕他们欺负我。"

"甭跟我解释那么多了，你弟弟打伤了我，你请我吃顿饭算补偿吧。"蔡大军冲我眨眨眼，吞吞口水，"我好久都没吃肉了。"

"你想得美，那颜草也被你打伤了，你岂不是也得请我吃一顿？"我反咬一口。

"你要搞明白，是你弟弟先动的手。"蔡大军扯起脖子。

"我又没在场亲眼看到，说不定还是你先动的手呢。"我狡辩。

禁不住蔡大军的软磨硬泡，路边摊还是吃了，带上了颜草，我给颜草夹了块肉说，颜草，蔡大军是个顶呱呱的好人，我在北京多亏他照顾，你别那么不懂事儿的没事儿找事儿。我又给蔡大军夹了块鱼说，颜草是我亲弟弟，小孩子不懂事，你是我好朋友就相当于他的兄长，多担待点儿，以后你俩多交流。但两人谁都不领我的情，任凭我磨破了嘴皮子，他俩照样吹胡子瞪眼谁也看不上谁。我只好搬出迷信思想来宽慰自己，这人的命理气场不同，所以有的人跟有的人在一起他就犯冲，比如蔡大军和颜草。

不过晚饭的最后，身经百战的我还是没忘最重要也是最实质性的问题，那就是——我硬是让每天不被我欺负就活不起的蔡大军付了饭费。

半夜里，我睡的迷迷糊糊，颜草软软的声音贴着我的脸颊钻进我的耳朵：花花，你睡着了么？

恍惚中，我还以为身边睡了色狼色狗色鬼之类的，吓得我腾的一下子弹起，黑暗里，颜草亮晶晶的眼睛衬着窗外的月光，他目不转睛地盯着我，我一个巴掌拍过去，“你找死啊！想吓死我？”

颜草眼睛里面的小光芒渐渐暗淡下去，他躺下去嘟囔着：我睡不着嘛，而且这么久不见，我都想你了，想跟你说说话。

我挤了挤颜草，“往那边挪挪，别挤我，你说你，平白无故的跟蔡大军闹什么别扭，本来想让你跟他睡的，现在好了，跑来挤我。”

“花花，你现在做什么呢？过得好不好？”颜草一翻身，将身体贴到对面的墙上去了，“要不你跟我回家吧，好不好？”

被颜草这么一吓，我睡意全无，只好跟他有一搭没一搭的打发时间，“爸妈派你来找我回去的？”

“不是的，是我想你了嘛。”颜草用手指抠墙，“其实爸妈也想你了，可你当初走的那么坚决——”

我打断颜草，“北京不好混，你过来干什么呢？”

“我去唱歌啊。”颜草继续对墙说。

“去哪儿唱歌？毕业了不找份正经的工作，你唱什么歌。”

“我去三里屯唱歌，”颜草像被按了开关，兴奋起来，“既然你不跟我回去，那我就留下来唱歌养你，我是准备将来做歌星的。”

“就你——”我刚想打击颜草，但怕他就此不依不饶纠缠我不放，我明天还得去公司培训呢，所以就转了话锋，“行，你好好唱，你唱好了我以后给你做助理。”

“真的呀？花花你说真的呀？”颜草继续兴奋着。

“真的。”我回答。

为了对晨晨有个直观的印象，与晨晨见面前，我熬了好几个通宵，像蜘蛛一样趴在网上看关于晨晨的视频资料，一些是关于他演唱会和媒体采访的，还有一些是他的粉丝录制上传到网上的，比如接机的场面、欢送的场面这类的。几个通宵下来，除了熊猫一样的黑眼圈，我还收获了另外一个结论：这个明星有点儿帅。

第八章　明星助理的潜规则

三里屯，我从没去过。

从颜草来北京之后的作息时间看，他好像真的是去那个传说有名流和外国人出入的灯红酒绿之处卖唱了。我每天早上坐着地铁啃着包子赶去青橘子的时候颜草正赖在被窝里死睡，而据蔡大军报告，有几次，他在中午时分见过颜草背着吉他出门。到了凌晨三四点钟，颜草会踏着清冷的月光回到家里。

我懒得问颜草是不是真的去三里屯唱歌，一来是因为我很怕他又弄出一些风花雪月的事情来缠着我让我给他做善后。二来是因为我知道颜草配不上坏孩子这个称谓，他绝对不会半夜里跑出去杀人放火，做鸡做鸭这种事也完全跟他沾不上边。三来，我最崇尚美式教育，况且我又不是颜草的妈，犯不着像老母鸡护孩子一样搂着颜草不放。

颜草说他去三里屯唱歌了，那他一定就在内城三里屯那片儿扮齐秦或假装文艺小青年敞开嗓子嘶吼呢。

我们一定要对成长中的青年给予万分的信任，就像颜草对我的一般。这些天里，颜草只问过我一次早早的出门去做什么，我就跟他说姐姐以前是摆地摊的，现在升级成一家文化公司的小财会了。颜草没怀疑我的话，他还给我一个大大的拥抱说，花花，你好好干，等以后我做了大明星，钱都归你管。

我为什么不跟颜草说我是明星的小助理呢?

当然是怕被纠缠，万一他缠住我不依不饶地说，呀，花花，你现在是明星的助理，求求你，给我也介绍一个明星公司吧，管他烂橘子臭芒果，有一个就行。

别说我现在没这个能耐，就是有——要是有——要是有再说吧。

青橘子培训的最后那天，公司给我们每个助理发了一个小本，封面上面写着:《助理九戒》内容是这样的：

1. 尽职尽责做好本职工作，全心全意为明星服务。

2. 不得将明星的个人账号，例如银行卡号、QQ、MSN、手机号等透露给第三方。

3. 不得将与明星私生活相关的一切信息透露给第三方。

4. 存储明星电话号码时不得用其真名。

5. 明星外出参演时，细致入微的照顾好明星饮食起居，尽善尽美地处理好突发事件。

6. 做好明星与粉丝之间的桥梁纽带。

7. 不得与明星过分亲密。

8. 切记：你是青橘子公司的一员，代表着公司的利益，在明星与公司之间发生矛盾时，以公司利益为最重。

9. 以上条款，违反其中任一一条，公司有权随时中止合同，并本条款最终解释权归青橘子公司所有。

而最后的考核内容也是将这9条戒律默写下来就算通过。

11月15日，培训结束，我正式上班做助理，主要任务就是跟晨晨见面，相互了解一下。我兜里揣着两套晨晨的个人资料，一份是管西给我的，另一份是蔡大军给我的。蔡大军没撒谎，他真是晨晨的粉丝，铁杆儿中的铁杆儿，飞机中的战斗机，他给我的资料跟管西给我的不相上下，就连晨晨睡觉会说梦话这样的信息他都不知道从哪个无聊的八卦网上扒下来给了我。

为了对晨晨有个直观的印象，与晨晨见面前，我熬了好几个通宵，像蜘蛛一样趴在网上看关于晨晨的视频资料，一些是关于他演唱会和媒体采访的，还有一些是他的粉丝录制上传到网上的，比如接机的场面、欢送的场面这类的。几个通宵下来，除了熊猫一样的黑眼圈，我还收获了另外一个结论：这个明星有点儿帅。

上午10点，在公司会议室与晨晨见面。他迟到了，而我提前一个小时就坐在会议室里等他，本来就忐忑的心在等待的时间里更是备受蹂躏，就像一台负载十几吨货物的重型货车一遍一遍碾我的心，这让我一直有种手足无措的感觉。反倒是晨晨进来了，我也随之安然了。

他跟网上视频里的并不完全一致，在网上看的时候感觉是小小的一个人儿，可到了眼前却被凭空扩大了好几倍，所以，我见到晨晨的第一感觉是：脑袋嗡地晃了一下，就跟地震似的。

短发，牛仔裤，绿色开领T恤外面套了圆鼓鼓的羽绒服，身材不错，皮肤白净，话不多，这就是见面后我对晨晨的直观感受。

“你好，我叫颜花，新来的助理，你的助理。”我冲晨晨伸出了手。

他也伸出手跟我握了一下，力量很轻，根本就是刚刚接触到了我的手就又拿了回去。

“我会尽我最大的努力为你服务的。”我在脑袋里搜索语言。

他摸摸前额的头发，只说了一句“谢谢你”，便再无他话。

“你最近的行程大致是这样的，明天上午有一场颁奖典礼，会在上面唱两首歌，下午有个访谈，后天要拍一款牙膏的广告，大后天，也就是18号，晚上在工体有个公益演出，18号之后还有很多活动，这是行程单，给你复印了一份。”

“好的。”他接过行程单笑了一下。

牙齿很白，怪不得要拍牙膏的广告。

“你还有什么需要吗？或者有什么要交代的吗？”我问。

“没有了。”

“这是我的电话号，把你电话号给我一个吧，明天早上8点，公司派车到你家里，我们先去化妆、选服装，之后去颁奖现场，这样可以吗？”

“好。”

晨晨把他的电话号码写在我的行程表上，储存他号码的时候我想起了《助理九戒》，于是毫不犹豫地在电话里填上了“忧郁男”三个字。

“那我们现在——你今天没有行程安排。”晨晨让我也一时没话了。

“我回家，谢谢你。”他冲我点头。

“那我明天打电话给你。”

“好。”

整个见面，晨晨这个“忧郁男”一共跟我说了16个字，这真跟他那阳光的外表及其不相匹配。晨晨走后我独自一人坐在会议室里继续看他的个人资料，偌大的会议室冷清清，阳光倒是毫不吝啬，洒在桌上，桌上细小的尘埃清晰可见，地面是干净的，窗户是干净的，窗外的天空也是干净的。初来北京那会儿我站在一幢高楼下面，它上面的玻璃泛着粼粼的光晃得我眼直花，那时的我就像是充了气的娃娃，里面全是傲气，觉得随时都可以变成像管西那样的白领，外面等着我签文件的人会如海浪般翻涌，一拨接着一拨。

有句话叫什么来着？可远观而不可亵玩焉，一切看上去那么美好，可到了跟前一捅，流出来的却是一股新鲜玩意，暂且叫它做“绝望与希望的混合体”吧，就像找不到自己的生身父母一样，我的工作也在这里希望并绝望着。

白天，我在绝望中存活，为了温饱，看形形色色人的白眼，遭各式各样人的挤兑，到了夜晚，夜幕降临，黑暗掩盖了一切，于是，希望开始啦：欺负过我的人掉进了马桶、又摔进了粪坑，而我眉开眼笑坐在家里吧嗒吧嗒数钱，门口停着一排大奔牌的小汽车……一切暂时不可能实现的东西都在幻想中得到了满足，于是，睡去，睡去，嘘，安心的睡去……

换一个时髦的词儿，这叫意淫。

意淫支撑了我的生活，让我灰头土脸向天空张望时却也可以傻乐上一阵子，当然，我意淫最多的还是站在生身父母面前狠狠扇他们几个耳光，这几个耳光用哪只手哪种角度多大的力度来打，打之前要说些什么，我都意淫过无数次的无数次。

而来北京还有个意外收获，那就是蔡大军，这个我不欺负他他就觉得生活没有乐趣的小男——小抠男人。

回家走在马路上才发现，街边的广告牌上到处都有晨晨的影子，洗发水的、休闲装的、手表的，还有公交车上的小视频广告里，也是晨晨，他跟一个娇小可人的女生坐在公园的长椅上吃着冰淇淋一脸的甜蜜。以前从来都没有留意过这些东西，这一留意才明白，原来这个“忧郁男”是如此的受欢迎。

大腕都不好伺候，我也在心里给自己提了个醒。

到家后蔡大军正要推着他那辆28自行车去打游击，见了我就像只嗅觉灵敏的小鼠看见了奶酪，“怎么样怎么样？真人帅不？”

“还行，你要去摆摊了？”我拍拍他的自行车。

“那当然，我又不像你，生了好性别，可以去给明星做助理，真的很帅？”蔡大军又问。

“明星当然帅，要不然你怎么当不了明星，带我去吧，反正我也没事儿，咱俩一起卖你那个削土豆的刀吧？”

“那怎么行，你赶紧回去准备东西给晨晨吧，他明天不是要参加颁奖典礼吗？”

“不会吧，蔡大军，这你也知道？”

“我是他粉丝嘛，说了你还不信。”

“男的喜欢男的，有问题。”

“我看你才有问题，你思想有问题，快回家吧，晚上我早点儿回来找你，反正你也不摆摊了，把你那些货都送我吧，怎么样？”蔡大军目露贪婪的目光。

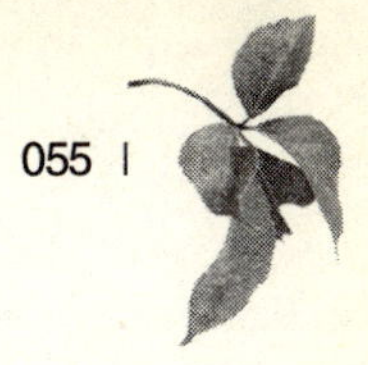

“想得美。”

蔡大军做了个强盗的手势，“你不给我就去抢!”

“你敢，我可有颜草。”

“走咯，没时间跟你闲磨了。”

蔡大军骑上自行车晃晃悠悠走了，我只好回家上网，查了一些晨晨的资料，又自己冥想了一些明天参加颁奖典礼可能出现的突发状况，比如要是麦克风不出声音怎么处理，或者晨晨去厕所忘了带纸要怎么办，想得自己都觉得乐。

晚上蔡大军来向我讨货，我不给，当然不能给，人得给自己留条后路，不过蔡大军可没管那个，他知道男人之于女人而言优势在于力量，所以任凭我如何抓狂，他裹了床单，一趟两趟三四趟，我的那些货就见了底。

该死的，颜草偏偏在这个时候不在。

拿完我的货，更准确的说是抢了我的货后，蔡大军一脸奸淫，他说，你别这样颜花，我断定你以后也能成明星，明星怎么可以摆摊呢？而且只有彻底的摆脱过去，才能奔向未来嘛。我气得鼻子都歪了，去死吧蔡大军，你是不是早就对我的货虎视眈眈了才给我弄的那个招聘启事？蔡大军连连摆手道，你看你，怎么这么想我，我只是先不给你钱嘛，等以后有钱了，我就还你，跟你说，晨晨很好说话的，你给他当助理没错。我眼睛一斜，说，粉丝了不起啊？你怎么知道他好说话的？他是你亲戚？蔡大军挠挠头说，我要是有个明星亲戚就好了，何苦摆摊，风吹日晒的。

是啊，蔡大军都来北京好多年了，还只是一个摆摊的，可能他一辈子都要这样了，永远买不起北京的房子，永远进不了高档的商店，更永远都不会明白挥金如土的感觉。

蔡大军看我不说话，笑嘻嘻地说，那我回去了，你早点儿休息，明天可是你的第一天，加油，我看好你哦!

我又失眠了，整整一宿。

颜草回来的时候我正在床上翻来覆去辗转反侧，颜草凑到床边看我的脸，他说：“花花，你怎么啦？难道你知道啦？”

“知道什么？”

“知道我今天特意写了一首歌给你啊，你是不是等着我回来唱给你听？”

“谁要听你唱歌，半夜鬼哭狼嚎的，睡觉得了。”

“哦。”

早上从床上爬起来，对着镜子揉自己的肿眼泡，心忽上忽下紧张得要命，而床上的颜草却睡的像猪一样呼呼直哼哼。临出门我清点了自己包里的物品，还安慰自己，有什么大不了的呢，伺候不好明星，就回家继续摆摊。

7 点到了公司，接送晨晨的车就在公司楼下停着，是一台我叫不出名字的商务车，气派得不得了。司机是一个小伙子，二十七八岁，途中，路过永和豆浆，我叫司机停了车，一杯豆浆两根油条的钱让我掏得心直疼，不过管西和蔡大军给我的资料上都写着晨晨早餐喜欢豆浆和油条，第一天上班，总得充个面子，咬牙掏吧。

晨晨的家在朝阳公园旁边，来北京一年多，我几乎没来过这里。我居住的地方，是锅碗瓢盆的聚集地，低矮的平房摊在一起，横七竖八、纵横交错，西瓜皮菜叶子常常无精打采地漂浮在细流不止的脏水沟里。每到清晨，我打开门，总能闻见隔壁包子铺的香气，这种香气会让人想起热气腾腾的小米粥，我还能看到谁家的谁穿着大花裤衩蹲在门口咬牙刷。而这里，晨晨的住所，高楼全都长着骄傲的面孔，小区里有即使在冬天也会金黄的让人眼睛发疼的树，有成群结队让人浮想联翩的木质秋千，有冬天冒着水却不上冻的喷泉……都说北京寸土寸金，那晨晨，他得占多少金呢?

我给晨晨打手机，我说我在你家的小区外面接你，你准备好了吗? 晨晨说，好的。

我就站在那台牛气的商务车旁边，看不远处朝阳公园的围墙，有人在下面跑步，他的右手边是可以容纳十来辆汽车并排行驶的机动车道，而我的右手边，是成片的虚空，我的左手边，是跟虚空没什么差别的虚无，有时候我会问自己，空和无有什么不同? 大概无是凝固了的点，而空是开阔的，就像天那么大的空。

晨晨戴着墨镜，我把买来的豆浆和油条递给他，他接过来就吃了，他吃东西的样子像只小狗，一只文明的小狗。我说，一会儿到公司给你化妆和选服装，然后就去颁奖现场。晨晨频频点头，只吃东西不说话。

9 点多到了颁奖典礼现场，我受到了惊吓。

商务车慢慢驶向颁奖会场的前门，我听到了欢呼声还有尖叫声，但是我没有想到那里一层外一层、黑压压的人群全都是晨晨的粉丝。我打开车门，先下了车，晨晨跟在我身后，几名保安呼啦围上来将晨晨圈在其中，却将我搁在了圈外，我拉保安的手想要回到晨晨身边，就感觉下颚被谁用胳膊肘撞了一下，我往后退了几步疼得差点儿掉下眼泪，我后面的人在这时突然蜂拥向前，我没调整好步伐，被人绊了一下，脚下不稳，狗抢屎一样摔在地上，这个时候摔跟头无异于在狮子嘴里倒了一大盘羊肉，我赶紧往起爬，却又被该死的谁在后背上猛踩了几脚……

我被踩得连呼救都喊不出，即使喊出来恐怕也未必有人能够听见，过了一会儿，后背和后脑勺的踩压感渐渐消失，我抬起头，空空的前门空地里只剩下我，还有几个站在远处对我指指点点的人，我龇牙咧嘴，后背火辣辣的疼，摸摸后脑勺，还好没有起包也没有出血，我起身撒丫子跑进会场，因为还有不到20分钟，颁奖典礼就要开始了。

到了门前，我却被保安给拦住了，我说我是晨晨的助理，我得进去。保安指指不远处的一堆人说，刚才这招已经被那帮粉丝用过了，你换点儿新鲜的。我抹了一把脸上的汗，急得直跺脚，我说，我真的是助理，我骗你干什么，典礼马上开始了，我真得进去。

保安摇摇头。

该死，我在心里骂了一句，那你们怎么才能相信我？

保安不耐烦了，他说，工作人员都有证件的，你不是晨晨的助理吗？那拿出来给我们看看吧。

我一拍脑门，随即拉开包，边翻边说，有的有的，这就找给你们。

保安拿着湿漉漉的工作证，疑惑看上面的照片然后又看我，来来回回好几遍，我抢过证件解释说，刚刚摔了一跤，包里的水洒了，所以证件湿了，真的，我得进去了，来不及了。

说完，我拉开门往里跑，保安没再拦我，不过不用回头，我都能想象得出他们脸上那错愕的表情。

晨晨在休息室里。

他就安安静静地坐在角落里，依旧戴着墨镜，低着头调试他的吉他。在他周围全是花花绿绿的明星，当然还有为这些明星端茶递水的助理。唯独晨晨，他身边只坐了一个看样子甚是焦急的人。

我来到他身边，总得解释点儿什么，但话被那甚是焦急的人抢了去，“晨晨的助理？你好，我是典礼的工作人员，出了点儿小意外，一直联系不到你，晨晨本来要唱两首歌的，但是，真的不好意思，由于我们安排上的失误，现在只有一首歌的时间，而且，而且，演唱的时间也不是在最后了，提前了一些，真的很不好意思，您看——可以吗？”

“这个——”我不知道要怎么回答，“为什么事先安排好的事情还要变呢？”

“真的不好意思。”手拿节目单的典礼工作人员连连向我作揖，“真是不好意思，我们的失误，我们的失误，您得体谅我们，安排上出了一些冲突，您要是不答应，那边我们老总就得炒我鱿鱼，真的，您通融一下吧，好不好？”

“这个——”

“什么时候唱，唱几首，都可以，没关系的。”晨晨开口说话了。

“那太好了！”工作人员先前一脸的愁苦相顿时一扫而空，她拍着我的肩膀，把一份新的出场顺序塞进我手里，“太谢谢你了，回头帮我跟管西姐好好解释解释，我就怕管西姐生气，那我先走，后台还一大堆事儿。”

新节目单上最后一位出场献唱的明星名字我没听过，歌曲是两首，偏巧这时有人喊那个明星，我环顾四周，观察谁会应声，身边一个头顶绿毛的人赖洋洋站了起来，他掐着兰花指娘声娘气地说了一句：讨厌！

“绿毛”来到晨晨身边，摸了摸晨晨的琴弦娘着腔说，呦，这琴得挺贵吧？晨晨摘下墨镜，对我说，有水吗？我渴了。

我在包里摸索着，两瓶矿泉水一瓶在我摔倒时不知踪影，另一瓶被踩得漏了底，湿腻腻的包还有那张被水浸了的工作证就是它的杰作。

“我去给你买。”我跑出了休息室。

那“绿毛”不会对晨晨下手吧？买水的时候脑袋不知怎么突然冒出这么一句让我全身冒冷汗的话。我拼尽全力往回跑，“绿毛”正靠在椅子上玩弄手指，晨晨则重新戴回墨镜，依旧在调琴，他们周围全是些忙忙碌碌的人。我气喘吁吁地递上水，晨晨却说，你不用跑出去买，饮水机就在那里，接一杯给我就好了，现在把新的节目单给我看下吧。

我说晨晨，你们公司请不起好助理了？“绿毛”怪笑。

我递上节目单，还喝水吗？

喝过了，晨晨又说。

新的节目单把晨晨排在中偏后的位置，他上台的时候台下各个角落粉丝的尖叫声此起彼伏，还有五彩缤纷的荧光棒在台下有节奏地闪烁。我在舞台的侧面看着晨晨，他低下头拨琴弦，第一个音符响起，紧接着是一连串流畅的音符，他的声音就在这时响起，跟他平时说话不同，略带柔软，多了细腻腻的感情在里面。唱罢，台下响起狂热的呼喊，大家说不要走再来一曲，晨晨微笑，转身下台。

那个微笑，两边的嘴角同时上扬，不露牙齿，如同电脑制作出来的标准卡通笑脸，但却莫名的让人感觉到有感情在里面，没有做作。看到这样的笑脸，我真有把电话号码本里的“忧郁男”改成“阳光男”的冲动。

而在那一刻，我的心里起了变化，我从不相信一见钟情，我跟管东那会儿也是日久才见情深的，因为我是学经济的，我明白一见钟情的机率仅仅是亿万分之一，并且是单恋，就是说你一见钟情于对方，对方未必也喜欢你。要想让两人在相见的某一刻同时喜欢上对方，那是比中500万彩票还难的事情。而一见钟情到两厢情愿的过程，必定是一方默默付出的同时伴着自己心痛的煎熬，最后的结果不见得会好，对方被你感动而接受了你，那不能称之为纯粹的爱情。

纯粹的爱情是双方一接触就火花四溅，是相互的依赖，是彼此的牵挂，是你爱我情的浪漫。

下午去电视台做专访，又出事儿了。

专访开始的时间是下午 2 点，颁奖典礼结束，我们就直奔电视台，半路却堵了车，我们的气派小商务被卡在中间，前后都是望不到尽头的车流。我急得团团转，司机和晨晨却好像习以为常一般，一人拽过一本书看了起来。给电视台的工作人员一遍遍打电话，却一直都无法接通。

4 点，我们整整迟到了两个钟头。

跟电视台的工作人员解释，对方倒是很理解，连说没关系只是录播的节目，准备一下开始吧。节目的录制过程出奇的温馨，台上坐着主持人和晨晨，台下都是晨晨的粉丝，大家都安安静静，台上诉说，台下倾听，时间缓缓的流淌，气氛十分融洽。

出了电视台，天色暗下来，电视台门前亮起明黄的灯衬着暗色的世界，这时晚风也来凑热闹，让周围的世界顿时变得有些苍凉。我和晨晨走出电视台，他的粉丝在门前站了一堆，我看看四周，没有保安，便暗自做好与他们随时争抢晨晨的准备。令人奇怪的是，这伙粉丝没人动，只是站在远处冲晨晨挥手，喊声也不像上午颁奖典礼时那般声嘶力竭，倒更像是在喊自己的哥哥，晨晨冲他们笑笑，他们也笑笑。

他们只是互相笑了笑。

汽车启动了，我望着窗外那群站立在电视台门口不肯离去的粉丝，心头突然涌过一股暖流。

送晨晨回家之后，我一个人走在霓虹的北京城，这个时候的北京城，晚上 9 点多的北京城，到处都可以闻到鸟倦回老巢的气息，公交车站点长长而又长长的人群，他们在等待着，等待着那辆可以载他们回家的车。我想起晨晨，想着他在洁净宽敞的大房子里默默泡咖啡给自己喝。或许，他端着咖啡杯站在窗前，就可以看见下面的我，那个像蚂蚁那般小小的我正双手插兜走走停停……

蔡大军蹲在我家门口，他突然站起来，周围没有灯光，他黑乎乎的一团吓得我差点儿蹿上房。蔡大军说，别怕别怕，是我是我，蔡大军。

“你干吗大半夜的蹲别人家门口?”我开了门，把蔡大军让进去。

“我睡不着嘛，等你回来。”

“是想跟我打探晨晨的情况吧?”我识破了蔡大军。

“你说什么嘛，不过，那个晨晨到底什么样儿?”蔡大军露了真面目。

我坐下来捶自己的腿，后背也隐隐作痛，“不会吧？蔡大军，他是男的，你也是男的，你不会真有问题吧?”

“乱说!”

“那你大半夜的不睡觉跑我这儿来打探人家明星干什么？蔡大军，人家可是明星，就算你是那个什么什么，也不会有机会了，快回家睡觉吧。”

“你还乱说!”

“你再不走一会儿颜草回来我让他揍你。”

“真是的，好心当成驴肝肺，我蒸了包子，给你放桌上了，我走了。”

我却睡不着，我把睡不着的理由归为全身的酸痛，还有蔡大军那肉馅的大包子，但是我吃包子的时候，却突然想起晨晨吃油条的样子——那只文明的小狗。

我只能看到他的侧脸，眼睫毛很长，鼻梁直挺，嘴角带着星点的倔强，该死的，我的心里又起了变化。

第九章　我知道你不是猴儿

早上起来，后背疼得厉害，照镜子还发现自己的左脸颊上有一小块淤青。颜草昨晚没回来，半夜我朦朦胧胧伸手摸身边，没有他，颜草不回来我自然乐得清净，但是作为他的姐姐，强大的责任感驱使睡意眠眠的我起身给他挂了电话以示关心。电话那边很安静，完全不符合我印象中混沌的酒吧给人的听觉体验，我感到事情不太对头，颜草的声音倒一如往常，他说，花花，你睡醒啦?

你现在在哪儿?

一个非常舒适的西餐厅里，你要不要来?

你跟谁在一起?

朋友咯，你来么?

男的女的?

女的，花花，你别瞎想啦，我很安全。

什么时候回来?

今天不回去咯，明天回去。

颜草说他很安全就很安全吧，我早就说过要给予青年无限的信任与自由，这样想着，卷起棉被我翻身再次睡去。

第二天早上，到公司去管西那里汇报昨天的情况，进门就发觉气氛不对，管西一脸疲惫，她要我看桌上放着的报纸。

娱乐版的第一条是一篇叫《昔日风光不再，退二线成定局》的文章，还配了昨天晨晨在颁奖典礼上唱歌时的照片。我吸了一口气，从头到尾将报道看完，作者打压晨晨的意图很明显，他说晨晨遭到排挤，事业开始走下坡路，昨天颁奖典礼的歌曲遭了删剪就是最好的证明，晨晨为此在昨天下午的专访中故意耍大牌，要电视台和歌迷苦等了两个钟头才肯出现。

“怎么回事?”管西问我。

“事情不是上面写的这样的，专访迟到是因为堵车，我跟电视台的工作人员联系了，但是电话一直打不通，歌曲的事情，颁奖典礼那边说是因为他们安排上的失误，这报纸上根本就是在瞎写。”

“无论如何，要最后上台唱歌，歌曲必须是两首，压轴你懂不懂?”

“但是，晨晨他——”

管西打断了我的话，“你想跟我说晨晨他同意了，他说没关系，什么位置唱、唱几首歌都没关系，对不对?”管西停了一下，“那你告诉我，你是干什么的? 公司要你是干什么的? 你要做的是维护晨晨的利益，维护公司的利益，不惜代价的维护!”

我等待着管西的下文，我知道她还有下文的，就像电视剧里演的那样，跟我挥挥手，然后轻描淡写地告诉我，你明天不用上班了。

管西冲我挥手，说出的话却是，你出去吧，但是你要记住，晨晨他只是个孩子，我们要做的是保护他，维护他。

晨晨站在门外，他靠在墙上，看了我一眼，但是就像是看于己毫不相干的东西一样，只是一瞥，空洞的一瞥，或许他只是看了我走过的方向，他并没有看到我。

他进了管西的办公室，他们两个在里面说了什么我不知道，我知道的是我需要在外面等他，因为我们今天的任务是要去拍牙膏的广告。

广告的情节很简单：一个干净舒适的房子，清晨，晨晨穿着浅蓝色的 V 领毛衫推开窗，一股清新的空气迎面扑来，他贪婪的呼吸空气，这时画外音会说，“早晨的第一口清新，从这里开始”，之后镜头切换，晨晨来到卫生间，他一手拿牙刷一手拿牙膏，冲着镜子露出洁白的牙齿，并摆出他那张阳光笑脸。

晨晨摆出他的最后一个表情时，我从导演的镜头里惊奇地发现，他的脸皮下面，是一张与他的脸型完全吻合的丝网，那网就像是笊篱，严丝合缝的地扣在他的脸上。晨晨也仿佛怕被别人看穿他的脸似的，镜头一撤，他就又变成了沉默不语的模样。

这当然是幻觉，但是我想说的是，或许，这大概也是一种难过。

送晨晨回家的车里，我憋了半天，还是跟晨晨说了抱歉之类的话，我说，昨天的事情很抱歉，我没什么经验，处理的不好，给了他们乱写的机会。晨晨在望车窗外一闪而过的人或车，他没扭头，像是对车外刚刚经过的那只黄色拉布拉多犬又像是对我说的，他说，没什么，这事不怪你。

我们不再说话，晨晨似乎很喜欢安静的氛围，他那样子，不说话的时候就好像完全沉浸在了某个世界，大概身边有人行凶，他都不会从他的世界里走出来。

我只能看到他的侧脸，眼睫毛很长，鼻梁直挺，嘴角带着星点的倔强，该死的，我的心里又起了变化。

“明天，白天的时候没什么事情，晚上在工体有个公益演出，要唱 3 首歌。”我觉得自己很卑贱，讨好一般的跟他讲话。

“好的。”他又只说了两个字。

该死，我又在心里骂自己。

白天的时候忍不住又去网上搜晨晨的新闻看，无意中进了他的帖吧，更无意的是，我居然在里面看到了自己的照片！还是一张我面色铁青伸出四肢像乌龟一样被人踩在地上的照片！

照片下面配了几行字：这就是传说中小晨的新助理，苍天呐，谁能告诉我，就她那样能照顾好咱们的晨晨吗?

我不假思索在下面回了一句话：放心吧，我会照顾好你们的晨晨的。

回完之后，我边吃泡面边等他们的回复，有几个人研究起来，一个人说，骗人的，别搭理他；另一个人说，说不定真的是晨晨的助理呢；还有人说，查 IP 看看他到底是谁。

我嚼着泡面乐滋滋的看热闹，没想到他们却动真格的了。

他们开始查我的 IP，那被查出来的 IP 地址跟我住的地址一模一样，我预感着大事不妙。他们还不尽兴，动用了猫见猫跳墙、狗见狗撒尿、FBI 见了都会疯掉的人肉搜索。没一会儿，我和管东在校门口那棵大树下的合影就被他们给翻了出来，我坐在电脑的这端，想象他们在各自的角落里为了一个 IP 地址忙得热火朝天不亦乐乎的样子，那感觉，就像是自己的内衣内裤被人挂在了闹区，迎风招展。

一个说，跟她合影的是她男朋友吧?

另一个说，估计是，你看她俩站在一起就像是黑熊配兔子，准得分。

我在电脑前挠头，动动鼠标想要回复他们，一而再再而三的思量后，没敢。粉丝凶猛，蔡大军在卖盗版碟时就已经给我敲响了警钟，这个年头，惹谁你也别惹粉丝。而且他们说的也没错，我的确是跟管东分了。凭这一点，就姑且原谅他们吧，怎么说他们也算是看面相的高手。

干脆关了电脑，但眼不见不一定就心不烦，我用牙将面条拦腰截断，就好像咬得不是面条，而是他们的手，那一双双在键盘上飞扬跋扈挖我祖坟的手。

晚上在工体门口，我的目光逐一掠过那些粉丝，想从他们的表情上辨认出哪几个是在网上说我坏话的人，大概是我的样子让他们觉得我想跟他们交流，一个“红帽子”突然上前，我吓了一跳，做好格斗准备，她却什么也没说，只递给我两兜子吃的。这时，一大群保安拥着晨晨去了后台，我跟着进去安顿好他，又出来寻那“红帽子”。

“红帽子”就站在一群粉丝之中，一个清清瘦瘦的小女孩，夜晚的北京不暖和，明天就立冬了，她不停地跺脚，用嘴里哈出的热气暖手。

我将目光对准“红帽子”，说，我是晨晨的助理，那些吃的都是给晨晨的吧？“红帽子”点点头，迟疑了一下说，晨晨他——吃了吗？

还没来得及，一会儿就要演出了。

“红帽子”明显很失望，我赶忙补充了一句，晨晨说谢谢你们，他最爱喝柚子茶了，一会儿演出完就喝。

那你能帮我们再送点儿东西给晨晨吗？“红帽子”试探着问。

当然没问题，或者你们想说什么话写下来，我帮你们交给晨晨也可以。

人群中一阵欢呼，就好像之前的人群是被秋风给冻住了，现在我放了一把火，还是浇了油的大火，呼啦一下子，被冰封的人全都活蹦乱跳起来。这个往我怀里塞一样，那个往我兜里揣一个，我觉得那一刻自己就是一棵圣诞树，从四面八方传来的兴奋与喜悦将我紧紧包围，眼前这些涨红了笑脸的人，我觉得他们是——是——世界上最可爱的人。

空闲了几天，按照公司的规划，晨晨将有几个商演，先去郑州，之后是杭州，最后到佛山。临走的前一天晚上，我在地图上将这3个地方用红笔连起来，还在上面画了小飞机自娱自乐，蔡大军样子好像在哭，他没完没了地说，颜花，你做过飞机没啊？千万可别遇上空难。我恨死了蔡大军这个乌鸦嘴，但是一想到要去杭州那个人美水美连空气都美的地方，怒气就化作一股细小的暖流流过心田，小桥流水人家，那是一个浪漫的地方。我趴在桌子上问蔡大军，你去过杭州吗？听说那附近有个叫乌镇的地方，我在电视里见过。

颜草听说我要出远门，也不问是哪里，他神秘兮兮地跟我说，花花，你回来的时候我会给你一个惊喜咯。

颜草这几天不但说话神秘，行踪也飘忽不定，问他，他就说放心啦，我一个大男人又不会被人欺负。我那个姐姐的责任感又来骚扰我了，于是我开始提醒颜草，几次三番的提醒他，这是北京，我没有孙悟空的本事，你那堆桃色烂摊子都给我自己处理干净，最好在它们一露头时就掐死。

颜草笑嘻嘻地说，花花，你不用解释，我知道你不是猴儿，小时候就知道了。

那根在空气中呲牙咧嘴左摇右摆的断弦，让下一个问题随之而来：晨晨晚上 8 点要演出，但是我弄断了他的琴弦！

第十章　谁动了我的琴弦

我跟在被一群粉丝簇拥着的晨晨身后，左手拎着他的行李袋，右手是他的粉丝交给我的大大小小的礼品，这还不算，我的后背还被他那足有 5 斤重的吉他压得直不起腰来。晨晨登机之后戴着墨镜，说不好他是在睁着眼睛养神还是闭着眼睛思考人生。没人搭理我，我就自己隔着晨晨看机舱外的白云，这是我第一次坐飞机，白云朵朵，周围分外明朗，的确有腾云驾雾的感觉，很奇妙。

明星就是明星，助理就是助理，晨晨被安排进了宾馆的套房，我则住进了一间连洗手间都没有的单间，知足者常乐，起码还是个单间。

我跟晨晨简单说了在郑州的日程安排，他的一句话我很受用，晨晨说，你安排就好，我听你的。这句话让我像上了发条似的，我一鼓作气得瑟着将晨晨的大包小包连蹦带跳带去了自己的房间。

真是该死，一句简单的话而已。

我望着地上晨晨的行李和那把大吉他依旧很兴奋，他的那句话老是不自觉地往我脑海里钻，还有他说这句话时忽闪忽闪的睫毛让我想起了挂着晨露的小嫩草，一股清新的气息。

我的手伸向他的行李，看看里面有什么也不犯法，还有他那个压得我连气都喘不匀的大吉他，摸摸也不会坏掉哦。我拿起他的吉他模仿他在舞台上的样子，手摸过琴弦，琴弦发出生硬的声响，吓了我一跳，我来了兴致，颜草以前练扫弦时我就在旁边，我的手指叮叮咚咚在琴弦上耍起来，正耍得不亦乐乎，猛然感觉有一阵剑一样的冷风穿过了我的手掌，之后我听到了“嘭”的一声响。低头去看，一根琴弦的一端在琴上紧绷着另一端却倔强的插进了我的手掌。没有流血也没有疼痛，我从手掌里拔出琴弦，这琴弦得到了释放，忽的一下弹开，它细长的身体颤了几颤。

血在这时流了出来，不该称作流，应该说是像喷泉一样喷了出来，如果不是亲眼所见，我恐怕这辈子都很难相信血还可以有这般的流法，就像是精灵一般，从伤口处跳跃着就出来了。或者该这么形容，有人在地表打孔到了我的含血层，这里的承压血被压制的太久了，一旦获得自由，它还有点儿害羞，像在观察周围环境般小心翼翼地喷着。

涓涓细喷。

疼痛让我明白了眼前的状况，我用毛巾捂住伤口，没一会儿毛巾就被血染透了，屋内没有卫生间，我跑到走廊尽头的洗漱处，用冰冷的自来水冲伤口，热胀冷缩，这点我明白。冲伤口的水起先是纯红的，流了一会儿变成了粉红，再一会儿就偏白了，当水变成纯白色，我用干毛巾裹了伤口回到房间。

那根在空气中龇牙咧嘴左摇右摆的断弦，让下一个问题随之而来：晨晨晚上 8 点要演出，但是我弄断了他的琴弦！

离演出还有 5 个小时的时间，不知道这算不算不幸中的万幸。

我用牙紧了紧裹在手掌上的毛巾，拎了晨晨的吉他就往外跑，我要迅速找到一家琴行，修好他的吉他。

琴行的老板看了看吉他说，你这琴弦是特制的，我们这儿没有这种，而且要换也不能只换一根，要六根都换。

哪儿有这种琴弦？

琴行老板砸砸嘴，又查看了吉他，他说，我知道我朋友的店里有这种弦，但是很贵的。

多少钱？

6 根都换的话，得 2000 吧。

啊？

我受到了惊吓，差点儿被自己的唾沫给噎死，这么说一根就要三四百？不就一根细长的铁丝么，又不是金条，咋能值这么多钱？

琴行老板见我不说话，替我解围似的说，这琴不是你的吧？要不你先换一套普通的也行，十几块钱，但肯定瞒不过琴的主人。

再没别的办法了吗？比如说暂时的给接上。

你不懂琴吧？那可不行。琴行老板说。

我拎着晨晨的吉他耷拉着脑袋走出琴行，在街边坐了一会儿，我决定了，所以我哭丧着的脸给蔡大军打去电话。蔡大军接到我的电话很意外，他一定是看不见我皱得跟沙皮狗似的脸，所以他带着羡慕的口气问，怎么样，坐飞机的感觉不错吧？

“蔡大军，你可不可以借我 2000 块钱？”

“啊？”

这回轮到蔡大军被卡死了。

“我不是不借给你，只是——”蔡大军在寻找不借给我的理由。

“我会还你的，开了工资就还你，真的。”我赶紧将他的理由拦腰截断。

“你刚去郑州就遇到麻烦了？”蔡大军开始转移话题。

“你就借我 2000 块钱呗，我肯定还你。”

“2000 也不是一个小数目，我现在上哪儿给你凑去啊？”蔡大军找到了不借给我的理由。

“蔡大军，我知道你有钱。”

我当然知道蔡大军有钱，而且我还知道蔡大军有了钱不存银行而是塞进一个掉了漆看不出颜色的铁皮罐里，他的这个铁皮罐就藏在他的床底下。

“你的钱都花了吗？”蔡大军又在转移。

“我根本没几个钱，蔡大军，你借给我吧，我急用，真的，开了工资我就还你，我发誓还不行吗？”

我没几个钱，这是实话，我不像蔡大军，他可能来北京 5 年都不曾买过一件新衣裳，我不行，虽然已经小心再小心、勒紧腰带再勒紧的去支配那少得可怜的钱，但我是女孩子，看见自己心仪的衣服和小饰品我还是会忍不住，忍不住将手掏进自己的腰包。

“那你总得告诉我你为啥管我借钱吧？”

“我——我今天跟着晨晨，他的——他的粉丝太多了，我一不小心，就——就踩碎了别人的手机，人家是诺基亚 N97。”

我可不想跟蔡大军说，是我心里起了变化，拿着晨晨的吉他假装自己也有音乐细胞，结果弄断了人家的琴弦，忒丢人。

“这都怨你的那个偶像晨晨，要不是为了保护他，我根本不能踩坏别人的手机。”我要让自己的谎言听起来更为真实。

“当时场面一定很混乱吧？那晨晨有没有被粉丝抓伤啊？”

“蔡大军！”我吼道，“你借不借给我钱！？”

“我——”

“到底借不借！？”

“我没说不借啊，就是——你生气了？”

“借不借？”我快哭了。

“行，借，打你卡里，我现在就去银行，行了吧？”

我把 2000 块钱交到琴行老板手里，琴行老板“叽里咕噜”打了一通电话，没一会儿就有人送来琴弦，我比对了一下，还真跟晨晨吉他上的那几根一模一样。

修完琴弦我看时间还来得及，就想跑回去还能省点儿车钱，结果我忘记了这是在郑州，我更忘记了自己就是一路痴，我背着那坑了我 2000 块钱之后似乎变得更沉的吉他，来来回回穿梭于看起来长相极为相似的街道。最后我跑不动了，我扶着一个公交车站牌，看自己嘴里呼出来的大团白气。

我不得不再次选择出租车，计价器上的数字每往上蹦一下我的心也跟着痉挛一次，偷鸡不成蚀把米大概就是说我这样的人。

我懊恼着回到宾馆，晨晨站在我的门前，我一时窘迫，晨晨点点头说，把琴给我吧。我乖乖的交了琴，心里却忐忑起来。

如果他发现琴弦被人换了会怎么样呢?

爱音乐的人很珍爱他们的琴，最先让我懂得这个道理的人是颜草。有一年，颜草背着琴坐公交车，小偷割了他口袋也划了他的琴，他的那把木质吉他琴箱处被划出了一道长长的裂痕，颜草记住了那趟公交的车号，在这之后的一个月里，他每天都在或拥挤或冷清的车厢内寻找与等待……终于，他看见了一个正在用镊子夹别人钱的小偷。虽然颜草不能确定割坏他琴箱的人就是他，但颜草就是颜草，他只有也必须出了那口恶气才会罢手。

颜草拉住小偷的手，二话不说，抬手便打，小偷从来都不是单枪匹马的，颜草被3个跟他年龄相仿的人围在中间，眼角流着血的颜草带着董存瑞堵抢眼般的坚定在全车人惊恐的目光里死死抱住一个小偷的腰，正是这一抱，让颜草住了两个月的院，我从医生给我的X光片上看到：一把剔骨尖刀的阴影正好盖在了颜草排骨一样的左肋上。

晨晨呢?他会不会过来跟我拼命?不会的，蔡大军说过，晨晨的脾气很好，负责接送晨晨的司机也说过，那个晨晨脾气很好。

但愿他的脾气会真的很好。

手掌上裹着伤口的毛巾在血的黏稠下与皮肤粘连在了一起，一撕就全身战栗。我像挖地雷的工兵，在伤口的周围一点儿一点儿试探，想慢慢地将粘在伤口上的毛巾弄下来，可是每撕开一小点儿我都会疼得龇牙咧嘴满身大汗，后来我想，干脆来个痛快的，眼一闭牙一咬，一鼓作气撕掉毛巾算了，但试了几次还是没敢。

有人敲门，是晨晨。

“你动我的琴了?”他问。

我观察他，他问这话时，表情就如同在问“你拿了我的钢笔吗?”

我放下心来，“哦，那个——就是弦断了，我换了嘛。”

“你不该动我的琴，我一直不能理解管西为什么会找你来做我的助理，但是，总归有她的理由，我是因为她，才相信你，就算是这样，你也不能动我的琴。”晨晨说。

这是接触以来，晨晨跟我说的最长的一个句子，他的脸色略显苍白，语气仍是柔软的，他说完这些话没等我解释就走了，我追出去，跟在他身后，我看着他开门进去，看着他把我关到门外。我没去敲门，也没去解释，因为，我伤口处的毛巾不知何时被我撕掉了，我的手流了好多血，再不处理，我担心自己会因失血过多蹬不上回京的航班了。

我发觉自己在管西面前总是自卑地抬不起头，倒不是说管西是那种盛气凌人的女白领，而是从她身上散发出来的气质，有着母性的光辉，温和里透着淡淡的文化气息，管西是那种我做梦都想成为的知性女性，叫你羡慕又崇敬并且想亲近，但却不会嫉妒。恐怕只有处在同一水平线上的人才会彼此明争暗斗暗度陈仓吧，丑小鸭与白天鹅是没有嫉妒的前提的。

第十一章　失踪

从郑州到杭州，我和晨晨之间的空气里带着阴冷，就跟杭州的冬天一样。杭州这几天偏巧又下起了小雨，本来就冷冰冰的氛围被这淅淅沥沥的小雨搞得更加捉襟见肘。

在杭州的最后一天，行程很轻松，上午去电台做访问，下午自由活动，搭第二天早上的飞机去佛山。

早就听说杭州西湖美不胜收，虽然是冬季，仍想去看看，去感受一下那蓝天碧水的浪漫。中午从电台回来，我跟晨晨大致说了行程，我说，下午没什么事儿了，我想去西湖看看，你还有需要我做的吗？晨晨摇摇头，说，没什么了，你忙你的，不用管我。

晨晨心情不好，这谁都看得出来，而他心情差的原因，却只有我们两个人知道。

我将演出时粉丝送给晨晨的礼物一一打包好托运回了北京，之后就一个人背了包去西湖。冬季的西湖，柔美中糅杂了俊朗，别有一番滋味，只是我的心仿佛一直被什么东西压着，透不过气，我站在湖边大口大口的喘息，却仍旧没有办法让自己释然，我甚至想，巡演结束回到北京我是不是要辞职呢？

晚上回到宾馆，去敲晨晨的门，他不在，打他手机，他关机了。我以为他只是去了厕所或什么地方而他的手机又凑巧没电而已，可当墙上的时针悄然指向 10 的位置，仍不见晨晨，我意识到问题严重了。

我跟服务台要了晨晨房间的钥匙，我希望晨晨只是想用这样的方式来表达对我的不满，我幻想着打开房门，他会在里面，只要他在里面，怎么样都好。

晨晨不在。

他的行李袋还是我中午给他收拾好的样子，他的吉他靠在窗边，在天花板彩灯的照射下，一副思索的模样。我去他的行李袋里翻他的手机，没有，他房间的角角落落里也都没有。那么，就是说他带走了手机，只是不知道什么原因关机了。

我不甘心，又打了一遍他的电话，里面那个文质彬彬的女生在说：您好，你拨打的电话现已关机，请您稍后再拨。

晨晨去哪儿了?

我六神无主，去附近转了一圈，夜已深，除了马路中央疾驰的汽车，很少有行人出现。或许他一会儿就回来了，我坐在宾馆门前的台阶上这样安慰自己。时间一分一秒地滑过，空气里闻不到一丝晨晨即将出现的征兆，我变得越来越焦躁，又返回他的住处，敲门，无人应声，打开房门，还是没人。

他怎么能这样做?

就算我弄坏了他的琴，就算我不是一个合格的助理，他大可以回去之后叫管西辞了我，但他起码要明白，我们现在是在参加活动，连日来我像警犬一样勤勤恳恳的围在他身边，没有功劳也有苦劳，他怎么可以连声招呼都不打? 怎么可以说消失就这样无声无息地消失了?

我努力平静自己的情绪，或许，他上了飞机，去了世界的某个角落，很可能是没人能够找到的角落。不知道为什么一想到他在郑州那张略显苍白的脸和生气时说话依旧柔软的样子，我就会这样想。我还开始往坏处想，他是不是被人绑架了? 明星被人绑架现在也不是什么稀奇的事情。

我决定给管西打电话，这个时候，大概没有选择的选择、如实的汇报是最好的选择。

管西那边很安静，她听我说完，电话里能有那么十几秒钟的空白，她缓缓地说：去乌镇找他吧，他在乌镇的汽车站。

我立刻奔向乌镇。

在乌镇的汽车站里我果真找到了正在买票的晨晨，他的心情看起来由阴转晴了。晨晨递给我一张到杭州的返程汽车票，两边嘴角上扬地跟我说，走吧，我们回去。

我攥着那张汽车票，考虑自己是不是要将票丢到他的脸上，然后大声质问他为什么? 为什么去了乌镇却没有跟我打招呼，就算我做了错事，大不了辞退我，可是在没辞退我之前我还是你的助理。

晨晨又从兜里掏出一个手机链在我面前晃了晃，送给你，他说，我知道你生气了，是我不对，我不该来到这里却没跟你提前打招呼。他把手机链放到我手里的汽车票上，晨晨的 180 度大转弯完全搞蒙我了。见我不动，他从我兜里翻出手机，替我把手机链穿好，又说，不要生气了，我们这就回去吧。

我稀里糊涂地跟着晨晨上了长途客车，汽车驶出去不久，车窗外一个似曾相识的侧影突然闪进我的视线，是她?

佛山的演出很顺利，我和晨晨之间的那层冰冷就那样莫名的被一条手机链融化了，我掏手机看到那手机链就会不自觉的傻乐，而晨晨又恢复了以往的样子——文明而沉默，但这沉默里似乎多了默契和亲近。

歌迷送的东西太多，晨晨居然会说，东西太多了，吉他我自己背吧。他当着粉丝的面从我肩上接过吉他惹得一旁的粉丝尖叫不断。

在外面的这一个月，北京接连下了好几场大雪，气温骤降，所以返回北京一下飞机，我就明显感到有铁丝一样的冷风飕飕顺着脖领钻进身体，再看身边的晨晨，他在粉丝的夹道欢迎下居然走得笑容可掬，丝毫看不出已经被冻僵。

回到自己阔别了一个月的“小窝棚”，第一件事当然是去看蔡大军，我怕不去看他，他会为那2000块钱而悬梁自尽。蔡大军这个人，什么都好，能吃苦会缝补，简直就是男女混合、妖孽的化身，但人不可能是完美无瑕的，蔡大军只有一点做得不好，就是太抠了，抠得恨不能满地缝里都是5毛硬币等着他去抠。

“蔡大军，开门，我回来啦。”我将他的房门敲得咚咚响。

没人应声，也没人来开门，我看看表，这个时间蔡大军应该摆摊回来窝在床上睡觉等天明呢，难不成这小子也搞失踪?

“蔡大军，蔡大军！你要不要你的钱啦?”我继续敲，门上陈年的灰尘都被我敲得飞了起来，我真怕这样敲下去旁边住的老太太和老头儿会拿着拐杖摸黑出门敲破我的头。

“嗯——”

我好像听到里面有人应了一声，趴着门缝往里看，桌子凳子还是老位置老样子。

“蔡大军，你不要钱我走啦?”

“嗯——要——”

这回屋里有了人走动的声响，我就说这个蔡大军太抠，一提到钱眼睛都放绿光，他终于被“钱”敲醒了。

“这么晚我一个人在机场你都不说去接接我，睡觉还睡得这么死。”我对着门缝里亮起的灯光说。

前来开门的蔡大军吓坏了我，他的时髦造型让我想起了小时候看的一个动画片，叫做《黑猫警长》，里面有一只坏老鼠“一只耳”，蔡大军此刻就是这个形象。他的左眼连左耳被斜着缠上了厚厚的纱布，纱布上透着斑斑血迹，他的右腿好像还受了伤，走起路来一瘸一拐的。

“这是怎么了?”我大惊失色。

蔡大军回到床上躺好，他面色苍白，嘴唇裂了好几道口子，却嘿嘿地笑，一笑，嘴角上的淤青展露出来，“咱们真是同病相怜呢，你手怎么了? 也受伤了?”

“你被人打了?”

这个蔡大军，都快急死人了，到底发生了什么，倒是赶紧说啊。

“嗨，就是摆摊争地盘嘛，跟人打了一架。”蔡大军慢吞吞地说。

“去医院没啊?”

“去了，医生说没事儿，回家躺躺就好了。”蔡大军拽了拽被。

“哪个医生说的?”我看见屋里的桌上有一碗冻得干巴巴的面条，眼圈突然就红了，“起来，咱们去医院吧。”

“我可不去医院，跟你说，现在的医院，不把你的钱榨光了他们都不让你出来。”蔡大军一脸的鄙视，“我可不去，打死我都不去。”

“你还想着钱，你那些钱你自己不花，攒给谁花?”我看着蔡大军被纱布缠住的眼睛，小心翼翼地问，“你的眼睛没事吧?”

“你想问它是不是瞎了吧?”蔡大军笑嘻嘻地说，“没瞎，还能看见你呢，我现在就用这只眼睛看你呢，我的左眼见到鬼嘛。”

“走，去医院。”我上去扶蔡大军。

“哎呦呦，你可别动我，一动我我就散了，散了你可赔不起。”蔡大军耍起无赖。

“那我就给你拆散了再给你组装上，你马上起来!”

我跟蔡大军来硬的了，你别看蔡大军干瘦的个不高还受了伤，可我跟他在那儿撕巴了半天，他愣是还在床上躺着，当然，我也是不太敢动他，我怕没碰对地方，碰了他伤口，他立马晕死过去。

“颜花，你回去睡觉吧，求你了。”蔡大军向我告饶，“真的，我没事儿，我都看过医生了，医生都说没事儿，养着就行。”

“你是不是怕花钱?”

我“嗖”地钻到蔡大军的床下，像个麻利的猴子，他那个装钱的铁盒子三下五除二就被我找了出来，掀开盒盖，里面有1500块钱，“你有钱干吗不花。”

“你怎么知道的？你怎么知道我钱藏那儿？”蔡大军瞪大了眼睛。

“我什么不知道？你有几条内裤我都知道。”说完这话，我脸腾的红了，“我是说我比较了解你，你可别瞎想。”我赶紧给自己找台阶下。

“小祖宗，你快把钱给我放回去，那钱我攒了很久呢，对了，你那2000啥时候还我？”

“我开工资肯定还你，都这样了，你怎么还想着钱呢？”

“还我就好。行了，你回去睡觉吧，有时间还是去管管你那个弟弟吧，我可好多天没看他回来住了。”

“颜草这段日子都没回来住？”

“反正我没看见他回来。”

“行了，先别管他了，先给你看病去。”

蔡大军慢悠悠缩进被窝，样子像只乌龟，原谅我用了这个比喻，“走时帮我把灯和门关上，还有啊，你别来拽我，我习惯裸睡。”

第二天早上我起得很早，我想给蔡大军炖个小鸡补补身子，但家里的材料左凑右凑怎么看都只能弄碗鸡蛋汤出来，鸡蛋汤也不错嘛，清汤清水的有利于消化。我怕打扰到蔡大军休息，就把汤用保温杯装好放在他家的窗台上，末了，我给他发了一个短信，我说，我给你做了点儿汤，放你窗台上，我去上班了，晚上回来我给你做饭。

管西今天看上去精神不错，我去她办公室汇报情况，她正在煮茶给自己喝，那是十分精致的紫砂茶壶，还配着两个样子古朴而乖巧的茶杯。壶上刻着几行文字，像是用草书写的诗歌。

茶煮好，管西给我倒了一杯，我觉得这茶是有生命的，余香袅袅，直往我鼻子里钻。

“这一个月还都顺利吧？”管西问。

“挺好的，歌迷十分热情，媒体反响也很好。”我不知道晨晨跟没跟管西说琴弦的事情，只好这么回答。

“关于这趟巡演的新闻通稿我已经发出去了，网络媒体也十分关注。接下来晨晨会接拍一个电影，你还得接着忙下去。”管西坐下来笑了笑。

我发觉自己在管西面前总是自卑地抬不起头，倒不是说管西是那种盛气凌人的女白领，而是从她身上散发出来的气质，有着母性的光辉，温和里透着淡淡的文化气息，管西是那种我做梦都想成为的知性女性，叫你羡慕又崇敬并且想亲近，但却不会嫉妒。恐怕只有处在同一水平线上的人才会彼此明争暗斗暗度陈仓吧，丑小鸭与白天鹅是没有嫉妒的前提的。

“忙点儿好，充实。”我说。

“哦，对了，晨晨说你这次出去自己搭了钱，叫我先给你3000块钱的补助，够吗?”

“不，没有——够了。”我坐立难安。

管西被我的窘态逗笑了，目光里有姐姐对妹妹般的关爱，“你不用觉得不好意思，这些都是你该得到的，每个助理外出都会有，所以你一会儿去财会那里取钱大大方方的，名正言顺的事情。”

管西拿起茶壶又给我添了茶，我注意到茶壶上那片草书里貌似有“乌镇”的两个字。

街头那个似曾相识的背影，是她?

而我没见天娜之前也以为她准又是颜草这个招花惹草的孩子在他那些个屯里的酒吧结识的绿眼小魔女，就是那种穿着性感，嘴唇涂得发紫，眼睛弄成妖精色儿眼皮还闪闪发光的女孩，天娜，光听这个名字也准是那种女孩儿。结果，我再一次跌破了眼睛，这次不但跌破了，眼镜腿都被人踩折了。

第十二章　你很像我儿子

我拿着3000块钱兴高采烈的去菜市场给蔡大军买小笨鸡，顺便还买了一只板鸭，这样我就是左手一只鸡右手一只鸭了。回到家我先去蔡大军那里牛气地将他的面条碗丢到门外，然后我数出2000块钱塞进蔡大军怀里，我说，你这个小抠财迷，我有钱了，还你的2000，你抱着钱睡吧。

蔡大军惊恐的看我，嘴里接连说了3遍："疯了疯了疯了，你这女人抢银行了？"

但只要有钱在，蔡大军才不会在乎站在他对面的我是抢了银行还是炸了警局呢，他把钱数的吧嗒吧嗒响，数完又不信任地问了句："你不会真是去抢银行了吧？"

"不要拿回来。"

蔡大军死死地攥着钱不放，"抢的我也要。"

小鸡汤被我炖的香喷喷，蔡大军吃得狼吞虎咽，简直就不像个有病的人，他边吃边擦汗，嘴里还连连发出含糊不清的感叹，"这小鸡好吃，好吃，哪个鸡妈妈生的？"

"好像是隔壁老王家那只母鸡生的闺女。"我跟蔡大军开玩笑。

喝完了老王鸡汤又嚼碎了人家鸡骨头的蔡大军一瘸一拐站起来，一本正经地跟我说，"颜花，你弟弟真的好多天没回来了，你不打电话问问？"

"哎呀，我给忘了。"

昨天蔡大军跟我说的时候我就想回去得赶紧给颜草这孩子打个电话，不提前关心并时刻提醒他一下，他说不定会弄出一个加强连的女孩子堵我家门口，舌战群妇，我的小心脏可受不了。结果昨晚躺在床上迷迷糊糊就睡着了，早上起来就想着蔡大军的小笨鸡，把颜草都给忘到脑后去了。该死该死，那可是我亲弟弟。

"颜草，你在哪儿呢？"我挂了电话过去。

"花花，你回来啦？"颜草的语调很欢快。

"我这几天没在家，你没给我惹什么麻烦吧？什么三里屯八里屯的，唱完歌你赶紧给我老老实实回家。"

"花花，你在外地也不打个电话关心关心我，我都想你了。"

"你现在在哪儿?"

"我在录音棚里，你过来找我啊?"

"录音棚？什么录音棚?"

"天娜的录音棚啦。"

"天娜？天娜是谁？颜草，我可警告你，你别弄那些乱七八糟的女人。"

"哦，是哦，我忘告诉你天娜是谁了，你来吧，天娜正好也在，我介绍你们认识认识。"

没去过录音棚之前我一直以为录音棚就是一个大棚子，就跟路边那些烤串的棚子一样，顶多它里面放的不是肉串而是录音的机器而已。结果我到了颜草嘴里的"天娜的录音棚"之后大跌眼镜，这哪是录音棚，明明就是有钱人的豪华居室。一个 200 多平的房子里腾出一间摆进去那些所谓的录音机器，不还得称作住宅吗？这就是录音棚了?

而我没见天娜之前也以为她准又是颜草这个招花惹草的孩子不是在他那些个屯里的酒吧结识的绿眼小魔女，就是那种穿着性感，嘴唇涂得发紫，眼睛弄成妖精色儿眼皮还闪闪发光的女孩，天娜，光听这个名字也准是那种女孩儿。结果，我再一次跌破了眼镜，这次不但跌破了，眼镜腿都被人踩折了。

天娜，她居然是一个 50 多岁的贵妇人！

"贵妇人"热情地接待了我，再好的化妆品也抵不过岁月这把爬犁，它会将你的脸耕耘的面目全非，眼前的她就是最好的例子。我知道，她每天涂在脸上的脂脂粉粉一定多过我一年挣来的钱，但她仍旧阻止不了鱼尾纹偷偷爬上她的眼角眉梢。

"你是颜草的姐姐吧？我叫天娜，颜草整天在我面前提到你。"天娜笑容满面，她这一笑，皱纹在脸上更加明显了。

"哦，你好。"

我不知道这个叫做天娜的老女人跟颜草到底什么关系，但仅凭一个老女人敢唤自己做"天娜"，我就对她没什么好感可言。

"你别误会——"天娜披上了一件皮毛油光可鉴的貂皮大衣，她的表情有点儿怪，好像受了委屈。

我在等待天娜的下文，没想到她竟突然哭了，"我的儿子几年前死了，我拿颜草当自己的儿子，你一定是误会了。"

"哦，没有没有。"

天娜又将她那件貂皮大衣脱去，我疑惑着这局面要如何发展下去。

"你一定是误会了。"天娜继续哭。

颜草像哄孩子一样哄天娜，“天娜，别哭哦，爱哭的女人很难看的。”

“真的?”天娜抹去眼泪。

“当然啦。别哭，干吗要哭嘛。”颜草递纸巾给她。

“那我现在好看吗?”天娜冲颜草仰起脸，表情里充满了渴望。

“当然啦。”颜草回答。

“真的吗?”天娜把头转向我。

颜草冲我挤眼睛。

“当然当然。”我回答。

“谢谢。”天娜擦擦眼泪，宛然一笑，“对了，你们留下来吃饭吧？好不好?”

“不了，我找颜草有事儿，我们回去吃。”

我黑着脸看颜草，他只好跟天娜说：“花花刚出门回来，她肯定想我啦，我今天跟她回家吃。”

“那你明天还来吗?”天娜对颜草依依不舍。

“当然啦。”颜草没心没肺地回答。

公交车里冷冷清清，我挑了靠后的位置，颜草跟着我坐下，他指着车窗外一辆疾驰而过的小汽车说，花花，你快看，跑车！我板着脸不说话，颜草又说，花花，我以后可以买那个跑车，你来给我当助理，不要给那个晨晨当了。我斜眼看颜草，你怎么知道的？颜草不悦地说，花花，你别骗我啦，还说什么做财会去出差，你跟在晨晨的屁股后，我都在网上看到照片了。

天娜和颜草是在酒吧里认识的。

颜草在酒吧唱歌的这段日子，经常看到一个穿着时尚，但面容已经严重受到岁月侵蚀的老女人坐在角落里独饮，颜草的目光扫向台下，总能看见她眼睛里带着模糊的色彩冲自己微笑。有一天，这个老女人登上舞台，将一束鲜花放到了颜草手里，颜草从小到大在舞台上接受过无数次鲜花，但那都是一些疯狂的女生表达爱意的方式。

接受老女人的鲜花，颜草还是第一次，他很尴尬，但还是接受了。

接下来的日子，颜草总会收到鲜花，虽然没留名字，但颜草一看到鲜花，眼前就会出现那张被岁月割伤的脸。终于有一天，这个老女人走上前来，她说，我叫“天娜”，你很像我儿子，我可以为你出专辑，你愿意吗?

颜草先是一愣，之后想都没想，爽快地回答，我当然愿意。

因为在颜草心中，有一个秘密，这个秘密他不会告诉给任何人，为了让因为这个秘密而衍射出来的愿望实现，颜草愿意付出一切。

深夜的公交停下来，我想起宫崎骏的《龙猫》，那个柔软的猫形大公交无声无息的从天而降，公交前部的猫脸龇牙笑着，即使是现在，我也会莫名的害怕那张猫脸，但那却是没有丝毫恶意的大猫，那是最为安全的地方，它载着小女孩儿奔向她想去的任何地方。

我和颜草下了车，“你以后别去三里屯唱歌了。”我对颜草说，“回沈阳，或者要留下来也可以，但必须找份正经的工作。”

“为什么呢？花花，我喜欢唱歌，而且我要留下养你，我不回沈阳。”

“谁用你养？我有胳膊有腿的要你养？”

“是因为天娜么？”颜草站定，他看我的眼睛。

“这还用问吗？那个老女人，精神有问题，你难道看不出来？我怕有一天她把你大卸八块装进袋子丢进海里，你还不知道自己是怎么死的。”

“花花，你不觉得她很可怜么？”

“世界上可怜的人多了，我也很可怜，所有的可怜人你都要去同情？颜草，收回你那些始乱终弃的荷尔蒙吧？好不好？”

“我知道你很可怜，”颜草低下头，“花花，我不是你说的那种人，我没乱丢荷尔蒙，其实——”

颜草抬起头，“其实——你不了解的，其实，其实我很想你。”

颜草猛的抱住我，他好像想要用仓促的拥抱来阻截什么似的。冬季的寒风冻僵了我和颜草的衣服，颜草抱住我的一刹那，我听见衣服因为碰撞而发出的声音。

从小到大，颜草就爱抱我，小时候，没钱买零食吃了，就抱住我撒娇，花花，花花，你给我几块钱啦，给我买虾条吧，好花花，好花花。

进入青春期，有小流氓来骚扰，颜草也用这着，当街将我抱住，然后握着拳头，挑衅的跟那些小青年说，我女朋友，小子，你离她远点儿。人高马大头脑简单的颜草屡屡得手，每次都能将小流氓镇住。

现在，二十好几了，他还是改不了这个坏习惯，动不动就抱住我，不分地点场合人物。

“颜草，”我推开颜草，“你这次来的时候是不是真把脑袋给挤了？”

颜草急急地跟在我后面，他不停解释：“花花，我不是你说的那样，你误会我啦，天娜她很可怜，她死了儿子，她真的很可怜。”

“那你就去给人家当儿子吧。”我硬邦邦地丢下这句话。

颜草唱歌的酒吧叫“百年孤独”，我看到这个名字就气愤，装什么马尔克斯，人家写《百年孤独》，你百年孤独有就文学修养，就小资了？

第十三章　三里屯　我第一次去

颜草是我弟弟，我当然不能允许他随便给别人当儿子，如果是那样，加上亲生母亲，我岂不是就有3个妈了？况且还是给一个傻子都能看出来她精神有问题的老女人当儿子。

我开始调查天娜，因为，孙子说的好，知己知彼，方能将老女人彻底驱逐出境。

调查这么重要的事情要有人协助才行，不二的人选是蔡大军，他连晨晨梦里爱说梦话这种事情都可以挖出来给我，我相信，就凭这种八卦精神，他绝对可以得诺贝尔。不过蔡大军却说他又不是320G硬盘，什么资料都有存，怎么可能凭空查得出一个人的老底？我威胁蔡大军，说，小笨鸡你白吃了？还钱！蔡大军隔着纱布挠挠他的额头，说，我又没叫你买，是你自己送上门来的。我说，那怎么办？那是我亲弟弟哎，我不能眼睁睁看着他被老太太拐走了。

蔡大军又隔着纱布挠，他说，那就去颜草唱歌的地方看看吧，说不定那个老女人的确是个需要关心的可怜人呢。

三里屯我第一次去。

颜草唱歌的酒吧叫“百年孤独”，我看到这个名字就气愤，装什么马尔克斯，人家写《百年孤独》，你百年孤独有就文学修养，就小资了？

酒吧里全是暧昧的气息，我和蔡大军找了一个靠近舞台的位置坐下来，立刻有服务生上来问我们喝点儿什么，借着昏暗的灯光我看桌上的酒单，上面的价格贵的我想死。蔡大军开始还想装一回大款，但一看那酒单，也堆到椅子上，不敢吱声了。

白开水，有吗？我问。

服务生摇摇头。

那就——这个吧。我指了指酒单上最便宜的酒名。

我也是。蔡大军赶紧说。

拿上来的酒是蓝颜色的，个头不高，却要40块，服务生示意我们交钱，蔡大军装得没事人似的左顾右盼，就是不瞅服务生，我气得鼓鼓，但转念又想，这是为了我弟弟颜草，挥霍就挥霍吧。

交完钱，蔡大军如释重负般的跟我说，嗨，这地方我第一次来。

你就抠吧，抠死你。我没好气地说。

蔡大军摘掉遮盖纱布的帽子，讪讪地说，这不是为了你弟弟，怎么也轮不到我花钱嘛。

你还是不是男的？我又说。

最近我也在考虑这个问题，蔡大军恬不知耻地回答。

我不搭理蔡大军，环顾周围，寻找那个神经病老女人，果然，在舞台右边的角落里，她正一个人坐在那里，面前的桌子上摆着几瓶酒，还有两桶爆米花。她穿的衣服的颜色分辨不出来，但领口处露出来的白花花的肉是可以让人看得清的。

颜草出现了，他一上台就冲老女人的方向望了一眼，风骚老女人，我在心里骂了一句。之后颜草将目光收回，他拿着麦克风说，我写了首歌，想唱给一个人听，但一直都没机会……

我观察老女人的表情，她一副很享受的样子，不会吧？颜草都给她写歌了？疯了，疯了，颜草这孩子肯定疯了。

音乐响起，我火冒三丈，蔡大军见我异常，按住我说，你别发火，一定是咱们误会了，你看那女人，老成那个样子，都可以给你弟弟当妈了，你弟弟怎么可能喜欢她。

“他都给她写歌了！”我大吼。

“别急，你别火嘛，这个时候最需要冷静，我想，我想咱们应该这样，一会儿等你弟弟唱完了，咱们去找那个老女人谈谈，具体看看什么情况，再想对策。”蔡大军不但安慰我，他还死死按住我，生怕我一激动就冲上去跟那老女人拼命。

我拿起桌上的酒，一股脑儿喝进去半瓶，我花了80块钱，居然没尝出是什么味儿，千刀万剐的颜草！

老女人上台送花了，颜草和她抱了抱，台下一片口哨声，我将剩下的半瓶酒喝进去，蔡大军在一旁不停说着宽慰我的话：别着急，一会儿我跟你一起去找那个老女人谈谈。我觉着吧，眼睛看到的未必真实，一定是误会了……

颜草终于唱完回了后台，老女人起身也向后台走去，此时不去更待何时？我奔向老女人，蔡大军紧随其后。

“我们谈谈吧。”我拦老女人的去路。

“颜草的姐姐?”老女人诧异之后恢复了热情，“你们也来看颜草啊? 快坐吧。”

“我们谈谈吧。”我冷冷地说。

老女人愣了一下，随即点点头，“你们跟我来。”

我们跟随老女人进到后台的一间小屋，谢天谢地没碰到颜草，我可不想让他在我和老女人尖峰对决的时候插一脚进来。

“颜草还是个孩子，请你为他的未来着想。”我开门见山。

“我想你一定是误会了，”老女人顿时期艾起来，“我儿子死了，我拿颜草当自己的儿子。”

“可颜草不缺妈妈，他有妈妈!”我直截了当，“好吧，我相信你只是拿他当儿子，他也把你看做妈妈，但外人会怎么想呢? 尤其在酒吧这样的地方。颜草是我亲弟弟，我不能让别人毁了他!”

“我只拿他当儿子，我儿子死了。”老女人又开始抹眼泪。

“我知道，我相信，但作为颜草的亲姐姐，我代表我们全家，不同意你们接触!”

“是啊，你理解我们吧，颜草以后不能再来这里了，您也别再找他了。”蔡大军在一旁说。

“我只拿他当儿子，我儿子死了。”老女人反反复复说的还是这句话。

“我明白，我能理解你，但是颜草他不是你儿子!”我顿了一下，“你最好是去看看心理医生。”

“颜草他是我儿子。”老女人哭得更大声了。

“他不是你儿子!”我火了，“颜草是我弟弟，他有妈妈，他怎么会是你儿子!”

大概是我一激动，说话的声音大了些，门外突然涌进几个黑衣大汉，一看外表就知道他们是打手。这几个人二话不说，上来就往外架我和蔡大军。

“你们想干什么? 你们想干什么?”蔡大军嚷嚷起来。

老女人只知道哭，并没有叫她的手下住手，我和蔡大军被拖拽到门外，与正要进来的颜草撞了个正着。

“花花?”颜草将我从几个大汉的手里拉出来，“你怎么来啦?”

“颜草，你现在厉害了是吧?”我揉着被拽疼的胳膊。

“你们可能不认识她，她是花花。”颜草高兴地跟那几个大汉介绍我，“你们一定是有误会啦，走，花花，我们进去。”

我和蔡大军又被颜草领进了屋子，老女人还在那儿哽咽。

“天娜，你怎么又哭啦？快别哭啦，都说哭了不好看。”颜草蹲下来拿纸巾替老女人抹眼泪。

“我只是拿你当儿子。”老女人似乎见到了救星，委屈地说。

“一定是你，你跟花花说什么了？”颜草见到蔡大军就像见了仇人，“你脑袋好了？旧伤刚好你就皮痒痒了想添新的是不是？”

“我没有，我哪有。”蔡大军瞄了我一眼，回答的唯唯诺诺。

“蔡大军的伤是你弄的？”我尽量平静地问。

“花花，是他啦，没事儿就爱管闲事。”颜草回答的很轻松，但却给了我一个肯定的答复。

我伸手就扇了颜草一耳光，这一耳光我打的毫不犹豫，就像是前方来了汽车，你会下意识的躲闪一样，我打的既突然又自然而然。颜草当然不会想到我会伸手打他，所以这一巴掌结结实实的打在颜草脸上，这响亮的巴掌让那个老女人停止了哭泣。

外面又涌进许多人，已经超越了这间屋子的容量。

“你们出去。”颜草咬着嘴唇说。

那帮人很听话，他们听话的姿态，让本来涌进我心头的愧疚瞬间消失，剩下的，只有愤怒，恨铁不成钢的愤怒。

“花花，你干吗打我？”颜草捂着脸，眼睛里闪着泪水。

“颜草不哭哦。”老女人反过来安慰颜草。

颜草委屈地看着我，嘴里说：“花花，你为什么不相信我？”

“颜草，你 20 多岁了，你是小孩子吗？”我打了颜草的手掌微微发麻。

“花花，我不是小孩子，你什么都不明白。”颜草揉着脸说。

“你不是小孩子为什么还要这么做？好了，蔡大军的事情已经过去了，我们不提了。现在呢，你跟我走，还是要跟这个人在一起？”我指着老女人说。

“花花，你为什么不相信我？”

“我要一个答案。”

“没有答案，花花，你走吧。”

“你一定误会了，我和颜草不会的。”老女人上前解释。

这个解释让我反胃，蔡大军扯了扯我说，“走吧，咱们回家。”

我想，这一切都源于晨晨送的那条手机链，每每看到，我的心里总会涌起一种感觉，或许那叫希望。希望这种东西会让人精神振奋，喜气洋洋的。

第十四章　姐弟之间血浓于水

我不知道老女人给了颜草怎样的承诺，让他死心塌地的留下，那天回去的路上，我问蔡大军为什么跟我说谎，明明是颜草打了他，干吗要说是因为自己争地盘才弄伤的。蔡大军叹了一口气，他望了望天空里的月亮说，你不该打你的弟弟，有个弟弟在身边多好。

而再见颜草已是蔡大军伤口拆线之后，撤去纱布，颜草在蔡大军的眉梢留下了一道又长又深的刀疤，还有蔡大军的左耳，萎缩了一般，蜷缩得还不到以前三分之二大。我为此充满了愧疚，可蔡大军毫不在乎，他说这不怨颜草，要怨得怨那个老女人，是老女人派来的人。

后来断断续续的我从蔡大军口中知道了事情的经过。

一日，摆完摊回来的蔡大军在胡同口遇见了送颜草回家的天娜，天娜那天穿得婀娜多姿、光彩照人，我们那么黑的小胡同都被她身上银光闪闪的亮片给晃亮了。蔡大军瞄着天娜说，这么晚了，颜草你快回家吧，你姐姐这几天出差，别叫你姐姐担心。颜草跟蔡大军有着绝对的逆向气场，他用鼻子“哼”了一声叫蔡大军少管闲事。

颜草的态度让蔡大军觉得自己真是狗拿耗子多管闲事了，就回了一句：不看在你姐的面子上，谁愿意管你。

颜草嚷嚷起来，你跟花花什么关系？你到底跟花花什么关系？

两人就此厮巴在一起，结果，天娜那老女人的保镖出现了，他们不由分说，上来就武刀弄棒，可怜的蔡大军，一个人对付颜草就够呛了，面对来路不明的大片刀，差点儿就瘫了。

蔡大军说，颜花，那天真吓死我了，真的，我差点儿尿裤子，我以为自己就此报废了呢。

我掩饰住自己的愧疚逗蔡大军，是不是已经尿了呀?

蔡大军严肃地说，没，就差那么一点儿。

再见颜草，他好像把什么事儿都忘了，见了我就“花花，花花”的喊，他还安慰我说，花花，我知道你打了我之后肯定比我还难受，没关系啦，别放在心上，我愿意让你打我。

蔡大军也说，是啊是啊，姐弟之间血浓于水，谁会记仇呢，咱们跟你弟弟一起吃个饭，这事儿就算过了。

饭桌上，我要颜草跟蔡大军道歉，颜草脸一歪，不乐意地说，干吗要道歉嘛，那帮人打他的时候，我还把他推开了呢。

能把人气得死去活来的颜草!

不道歉就不道歉吧，蔡大军夹了一口鱼说，咱们都不容易，谁也别记恨谁。

事情在蔡大军的宽容下就此告一段落，只是颜草这个孩子依旧执迷不悟，还是整天往老女人那儿跑，我训斥他，他就斜着眼睛跟你对付：花花，你怎么就不相信我?

这段时间我跟晨晨的粉丝混的不错，到各地去演出，这帮小歌迷好吃好喝的总是买双份交给我，一份要我给晨晨，另一份说是叫我自己享用。托晨晨的福，那些几十块钱一斤的水果我也可以一兜子一兜子吃得手舞足蹈。

之所以手舞足蹈，是因为我终于可以在众多媒体将晨晨包裹围攻之际替他得体而又巧妙的脱身，而面对晨晨的粉丝，每到一地，我总是先跟他们当地的粉丝小头头联系，尽量的让他们多一些机会与晨晨接触。

我想，这一切都源于晨晨送的那条手机链，每每看到，我的心里总会涌起一种感觉，或许那叫希望。希望这种东西会让人精神振奋，喜气洋洋的。

不过事情总不会永远顺风顺水，就拿最近来说吧，管西为晨晨接拍了一个电影，一个准备拿到台湾参加评奖的电影，可当宣传、造势等等一系列功夫全都做足之后，投资方却在开拍的前一天把晨晨突然换掉了，主演变成了绿城演艺公司的人，哦，对了，就是在一次典礼上见过的那个“绿毛”。

晨晨为此很难过，虽然他不说，在众人面前还是一副笑容可掬的模样，但是，我能明白他，因为得到接拍通知那天，晨晨很高兴，他跟我说，知道吗? 我可以将自己的另一面展示给自己了，我不仅仅是可以唱歌的，我的人生还有很多很多的方向。

管西的难过却是因为这是她第一次在安排和协调上出现失误，她不但要接受公司的质疑，还要每天被因此而引发的晨晨的负面新闻所包裹，尽管晨晨跟她说他不在乎，但她还是在揉着太阳穴度日。

这件事也让我看到了这样的事实：这个世界上，原来还存在着让在我眼里简直可以呼风唤雨撒豆成兵的管西无可奈何的事情。

管西说这就是这个行业的“潜规则”，导演和演员再风光，也抵不过投资方的翻云覆雨，真正的幕后大哥他们，他们才是可以动动手指就决定别人命运的人。

这几天晨晨的负面新闻都是关于他跟一个神秘女人的，我整天跟在晨晨身后，没见他跟哪个女明星或是女性朋友过分亲密。他总是乖乖的，打他手机，如果关机，那在他家里准能找到他。而凭借着女人特有的敏锐，我嗅不出电话那端，或者他那边的世界里有女性生命体的出现。

由于负面新闻中有女性的缘由，晨晨日常的出行成了那些记者关注的焦点，打个比方说吧，在晨晨周围，掉下一个广告牌，砸死的 10 个人中，有 9 个得是偷拍的记者，最后剩下的那个即使不是记者，也准是梦想着可以抓到猛料，大爆特爆之人。

这严重影响了晨晨的日常生活，他连下楼买瓶矿泉水都得慎之又慎，所以，管西给了我新任务，我成为了不折不扣的尾巴——晨晨的尾巴，只要晨晨出现在公众场合，我就要陪伴在他身边，以防突发事件。

这让我觉得，原来做明星也并不见得是件快乐的事儿，起码对于我所了解的晨晨来说是这样。晨晨的存在，就像一个木偶，他太听话，听话得仿佛没有脾气，他太文明，文明的仿佛存在就是虚假。

其实说到底，晨晨他——太孤独。

跟晨晨跟得久了，也会有机会跟着他回家，那个家跟他的人一样，干净得缺少了生气，除了晨晨，唯一的一个生命体就是他家沙发上懒洋洋的一只猫，不过这猫仿佛得道了一般，不叫也不闹，一副不食人间烟火的模样。

在他的家里，时间总是走得很慢很慢，他不说要我留下也不说请我离开，但沉默的久了，他也会突然对着电视里他自己的表演冒出一句：这首歌你觉得好听吗？或者，对着厨房里的芹菜问我：你喜欢吃饺子吗？

所以我选择留下，为的就是在他需要跟人讲话的时候，有我在他身旁。

但天娜跟着颜草光临了我的砖瓦房，晨晨和管西居然也来了！于是，2009年呈现在我眼前的第一幅画面是这样的：天娜的玛莎拉蒂，管西的路虎一前一后停在我们的矮房子中间，天娜的车轮子还压在了不知谁丢的已被冻得硬邦邦的卫生巾上。

第十五章　我爱他

农历春节就快到了，蔡大军说他不回家，我本来准备回去，不过有一天跟着晨晨演出路过火车站，我被售票室门口那些蓬头垢面席地而坐等待票源的购票者吓着了，我可不想挤在火车厢内的过道上让客运大妈一遍一遍的用餐车轱辘碾我的脚。听说我过年也不回家，原本灰头土脸的蔡大军眼睛里立刻闪出光泽，他杀牛宰羊，屋里屋外乐颠颠地置办年货。我不回去，颜草说他也不要回去，他不但不回去，还一连好几天跟在我屁股后跟我商量可不可把天娜带回来跟大家一起过年。

我要是同意我就是疯了。

颜草说天娜没亲没故又那么大岁数，一个人孤零零地在空房子里看别人嬉笑言欢真的很可怜。我轻蔑地笑，颜草，你带着那个情妇兼妈妈的天娜远走高飞吧，别碍我的眼。颜草低下头叹了口气说，花花，我想跟你一起过年，但我又不能把天娜丢下，我求你了。

我摇摇头。

颜草一甩衣袖，但没走，他说，我跟蔡大军道歉，你叫天娜跟我们一起过年，这样行了吧？我盯着颜草思考了几秒，这个提议听起来很不错，颜草欠蔡大军当然不只这个道歉，但可以让牛犊儿一样的颜草将“对不起”3个字说出口，也是一种收获，即使他说这3个字时未必真的心怀愧疚。

好吧，我承认我疯了。

“那个天娜给了你多少糖豆吃?”我心有不甘地问，在同意了颜草的提议后我这个做姐姐的家长权威再一次被挫伤。

“花花，你为什么不相信我?”颜草又在问。

“那个老女人可以给你签约公司？把你捧成明星?”

“至少我可以成为比那个晨晨更棒的歌手。”颜草扬了扬脖子。

“你觉得当明星很荣耀吗?”

“这不关你事。”

“你喜欢那个老女人?”我把问题逼到实质。

“花花!”颜草叫道，“我说多少次你才肯相信我?!”

“那你给我一个可以让我相信你的理由。”

“好吧，花花，是你逼我的。”颜草停顿了一下，他看着我的眼睛，下定了决心似的，“花花，我——”

颜草突然像泄了气皮球，有气无力地说，“花花，一是天娜很可怜，二是她还可以给我想要的东西，比如签公司，就这两点。”

“那天娜只是拿你当儿子吗?”我不依不饶。

“是的。”颜草好像突然之间就累了，“你不相信我就算了。”

“鬼才会相信你。”

我这个做姐姐的可真不容易，小时候替颜草收拾残局，长大了还要时刻关注他的成长动向，生怕一个闪失，他走错了路，走错路不要紧，再走回来就好，怕就怕他掉进万丈悬崖，得个尸骨无存的下场。

农历春节前一天，颜草来给蔡大军道歉，蔡大军受宠若惊了，他接过颜草倒给他的白开水，一边看我一边说，颜花，你看看你，这是干什么，事儿过去就过去了，还提它干啥。颜草面无表情，等着我下一步的指示，我搬来椅子，没有比现在更适合做家庭教育的时机了，我语重心长地说，颜草，你来北京，要是走错了路，回家我怎么跟爸妈交代呢?你想想，从小到大哪一件事，我这个做姐姐的不是为你操碎了心磨破了嘴?你都这么大了，该明辨是非了，好好的阳关道你不去走，干吗非要挤那个独木桥呢?万一你从桥上掉下去，爸妈得多伤心，做姐姐的我该多内疚。

奇怪，颜草居然没有吹胡子瞪眼，他默默地点点头，样子好像受了天大的委屈。蔡大军见状，赶忙过来打圆场，他说，行了行了，有个弟弟在身边多好，颜花你别不知足，明天就过年了，咱们都快快乐乐的，讨个好彩头。

颜草抬起头，面无表情地说，花花，明天天娜可以一起过来吧?

晕，这小子真是死不悔改!

新年这天，不但天娜跟着颜草光临了我的砖瓦房，晨晨和管西居然也来了!于是，2009年呈现在我眼前的第一幅画面是这样的：天娜的玛莎拉蒂，管西的路虎一前一后停在我们的矮房子中间，天娜的车轮子还压在了不知谁丢的已被冻得硬邦邦的卫生巾上。

我望着胡同里那一黄一白的两辆小汽车，再看看自己手里端着的一盆清水煮小鸡爪，寒酸得快要钻地缝了。管西叫我跟她到车里拿东西，那是几瓶红酒和干果之类的，还有一箱子烟花。搬东西的时候管西带着歉意说，晨晨和我在北京没什么朋友，来你这里不会打扰到你们吧?

“当然不会。只是我弟弟有个叫天娜的朋友今天也在，不会对晨晨有什么不好吧?”我说出了自己的担心。

“不会。”管西递给我两瓶红酒，“别担心，今天你不是助理，今天我们是好朋友跟好朋友的聚会。”

回到屋子，晨晨跟蔡大军正在包饺子，颜草和天娜坐在床上无所事事的看着电视节目。蔡大军拘谨地垂头拿双筷子在馅儿盆里搅啊搅，晨晨擀出一个方方正正的饺子皮交给蔡大军，蔡大军忙不迭地点头接过，这个男粉准是第一次见到晨晨这个大活人，紧张得不知所措了。我悄悄捅蔡大军，你说好不容易见着个活的，怎么也跟人家说句话要个签名啥的啊，干搅和饺子馅儿也不能弄出签名来。

蔡大军不动，怎么捅都不动。

颜草倒开口了，他说，花花，把蔡大军房子的钥匙给我，这里太挤了，我不爱在这儿呆着。

我看看四周，颜草说的对，我这个小屋容纳两个人还凑合，现在一下子站了6个人在里面，它的确连下脚的地儿都没有了。

蔡大军把钥匙交给颜草。

“一会儿吃饭叫你”我跟一前一后出了门的颜草和天娜说。

“那个——”我没忘替蔡大军开口的大事儿，“这是我朋友，叫蔡大军，他可喜欢你了。”

晨晨冲蔡大军笑着点头，说，我知道，刚刚我们互相自我介绍过了。

“哦哦，是啊是啊，那个——你唱得的确挺好的。”蔡大军脸腾的红了，他瞪了我一眼，接过我的话。

“那给签个名吧。”我继续给蔡大军讨福利。

晨晨摸摸前额的头发，拿出两个包裹得很精致的小盒子，说，咱们不需要签名，我买了礼物给你们。

还有礼物？我瞪大了眼睛。

管西接过一个盒子交给我，另一个由晨晨交给了蔡大军，感觉蔡大军都想哭了，他拿着盒子，嘀嘀咕咕地说，你看，你看，你们能来我就很高兴了，还买东西干啥。

我的礼物是一小瓶香水，一瓶上面连中国字儿都没有的香水。蔡大军的是一个手机，黑颜色的，好像是诺基亚N系列。

“不知道你们喜欢不喜欢，颜花，这段时间，辛苦你了。”晨晨说。

我暗自掐了自己一下，我真怕这一掐自己就醒了，晨晨，这个让我的心里起了变化的人，现在就站在我杂乱而狭小的屋子里跟我说着感谢，他的眼睛里全是真诚，他嘴角微笑带着亲切。

我去找颜草，之前我已经去过好几次了，我真怕他跟天娜躲在小屋里做一些苟且的事情，好吧，作为姐姐，我不该这样不相信自己的弟弟，但是，如果你见过天娜这种50多岁了还穿得如此风骚的老女人，恐怕你连自己的亲爸爸都不会相信了。

最后一次去看颜草，他兴奋地抓住我的胳膊，欢快地说，花花，花花，天娜送给我一份大礼，你猜是什么啦？

难道是价值几个亿的金内裤？

好吧，请再次原谅作为姐姐的我不该这么想，不该这么龌龊。

“花花，你快猜啦。”颜草摇晃我单薄的小身板。

“猜不出。”我说。

“看，”颜草拿出几张白纸递给我，“是合约！天娜给我找到了一家演艺公司，我就快成明星啦！”

“哦？是吗？”

我接过合约，那是一份演艺合同，条款繁多，有十几页纸，我趁着颜草跟天娜在那儿“谢谢你”、“不客气”的时候将合约拿出去给了管西。

“我弟弟说他签了一家公司，我看不明白这些条款，你能帮我看看吗？”我跟正在包饺子的管西说。

“好的。”管西擦了擦手。

管西看得很慢很仔细，过了好一会儿，她才抬起头微笑着跟我说这是一份中规中矩的合约，没什么不妥之处，那家演艺公司声誉也还不错。

“不过——”管西迟疑了一下。

“什么？”我观察管西的表情。

“做明星也不见得就是什么好事情，叫你弟弟保持一个好的心态，可能努力了也不会红，也可能红不了多久就会销声匿迹。”管西接着说道。

“颜草签公司了？”蔡大军过来凑热闹，“他那么活泼，长得也帅，我看干这行行，不过，你怎么不叫他签管西的公司呢，那样你也放心。”

我看着管西，等待她的态度，蔡大军说出了我心声，我管不了颜草这个来到北京就像个小疯子似的一心要钻进娱乐圈的孩子了，那么，把他交给管西是最好的选择。

“我不会签别人了，”管西带着歉意，“而且，你弟弟即使做了明星也不见得就会快乐。”

“你可以啊，你可以签新人。”一直沉默着擀饺子皮儿的晨晨突然说，“这样对你的事业好，或许，有一天我不能像现在这样红了，那个时候你需要一个新人。”

“伺候你一个已经够我受的了。”管西哈哈笑起来，“好了，我们今天不谈跟工作有关的事情。”

我恍惚觉得，我，蔡大军，管西，晨晨，我们4个之间，好像冥冥中有着千丝万缕的干系，虽然看不清也摸不着，但此时此刻，它们好像已经耐不住潜伏的寂寞，想要破土而出了。

我们在胡同的空地上放烟花，微妙的画面，除了颜草和天娜的位置始终保持不变，偶尔我和晨晨站在一起，偶尔晨晨和管西站在一起，偶尔蔡大军跟晨晨站在一起。每个人跟每个人站在一起的感受会是一样吗？

那是我见过的最美的烟花，在天空中一朵一朵舒展、绽放，黑漆漆的苍穹里被它们绚烂的色彩点亮。那些俯身而下带给我压迫感，却又美得让我舍不得将扬酸的脖子低下的烟花，你们知道吗？

我爱他。

我磕磕巴巴解释起来，其实就是，就是我以前的男朋友，他后天要来北京看我过得好不好，你知道的，我住的地方根本就没法儿见人，所以……

我还可以借给你做你的男朋友，晨晨听我说完突然坏坏地笑。

我受宠若惊了，绝对受宠若惊了！

第十六章　陌生女子的来电

我接到了一个陌生女孩子打来的电话，说陌生其实也并不，我知道她的名字，从颜草的嘴里听来的，只是，我并不了解她。

她叫陆欣。

如果没记错的话，我提过她的名字，她现在跟管东在一起，不是女朋友，是妻子，管东是我的初恋。

陆欣打来电话时，我正陪晨晨在西单附近买衣服，陆欣说："喂，你好，是颜花吗？你可能还不认识我，我叫陆欣，我知道这样很冒昧——"

"我知道你。"我这样回答。

"你知道我就方便多了，我想了好久要怎么跟你介绍我自己呢。我和管东后天去北京，我们见一面可以吗？"

呃……

"你别多想，就像你知道我一样，我也知道你和管东之前的关系，可我就是很想见见你，要不然我会一直放心不下的，就是那样的感觉，我想，你应该会明白吧？"

呃……

"你不必担心我是那种心情不好找茬儿大闹我丈夫初恋女友的疯女人，"陆欣在电话里咯咯地笑，"到时候管东也会在场的。"

"我们在哪里见面？"我问。

虽然很突然，但我还是明白了陆欣的意思，管东没选错人，她是如此精明的女人，一个可以和自己的丈夫一起坦然面对他初恋女友的女人，不是决绝的要离开这个男人，就是她已将这个男人牢牢控制在手心里了。

我相信陆欣是后者。

"后天是周日，去你住的地方可以吗？其实，管东一直想知道你在北京过得好不好。"

"好的，到时候见吧。"

我不是笨蛋，这个陆欣，很明显是想让已经被她攥在手心里的管东再受一次"爱的教育”，她要用现实再次套牢管东，瞧瞧我住的狗窝，管东就会明白，当年跟陆欣结婚而没等我回去是一件多么正确的事儿。

可我明明是可以拒绝这种羞辱的，大概，我还惦念着管东吧，只是，那已与爱情无关，无关的连我自己都被吓了一跳。我很想扮演一个从一而终的爱情使者，我也很想做一个电视里或者小说里出现的那些为了爱情抛弃名利地位权势，只与爱的人同甘共苦相濡以沫的高尚的人。我以前以为我是，但是遇到了晨晨之后，我发现我不是，不是的连本应有的羞愧都丢失了。

我在车上小心试探晨晨，我说周日没活动，你有事吗?

晨晨摇摇头。

那你可以把你的车借给我用用么?

晨晨点点头。

那，你的房子，也可以借我用一下吗?

晨晨看着我，这回没点头也没摇头。

我磕磕巴巴解释起来，其实就是，就是我以前的男朋友，他后天要来北京看我过得好不好，你知道的，我住的地方根本就没法儿见人，所以……

我还可以借给你做你的男朋友，晨晨听我说完突然坏坏地笑。

我受宠若惊了，绝对受宠若惊了!

晨晨的坏笑就好像是小孩子偷偷藏了你的手表，你着急的左找右找，他突然蹦跶到你跟前神秘地冲你伸手说，我知道手表的去处，但得有点儿好处才行。

“怎么样?”晨晨问，“为了感谢你，我可以做你几天男朋友，帮你打败你的男友。”

“求之不得。”我心花怒放，几乎脱口而出。

“那好，后天过来我这里吧，我跟你一起去接你的朋友。”

我期盼着后天，日日难安，夜夜难眠，蔡大军问我是不是发春了，咋这几天蹦蹦哒哒跟个小野猫似的呢。我笑而不言，倒是希望自己是只猫，一只漂亮的波斯小贵族，天天在晨晨窗前，用我的歌喉，表达我深深的爱。

后天，后天终于在千呼万唤中像小孩子捉迷藏似的探出头，我一把揪住这个小脑袋，决不允许它有缩回去的情况发生。

一大早，坐了公交搭地铁，搭了地铁换公交，一路上，我像只欢快的小鹿，恨不能一个飞跃就跨进晨晨的家门。

晨晨在等我，是的，晨晨小宝贝在等我。他穿了白色的套头卫衣，我一进门，他递给我一件跟他身上一模一样的，我心领神会，乖乖去卫生间套上。晨晨的餐桌上空空如也，看去机场接管东的时间还来得及，我着手开始给晨晨准备早餐，他的冰箱里除了鸡蛋都是速食食品，跟他的人一样，简单干净利落。

熬了小米粥，煎了蛋，晨晨低头吃着，好像在想心事，只剩下半碗粥的时候，他突然说，“你做的早餐很好吃。”

“哦，好吃吗?”我心跳加速。

“嗯。”

沉默了好一阵，只听得见他吱吱喝粥的声音。

“以后你可以住在我这里，”晨晨顿了一下，“我的意思是，你是我的助理，这样我们都方便。”

晨晨始终没抬头，如果他抬头看着我的眼睛，我想我会立刻当场晕死过去，因为我现在连顺畅呼吸都成了问题。

“可以吗?”他问。

“好啊。”

我本来想矜持一下，可没想到“好啊”这两个字像见了青草的饿兔子，急不可耐地从我嘴里蹦出。

“那从明天开始，你就住另一个房间，东西我都收拾过了。”

“好。”我又不假思索了。

机场的候机室里，管东没变，还是憨憨的样儿，只是肚子大了些，越发要走中年发福男人的路线了。他身边的陆欣，是一个穿着高跟儿鞋戴着墨镜的白皙卷发女子，他环着管东的手臂走出机场，那样子有点儿像国家元首携妇人出巡。

见了面，客套的自我介绍，管东说这是他妻子陆欣，我说这是晨晨。

“你是电视上那个唱歌的明星吧?”陆欣坐在车里问开车的晨晨。

“不是，好多人都说他长得像。”我接过问话。

“电视上那个也叫晨晨呢，连名字都一样啊? 管东，你说他们是不是很像?”陆欣转头问管东。

管东侧身看了看晨晨，“嗯，是挺像的。”

“我们陈晨，是姓陈的陈，那个明星不是，好像是两个叠字。”我继续编。

“颜花，你有福了，到北京交了这么帅气的男朋友，你看我们管东，肚子都出来了，好像怀了孩子的是他，不是我。”陆欣摸着自己的肚子，“快两个月了，我希望是个女孩儿，管东他喜欢女孩儿。”

管东的表情很不自然，他干巴巴地笑了笑。

“酒店我给你们定好了，你们先休息一下吧。”晨晨说。

“颜花，你上哪儿找这么好的一个男朋友啊?”陆欣的语调很是羡慕，“我们管东就没这么体贴。”

呵呵呵呵，管东又干巴巴地笑。

晨晨事前预定了酒店，这个是我不知道的，从前天到现在，他给了我太多的惊喜，他会不会像我喜欢他一样也喜欢上我了呢?

“你们在北京呆几天?”我问管东。

“3 天，我办完事情就回去。” 管东说。

“那一会儿去我那里吃个饭吧，剩下的时间可能陪不了你们，我们还有工作要做，临走的时候我请你们吃大餐。” 我说。

“不了，饭就不吃了，这已经很麻烦你们了。” 管东说。

我没跟管东再客套下去，也没再提要他们到我住处的事情，因为无论贫穷或富贵，我想陆欣的计划都得逞了，得逞了的陆欣便不会再计较所谓的形式，只不过我心里多少有些小小的失落。

管东的身边是另一个女人的气息，对我来说，那么的陌生，或许，剥开这层气息，管东的身体里还留着我所熟悉的味道，但我却再也没有资格去剥开它了。

刚到北京时还梦见管东来到我身边跟我说，颜花，我陪你来北京，我陪你，我们一起去找你的亲生爸妈。醒来时，泪水冷冷的打湿我的脸，就像冷冰冰的被窝给我的温度一样，我不得不抱紧自己，那时我想，我只剩下我自己了，唯有抱紧自己，才能温暖。

管东临走的时候约我出去，我没拒绝，我们在他入住的酒店旁边的咖啡馆见了面。管东摸着自己的脸，好像是对脸上的青春痘痕不好意思似的一直在笑。

“你生活的不错，男朋友很帅，住的地方看起来也很舒坦。” 管东说。

“是啊，你呢？”

“我也还好。” 管东挪了挪咖啡杯，“我其实是希望你过得不好，那样我就可以指着你的鼻子骂你，小样儿，当初叫你不要来北京，你非得来。”

“我要是过得不好是不是会天下大乱啊？” 我笑笑。

“你会不会怨我当初没跟你来北京？” 管东没回答我的问题。

“不会，就像我非得要来北京一样，你肯定有你的故事，你的理由。”

管东盯着我看了半天，“我想你也不会怨了，因为你现在比跟我在一起生活得要好。”

“我还害怕你怨我当初把你自己丢在沈阳呢。”

“我其实有个故事，很长很长的，改天说给你听吧，好吗？”

“好，正好我也有个故事，到时候咱们可以交换。”

“那就这么说定了，你想说故事的时候叫我，我想说的时候就找你。”

“没问题。”

“我走了，要不要给你爸妈捎东西回去？”

“没有，你快走吧，陆欣在宾馆一定等不及了。”

“我走了，真不捎东西回去？”

“是啊是啊，你快走吧。” 我推管东。

“那好吧，再见。”

再见，是一定会再见的。

綦大军像见了臭东西，他捏着鼻子嚷嚷，呀呀，颜花，你身上没病菌传染给我吧？随后又恢复常态笑嘻嘻拽过我说，走，回家吧，我特地来给你除晦气，家里炖着小笨鸡呢。

家还是那个家，只是早就变成了綦大军的仓库，綦大军脏兮兮的家里飘出的香气蒙住我的眼睛，我想哭，真想哭。

第十七章　甲流来袭

我要搬去跟晨晨同住，第一也是唯一一个出来反对的人是颜草。他拍桌子摔凳子大闹我的5尺小屋，不过我只一句话就将他撂倒了，我说，你闹吧，我会以牙还牙的反对你和天娜的，看咱们两个谁更厉害。

颜草没了气焰，弱弱地说，花花，我跟天娜差着好几十岁呢，可你跟晨晨，你们住在一起那就是孤男寡女，我，我代表爸妈不同意你那么做。

"你代表不了爸妈。"

"那我代表我自己。"

"你自己没那么大权力。"

"那个晨晨说要你做他女朋友了?"

"我是去做助理，照顾他是我分内的事，做什么女朋友?"

"我没听过做助理还睡在他家的!"

"随你怎么想，要不你离开天娜，我就不去晨晨家。"

"花花！我和天娜跟你和晨晨是不一样的!"

"对嘛，你比我厉害，自己有妈还没事儿给人当儿子玩儿。"

"花花!"

"小草同学，请走好，恕不远送。"

蔡大军帮我收拾行李，挑挑拣拣弄了一行李袋，边收拾边打他的坏主意，什么你走了屋子就空了，反正房租你交了一年的，干脆给我当仓库得了。末了又说，你去晨晨那里也好，免得在这里受罪，女孩子就该当公主一样养，不像我们男的，遭多大罪都行。不过你也得注意，他毕竟是明星，有脾气啥的那都是正常的，晨晨人不坏，单纯着呢，你多担待。

这蔡大军，怎么角色转换的就跟自己是我和晨晨共同的爹似的呢？

“对了，你过去住，管西知道吗？”蔡大军问。

“应该知道吧，晨晨说他跟管西说了。”

“那就好那就好。”蔡大军又往我的行李袋里塞进一样。

跟晨晨住一起喽……住在一起的第一天，他说晚上想吃饺子，我和了面，他跟我一起包的，吃完晚饭，他出去了，没让我跟着。住在一起的第二天，跟晨晨参加一个活动回来已过深夜12点，我们在外面吃的，期间有人认出晨晨，不过很友善，晨晨同意和他们拍照。第三天，有人来打扫房屋，我跟晨晨说以后不用雇人打扫了，我可以。晨晨说不行，你是我的助理，又不是清洁工。第四天，我们一起喂了小区里的流浪猫，有一只断了耳朵，我说它跟蔡大军一个样儿，晨晨笑笑没说话。

第二十一天……第二十四天……第二十七天……

第二十八天，晨晨作为评委被邀请去成都参加一个选秀节目，我们提前一天到达成都，投资商请大伙吃饭，饭桌上，一个西装革履的投资商老总向晨晨介绍他的女儿，老总说，我闺女天天盯着电视看你，张口闭口也全都是你，梦里有没有你我就不知道了。电视台的领导在一旁附和，晨晨你二十六七了吧？张总的女儿今年23，郎才女貌说的可真不错。

听说过女明星傍大款急于上位的，这富家女勾引当红男明星只图个脸蛋漂亮我还是第一次见到。不过你别说，这个张总的女儿长得还真不赖，瓜子脸白皮肤长头发的，一看就是个小鸟依人的乖乖女。这个乖乖女就坐在晨晨的旁边，她穿着桃红色的T恤，晨晨则穿了件绿衣裳，俩人一红一绿，匹配的就像是韩剧里的小情侣。

我当然吃醋了，可是低头看看自己，你就会明白猕猴桃和小红樱桃的区别。

晨晨笑而不语，老总举起酒杯，我女儿也参加这个选秀，我敬大家。

晨晨握着酒杯只是抿了一口，老总脸上的表情十分不悦，却也没说什么，整顿饭在喧嚣中默默前行……

第二天的比赛，晨晨给老总的小樱桃女儿打了中规中矩的分数，这分数在其他评委的高分堆里显得孤零零，就跟坐在评委席上的晨晨一样。

当然，小樱桃女儿并不会因为晨晨的分数而遭到淘汰，她会一路稳妥妥的前行，直到摘得冠军的桂冠。

从成都回来的第二天，晨晨不停地咳，而且突然高烧不退，他说躺躺就好，结果，他躺下之后就开始冒虚汗说胡话，爸爸妈妈管西的乱叫。我等不及电梯背着他下楼找车去医院，快到 3 楼的时候脚下打滑，晨晨一下子被我摔到了 2 楼缓台，一直说胡话的晨晨面色苍白牙关紧锁没了声儿，我吓得抱紧晨晨的身体，眼泪噼里啪啦地往外掉。多亏三楼的一位大伯听见声音开了门，好歹帮着我把晨晨弄上了街边的出租车。

我坐在急诊室外的长椅上，医生不让我进去，我拦住一个护士，她急匆匆地走，边走边说，别担心，可能是甲流。

那时报纸上已经铺天盖地全是甲流的消息，可我这个做助理的却只是为晨晨买了口罩而已。

我想到了管西，或许该给她打一个电话，但我犹豫之后没打，在晨晨说胡话乱叫管西的那一刻，强大的失落就完完全全将我吞噬，这股失落现在还汹涌澎湃着，它们让我迷失了方向，我将电话关机，像一只忠诚的狗，守在晨晨的病房外。

我自私地希望，在他生病的时候陪在他身边的人，只会是我。

深夜的医院冷清得让人觉得无情，医生出来跟我说话，戴着厚厚的口罩，他问我是怎么来医院的？我说打车。他说，还记得出租车的号码吗？我说，谁会记得？你不去救里面的那个人，跑这儿来向我打听车号你不觉得自己可笑吗？

医生拍我的肩膀，似乎想传递给我一种叫做信任的东西。沉默，周围的一切都沉默下来，我咬着手指趴在玻璃上目不转睛地看晨晨，他稍一皱眉，我的心就像从 25 层高的地方做自由落体。

我被随后而来的护士带到一间病房，这里显然被重新布置过了，有卫生间有电视有空调居然还有电脑。

护士说，不用担心，甲流就是流感的一种，可以治好的，不过，我想你能理解，你暂时得在这里隔离几天，尽可能的帮我们想想这几天你们都接触过哪些人，特别是送你们来的出租车司机。

我终于把电话打给管西。

之后我独坐在医院安排给我的俨如宾馆的病房里，像突然被砸瘪脑壳，想不明白一切。这一个多月我和晨晨吃住都在一起，成都也是一起去的，我怎么就没感染上甲流？我倒希望此刻感染上甲流的是我。

有什么东西紧紧嚼住我的心，我要离开这里，我想陪在晨晨身边，不过我的要求很快就遭到门外护士的严词拒绝。无论我怎样跟他们心平气和或是歇斯底里，他们都不准我离开病房半步。护士说，放心，甲流可以治愈，晨晨不会有事的。

“让我去看看晨晨行吗？你们一定是怕我被传染上吧？没事的，我不怕被传染。”我不甘心，继续跟护士软磨硬泡。

“不是怕晨晨传染给你，你跟晨晨接触过，我们是怕你出去传染给其他人，你就忍耐几天吧，好不好?”护士带着央求的口吻说。

于是，我度过了人生中最为精致最为规律的 7 天。每天早中午晚，都会有护士过来送餐，餐是他们给配过的，可口又丰富。每天下午两点，还会有医生来为我的身体做各项检查，他们会顺便带来晨晨病情的最新消息给我，一个比一个好的消息让我的心情随着时间的流逝渐渐舒展，就像窗外那些吐出嫩芽的柳树，充满了愉悦与希望。

护士们说的对，甲流真的不是什么大病，只是突然出现的时候骇人而已。

在连了网的电脑上，许多猜测充斥着各大媒体的头版头条，有的说晨晨最近的“失踪”是因为被查出患上绝症；有的说过早的成名让晨晨心灵扭曲，所以他患上了恋物癖，正在接受治疗；有的说，晨晨早就有了厌世情绪，他去了一个杳无人烟的地方独自度过余生。

一个叫“欣欣然”的记者说，晨晨喜欢上了他的助理，两人已经在一起生活有一段时间了。为了他的助理，晨晨决定退出娱乐圈，两人现在正专心在家孕育下一代。

这个记者还配发了图片，是一张我跟晨晨在西单购物的照片，晨晨是一张侧脸，他戴着墨镜手里拿着我买来的甜筒在吃。而我拎着晨晨的衣服站在他的右侧，是一个背影。

我没忘最初培训时的《助理九戒》，可我的心里却鬼使神差地很是甜蜜，我也隐隐约约地感觉到，我在晨晨身边的日子屈指可数了。

去了晨晨的贴吧，那里有歌迷盖的祈福楼，里面说无论传闻是否真实，他们只希望晨晨可以快乐健康。我匿名发了帖子给他们，我说晨晨一切都好，大家快快乐乐就是晨晨最大的幸福。

获得“自由”那天，我急不可耐地去看晨晨，但医生只允许我在外面。晨晨的病房里，管西戴着口罩正专心致志地给晨晨削苹果，晨晨目不转睛地看管西，中午时分的阳光洒进病房，正好将两人罩在阳光里。

我使出浑身解数都无法进入的病房，管西却坐在里面，那画面温馨的想让人落泪。在病房外面，我碰见了蔡大军，是他先发现了我。

蔡大军像见了臭东西，他捏着鼻子嚷嚷，呀呀，颜花，你身上没病菌传染给我吧?随后又恢复常态笑嘻嘻拽过我说，走，回家吧，我特地来给你除晦气，家里炖着小笨鸡呢。

家还是那个家，只是早就变成了蔡大军的仓库，蔡大军脏兮兮的家里飘出的香气蒙住我的眼睛，我想哭，真想哭。

“我知道你受了委屈。”蔡大军盛出一碗鸡肉端到我面前，他自己面前却什么都没有，只是看着我。

“你知道什么?”我望着蔡大军。

“我知道吃饱了不饿。”蔡大军指指我面前的碗，“好了，一切都过去了，快吃吧。”

晨晨健健康康地出院，管西被隔离之后却又病倒了，好在几番排查并没有感染上甲流。管西没有住院，她回了家调养。那几日，晨晨很少回来住，他顺理成章地和管西进行了角色对换，我能想象出他为管西削苹果的样子。

一个月之后，除了黑压压的甲流报道，还有人拍到我深夜时分在晨晨家出入的照片，我和晨晨的关系进而被那些八卦媒体炒得面目全非，管西知道后，恼怒地质问我是谁允许我住进晨晨家的。

我一直以为我住进晨晨家的事情晨晨是告知了管西的。

管西要求我立刻搬离晨晨的住所。

管西质问我那天，晨晨闯进来，他斩钉截铁地跟管西说不许我搬出去，管西截铁斩钉地说我必须要搬出去，两人就此大吵起来，吵得门外全都是探头探脑的人。

管西说，晨晨，你不能再错下去了。

晨晨说，我没错。

争吵的最后结局是晨晨拂袖而去，他的眼睛里闪烁出少有的倔强，像要保护自己心爱的玩具一样视死如归的倔强。

我去晨晨家搬自己的东西，不到两个月的时间，我曾经的雀跃和小得意和偷偷的幸福感，汹涌而来又卷潮而去，我还来不及细细体味这一切，它就结束了。晨晨站在门口，突然从后面抱住我，他的声音柔柔的，别走。

那一刻的震颤无异于8级地震，它摧毁了我所构筑的一切，我守着自己的残垣断壁站在那里不知如何是好。

别走了。晨晨又说。

好，我不走。

撞衫了，撞衫了，记者们窃窃私语，他们的相机却没因此停下来，刷刷刷刷闪个不停。记者们当然不会放过这么容易做文章的话题，提问一个接着一个抛出：

晨晨，你今天跟颜草穿了一样的衣服，是之前就约好的吗？

颜草，听说你的姐姐在给晨晨做助理，这衣服是不是她早就买好分别送给你们两个的呢？

从穿着上看，你们两个品味很像，不知道会不会喜欢同一类女生呢？

……

第十八章　颜草居然红了

颜草居然红了。

他参加了一个选秀节目，一路过关斩将，晋级总决赛，并最终夺得冠军，电视里的颜草站在领奖台上，高高举起自己的奖杯，一脸的不屑与高傲。台下是他的粉丝极尽疯狂的欢呼，居然有人在台下开启香槟、放起烟花，滚滚浓烟让电视台的工作人员傻了眼，决赛在一片混乱中匆匆落下帷幕。

颜草开始在电视上的许多个频道里谈笑风生，街边的音像店里随处都放着他的歌，学校附近的文化商店有他大把大把的海报出售，陪晨晨参加活动，也可以见到他的身影。面对自己的弟弟眨眼就变成了炙手可热的明星，我不知道是该高兴还是担忧。颜草跟晨晨不同，后者是一步一个脚印、踏踏实实的努力才换来今日荣耀的明星，相比之下，颜草更像个中了500万，一夜暴富的人。

像给明星做助理这样的事情空降到我头上，我还得寻思好几天，不安好几日，可颜草，面对着汹涌澎湃的崇拜，他受之泰然，不仅泰然，他还得瑟，耀武扬威的样儿看了我就想揍他，我真是搞不明白那些为了他死去活来的粉丝究竟看中他哪点？头脑简单四肢发达？还是又高又帅又白痴？

“甲流”以汹涌之势泛滥，管西减少了晨晨外出的活动，取而代之的是接了一部电视剧给他，拍摄地点就在北京。拿到剧本，晨晨并没多大兴致，我知道晨晨想演的是那种可以去戛纳领奖的剧本，并非这种烂大街的青春偶像剧。但晨晨还是那个听话的布偶，他提前入住剧组安排的宾馆，终日在客房里研读剧本很少出门。

电视剧迟迟没有开拍，导演说现在有好几个人选在竞争男二号的角色，投资商还没定下由谁出演。我从网上沸沸扬扬的消息中得知颜草也是男二号的竞争者之一，我不知怀着怎样的心理，一方面希望颜草可以出演，另一方面一想到天娜这个老女人会从皮兜里掏出一沓沓钱放在投资商和导演跟前就恨得咬牙切齿。

是的，我希望颜草可以凭借努力获得角色，并非钱。但在娱乐圈里，在金钱面前，谁会在乎你的努力呢？晨晨或许早就看穿了这些，所以他自始至终都保持成听话的木偶的姿态。

果不其然，颜草力压其他人选，顺利进入剧组，这样，在宾馆里，我一出门，左边就是晨晨的房间，而右边，是颜草。颜草身边跟着天娜，还有一个看上去二十三四岁的女孩子，那女孩子给颜草端茶倒水，样子甚是殷勤，恐怕跟我是同一角色。只是我从做助理开始，手脚勤快那是必然，但脸上从没有闪现出像那女孩子那般讨好的模样，这可能也是跟晨晨的绯闻漫天飞舞管西仍旧没将我辞退的原因吧。

开机那天甚是热闹，粉丝记者一大帮人将现场挤得水泄不通。粉丝分作两拨儿，一拨儿是晨晨的，另一拨儿是颜草的。颜草的粉丝一眼望去全是90后，他们疯狂地呼喊，大有不把现场捅个窟窿不欢畅的架势。晨晨的粉丝，80后居多，他们把音响设备带去了现场，所以在颜草的粉丝个个喊得脸红脖子粗直要背过气的时候，晨晨那边却人人悠闲，只听得见音响里晨晨的歌声响彻会场。这真是验证了“近朱者赤近墨者黑”那句话，四肢发达的颜草，连粉丝也跟他一样，净冒傻气。

导演剧务制片等一干人登场之后，晨晨和颜草也准备上台接受记者采访，在这之前他们俩分别坐在自己的车里，等两人一左一右往台上走，我才发现，晨晨和颜草居然穿了一模一样的外套。

撞衫了，撞衫了，记者们窃窃私语，他们的相机却没因此停下来，刷刷刷刷闪个不停。记者们当然不会放过这么容易做文章的话题，提问一个接着一个抛出：

晨晨，你今天跟颜草穿了一样的衣服，是之前就约好的吗？

颜草，听说你的姐姐在给晨晨做助理，这衣服是不是她早就买好分别送给你们两个的呢？

从穿着上看，你们两个品味很像，不知道会不会喜欢同一类女生呢？

……

颜草的回答张扬跋扈，“我想，一会儿的专访，该会有人去换衣服吧？”

晨晨笑笑，“我和颜草有过一面之缘，这次我演哥哥，哥哥是一个带有包容性的角色。”

拍完照，两人各自回到车里，等着一会儿的专访。我敲开颜草的车门，天娜在里面，我开门见山，“颜草，一会儿专访你换件衣服吧，两个人穿同一件衣服不太好。”

“花花，过来给我做助理，咱们早就说好了的。”

“快换衣服吧你，一会儿去专访，别那么张扬，你还是个新人。”

“花花，一代新人换旧人，旧人死在沙滩上，傻子才要换衣服呢，你不觉得同样的衣服我穿着比晨晨帅吗?”

同一件衣服，穿在不同的两个人身上，效果当然是截然不同的，颜草看上去更硬朗，晨晨则更儒雅。

“不好意思啊，我们没带别的可以换的衣服。”颜草的助理在一旁怪着腔调说。

“真是什么人找什么人。”瞅了一眼一直跟那儿若无其事看热闹的天娜，我甩上车门走了。

“一会儿给我拿件另外的衣服吧。”晨晨像知道了什么，对刚刚坐回车里的我说。

“真对不起，我弟弟他这个人最近变得厉害，跟以前都不一样了。”我对晨晨说。

“没什么，其实我觉得穿一样的衣服也没什么。”晨晨说。

下午的访问，颜草吊儿郎当处处针对晨晨，站在一旁的我真想上去抽他，还好晨晨毕竟是老手，总能见招拆招，将尴尬化解的恰到好处。访问结束，颜草把我堵在卫生间外，他装作很不在意，其实却是满腔愤怒的问我:“你一会儿还跟晨晨回家?”

这回轮到我报仇了，“关你什么事?”

“你不看新闻啊?你不知道别人怎么说你吗?”颜草咄咄逼人。

“新闻还说你年前到泰国当人妖呢，你信啊?”我反问。

“花花，回来给我做助理，我来照顾你，你答应过的!”颜草狠狠抓起我的手。

“你小时候还答应过爸妈，要做一个献身四化的好孩子呢，可现在，你知道你变成什么样了吗?”

“我没变。”

“整天在电视机里装个性，你还知道什么叫谦虚吗?爸妈当初是怎么教你的你都忘了，你以为自己是明星就了不起了?颜草，我告诉你，你这样下去早晚有一天会摔下来。”

“花花!”颜草抓我的手更用力了，“我做的一切都是为了你!”

“为了我?为了让我过上好日子不再住狗窝，是吗?颜草，哪怕你端给我一碗开水，只要是你劳动所得，我都会感动的落泪，但现在，你只是一个被天娜用钱捧出来的白痴!”

“哪个明星不是用钱捧出来的!”颜草大吼，“你那个晨晨他就清高吗?!”

“颜草，别人我管不着，但我必须要管你，你是我弟弟，明白吗?”

“我不是你弟弟!”颜草过于激动了，“我不是你弟弟!”

“颜草!”

颜草居然被我气哭了，他的强势因此从他的躯壳上滑落，里面剩下的又是那个小时候抹鼻涕赖着我的颜草了。

“花花，”颜草低下头用衣袖抹了一把眼泪，“我有个愿望，但你从来都不在意我说什么，我想站在一个有很多人很多人的舞台上跟下面所有的人说，我喜欢你，我要照顾你，你能明白吗?”

OMG，如果不是我的耳朵出现了幻听，那就一定是这个世界疯了!

“颜草，你，你说什么?”我想看看到底是这个世界疯了，还是我耳朵坏了。

“我喜欢你，以后我来照顾你。”颜草又重复了一遍。

“颜草，你，你，你——你说的喜欢，是，是姐弟的那种喜欢吗?”谢天谢地，我的思维还保持在正常的轨道。

“不管是哪种，反正我就是喜欢你，我要照顾你，跟我回家吧，你跟我回家，这个明星我不当了。”

“干吗又扯到回家这件事上?”我也愤怒了。

“反正我就是喜欢你!”

“你喜欢我?你想气死爸妈吗?”

“那我不管，我就是喜欢你!”

我想，疯狂要分许多种，目前的这种是：颜草左脑感染了甲流，右脑感染了QQ病毒，前脑感染了熊猫烧香，后脑感染了狂犬病，他整个就是一病毒库，一个手持炸药裸奔在高速上想跟火箭比速度的妖孽。

颜草已经睡去，他的身体像虾米一样蜷缩，怀里小褐猫和小黄狗也安静地睡着。

第十九章　我不是你弟弟

我将耳朵贴在门上，屏气凝神地听外面的动静，有开门声和渐渐远去的脚步声，几分钟之后，我蹑手蹑脚打开门，探出脑袋四下张望，走廊里静悄悄，一只猫站在过道的地毯上与我对望，我冲它比了"嘘"的手势，小家伙却"喵"地叫了一声。我吓得赶紧把脑袋缩回门里，一只大手却在这时扳住即将关闭的房门，颜草强壮的身体顺着门缝挤了进来，他手里抱着走廊里那只褐色小猫。

"你不是去片场了吗?"我问。

"花花，你躲不了我的，就算我去了片场，一会儿你也要去的。"

颜草绝对疯了，自从那晚他抽风一样说喜欢我之后，无论是在片场或是回到宾馆，他每天都会送乱七八糟的东西给我，有时候是一大袋子汽水糖，有时候是耳钉，有时候是手套，甚至鞋垫他也送过。

"花花，送你。"颜草将小猫递过来。

"你又要拿活物来祸害我了? 颜草，我求你，我这里没有那么多地方安置你的东西，况且你们在拍戏，你能不能认真点儿，起码你要对得起天娜帮你砸的那些钱吧?"

"花花，你记不记得 10 岁那年，校门口有个宠物店，你说喜欢猫。"

"我还说我喜欢狗呢，大黄狗，可以咬死你的大黄狗——"我意识到自己犯了个严重的错误，赶紧闭了嘴。

颜草凑过来把猫放到我怀里，"花花，我喜欢你，这只小猫就叫花花，好不好?"

"颜草，这里是中国，我是你姐姐，就算在外国，也没开放到弟弟可以跟姐姐在一起的，明白吗?"

"花花，就算你是我姐姐，也不能阻止我喜欢你，爱是没有界限的。"

"颜草，你清醒点儿吧，爸爸妈妈怎么办?"

“爸妈已经知道了，我来北京的时候跟他们说过了，我喜欢你，我要带你回家，谁都阻止不了。”

“什么?!”我一激动，忘记了怀里的小猫，小猫被我弄疼了，呜呜地叫着。

“花花，你弄疼它了。”颜草说。

“颜草，你作孽，你想让爸妈被气死吗?”

“花花，有些事情你不了解的。”

“我不想了解什么，我只知道我不喜欢你，明白吗?”

“我会让你喜欢我的。好了，花花，我先走了，一会儿片场见。”

电视剧已经开拍半个多月了，进度很慢，那些个编剧不知道整天都在想什么，基本上今天的戏剧本前一天才赶得出来，赶出来的还不是定稿，还要反反复复改来改去，害的我大半夜来来回回满北京城的领剧本。片场里，天娜动不动就请全剧组的人海吃海喝，不光请大伙，她和颜草还爱吃独食儿。不是今天买个全聚德回来，就是后天定个芝士蛋糕，颜草每次得了好吃的，总能想起我，一会儿拿来几个火龙果，一会儿端来几根鸭脖子，就跟我这辈子没吃过东西似的。有一次颜草给我送来一袋糖，我说我牙疼不吃了，你自己留着吃吧。颜草伸手就来摸我的腮帮子，这要搁以前，就是他颜草上来抱我黏我，我会烦但不会觉得别扭，可现在不行了，现在他一用异样的眼神瞅我，我就心慌，恨不能地上没缝儿自己挖出来一条钻进去。

所以当颜草的手刚伸过来，就被我挡开了，我扭头说晨晨的东西落宾馆了我要回去取，剩下身后的颜草怔怔的看我的背影。

晨晨那天也发现了颜草的异样，他在午休吃盒饭的时候问我，你弟弟怎么了?

我放下筷子，看着不远处跟天娜一边说笑一边向我这边观望的颜草回答说，别搭理他，他小脑残疾了。

今天要拍一场“雨戏”，大致就是晨晨扮演的哥哥与颜草扮演的弟弟有了矛盾，两人在瓢泼大雨里大吵大闹。这个时节北京雨不多，为了这场戏我们等了好多天，可老天偏偏就是不肯掉眼泪，连撒泡尿可怜我们一下的机会也不给，导演组只好借来一消防车要来个“人工降雨”。

拍摄的时候，颜草不是说错词儿就是忘词，要不然就是乱站位置，害的晨晨跟着他在“狂风暴雨”里折腾了好几遍。开始我以为是颜草这几天拍戏累着了状态不好，后来发现这味儿越来越不对，敢情这孩子根本就是故意的!

晨晨就像是雨中凋零的树叶，湿透的衬衫紧裹身体，里面紧绷的肌肤脉络一样展露无疑。我看不过去了，趁导演喊停的时候，跑去拽过颜草，我低声说，颜草，你够了没？颜草耸耸肩说，你说够了我就够了。

晚上回宾馆的路上，那期盼已久的雨这时却从天空中倾泻而下，我和晨晨坐在车里伴着午夜的广播听豆大的雨滴噼里啪啦敲打车窗，广播里有人点了一首晨晨的歌，还说希望晨晨未来可以发展得更好。晨晨用手在车窗的哈气上画出各种图案，他那被浇透换下来的衣服被我抱在怀里，我听歌听的入迷不觉身上染湿了一大片。

回到宾馆，早上颜草送给我的那只小猫在我的房间里面称了霸王，屋子里弥漫着臊气，便便到处都是，我进屋的时候，它正拽着我衣柜里的一只衣袖打秋千。我焦头烂额的看着眼前的景象，真恨不能将那猫揪过来一把掐死。

有人来敲门，我以为是晨晨等不及来要明天的剧本，赶紧东抓一把西抓一把将衣服塞进被子，还有那只小猫，被我毫不留情地拎着丢进了垃圾桶。打开门，颜草却像个落汤鸡似的等在门口。

“你又要干什么？”我极不耐烦。

“花花，给你小狗。”颜草揭开自己的外套，里面趴了一只黄色的小狗，那狗憨憨的样子，小眼珠滴溜溜转，“我问过宠物店老板了，他说这是拉布拉多犬，能长成把我吃掉的那么大呢。”

我都不知道该说什么好，“你快先进来把自己擦干净吧。”

“呀，花花，你的房间可真像狗窝。”颜草一进来就嚷嚷。

“拜你的猫所赐。”我说。

“你说花花啊，它在哪儿呢？对了，花花，这狗也叫花花吧，大花花，小花花和花花。”颜草跟那儿像说绕口令。

那只小褐猫不知何时从垃圾桶里爬了出来，摇摇晃晃舔着毛，小黄狗见了抖抖毛立刻闻上去，两只倒不见生，玩儿的还挺欢畅。

“真没见过猫跟狗还能玩到一块去的。”我递了一条毛巾给颜草。

“花花，猫和狗都可以，我们自然也可以啦。”颜草没心没肺地说。

“那是他们还小，不谙世事，等长大了，就会互相厮咬，明白吗？”我给颜草换了条毛巾，真不知道他这是在雨水里泡澡了还是游泳了，全身上下没一块干的地方。

“花花，我们可以在一起的。”

“除非地球毁灭，颜草，我们是姐弟，你脑残了？”

“我不是你弟弟。”颜草淡淡的回了一句，然后拿着毛巾进了卫生间，“花花，我要洗澡喽。”

屋子里安静下来，窗外的雨依旧凶猛，宾馆房间的灯光本来就不是那种白炽灯，现在在雨的包围下，气氛显得尤为压抑。唯有地上的两只，互相嬉闹着，它们毫不知情。卫生间里传来哗哗的流水声，难道颜草他知道了么?

“颜草，你知道了什么吗?”我站在卫生间的玻璃门跟前问。

“花花，你要不要进来一起洗啊，哈哈，别害羞，小时候咱们可经常一起洗，我都见过啦。”

“颜草——”

“花花，我要练闭气功啦，先别跟我说话。”

是的，小时候的颜草自从看过《赤子威龙》，就对里面那小孩儿可以在大海里憋很久而不死这门功夫产生了前所未有的兴致，他此后经常将脑袋插进满是水的脸盆里，然后将双臂像翅膀一样张开，手里握着我买给他的电子表计时。

小褐猫和小黄狗仍不知疲倦地玩耍，我的心情却无比沉重，颜草知道了我不是爸妈生的，我只是一个弃婴了吗?

打开窗户，雨水中混着泥土的芬芳涌进房间，越发的让人想哭。快两年了，我从来没有忘记过自己来北京的目的，只是，我所做的努力至今没有收到丝毫效果。我也想过，是不是真的该放下，真的该学会宽容与忘记。

“花花，你知道什么了么?”颜草的声音突然从卫生间传出来。

“你呢?”我反问。

“没有啦，你到底要不要进来洗澡?”

显而易见，颜草他一定是知道了，他是怎么知道的我不得而知。但是他怕我伤心却是显而易见的，而我，大概也是怕自己要面对这一生的无疾而终，所以，我们都不挑明，不挑明就像一把保护伞，将我、颜草、还有我的养父养母安全的置于其中。或许，等到我的亲生父母现身的那一天，我们想要的结果就会出现。

颜草光着膀子从卫生间里出来，下身穿着大花裤衩，他嘴里咬着不知哪儿弄来的苹果，含糊不清地跟我说，花花，今天睡你这儿了。

有人敲门，颜草抢过去开，之后他和门外的那个人好像僵持住了。我拨开颜草，晨晨站在门外。

“我是来拿明天的剧本的，等了很久。”晨晨说。

“哦哦，我弟弟过来了，我现在就给你送去。”我返身进屋拿剧本。

“不用送了，交给我就好，这么晚了，快休息吧，明天还要工作。”晨晨说。

我还是跟着晨晨去了他的房间，我想跟他解释些什么，在了解到颜草知道了我的秘密之后，对我来说，那么多年的姐弟情虽然没有变质，但我还是心虚，只在晨晨面前心虚。

“我弟弟过来了，我就忘给你送剧本了。”我说。

晨晨脸上挂着微笑，“没关系的，这段日子让你忙坏了。”

“你今天被雨浇了，身体没什么问题吧？”我问。

“没问题的，很晚了，快回去休息吧。”

我还记得那天晨晨从后面抱住我的温度，他说不要走，所以我选择留下。那天晨晨让我觉得，虽然不能确定他像我喜欢他一样也喜欢着我，但起码他对我还是有依恋的。可是自从那天之后，那种依恋就莫名的消失了，我跟在晨晨身后，我的目光无时无刻不在他的身上，我希望我在看他的时候他也能与我对望，我希望对望的眼神里会有对我的特殊感觉。在片场，晨晨的目光掠过我时，会点头会微笑，但那点头与微笑里我体会不到一丁点儿的暧昧。

可能是衔接出了差错，也可能是我的感觉系统出了问题。所以我更加努力的去感受去衔接，但得到的却是跟我的亲生父母至今下落不明一样的结果。

他不喜欢我，对我没有依恋，那为什么还会抱住我？

带着一肚子的失落与疑惑回到自己的房间，颜草已经睡去，他的身体像虾米一样蜷缩，怀里小褐猫和小黄狗也安静地睡着。

这又将是一个不眠之夜。

是的，我该恼羞成怒，为自己的甜蜜与自私跟自己恼羞成怒。我在希望，也在等待，等待之前已经被管西给平息下去的绯闻风波可以借着媒体也好网友无聊的爆料也罢再次卷土重来，我要让晨晨幡然觉悟，那晚的那一抱是他的潜意识在替他表达，而潜意识是可以变成意识的，变成光天化日之下朗朗的爱意。

第二十章　价值只有娱乐大众

为了让小褐和小黄这两只精力旺盛的家伙不再转圈圈洒便便到我的床上，我决定趁着夜色将它们送到蔡大军那里。白天是没时间送的，白天要伺候晨晨，要避开颜草，还要时刻期待为眼神撞击的那一刻闪出的火花粉身碎骨。再说，白天蔡大军也不会在家，他准穿越大街小巷吆喝他那些伪劣产品呢。

敲门，黑暗中一只大手像有预知一样将我一个趔趄拉进屋，怀里熟睡着的小猫和小狗“啪啪”掉到地上。两只被摔的傻傻愣愣，我也一时摸不着头脑。

“你怎么回来了?”蔡大军的声音悬浮在黑暗中。

“蔡大军你干吗?你欠别人钱吓得躲债呢?”

“你还不知道?现在外面说不定有记者，就等着堵你。”

这话怎么听着这么耳熟，就好像是“外面现在全是警察，你怎么还敢出来?就等着逮你呢。”

“堵我干什么?”

蔡大军的声音从窗台那边传来，“我把窗帘挡上，咱们开灯再说。”

“蔡大军，你没事儿吧?几天没见，你也跟着抽风?”

灯亮了，小褐和小黄都摇着尾巴可怜巴巴仰头望我，“蔡大军，这猫和狗先放你这儿，等晨晨拍完电视剧我就接回去。”

“你还有心情养狗?”

“到底怎么了?”

“过来，你先看看这报纸上怎么说的。”

报纸上写的有模有样，说我和晨晨相识于3年前他在沈阳的演出，有点儿类似于皇帝出巡，我这个适时出现的民女有幸得到恩宠，并且那一晚的浪漫让我们有了一个孩子，孩子从小就被寄放在我的老家沈阳，现已3岁。如今，晨晨名气越来越大，我便上京为子寻夫企图达到名利双收的目的。要不然凭我一个名不见经传的小北漂怎么可能如此轻松的就当上了晨晨的助理，还住进了晨晨家呢?

报道的落款是一个叫“欣欣然”的记者。又是”欣欣然”，我记得上次在网上爆料说我和晨晨有不正常关系的人也是他。

“今天早上我刚出门，一个男的问我你是不是住这里，我当时不知道怎么回事，就说是啊。结果呼啦围上一圈拿照相机的，说是什么记者，还问我你和晨晨的关系。”蔡大军跟我解释说，“我把他们都赶走了，可这一天我东西都没卖好，老觉得有人在后面跟着我，晚上回家还瞅见好几个人鬼鬼祟祟的在我屋前屋后转悠。”

“无非就是为了博卖点瞎写的东西嘛，蔡大军你跟着在意什么。”我的甜蜜心里又在作怪。

蔡大军埋怨我说:“颜花，晨晨他是明星，这样的事情一传十十传百对他发展很不好，而且前些日子管西要你离开晨晨家，你怎么就不听话呢?”

我仿佛被人揭穿阴谋似的恼羞成怒起来，“关你什么事!”

是的，我该恼羞成怒，为自己的甜蜜与自私跟自己恼羞成怒。我在希望，也在等待，等待之前已经被管西给平息下去的绯闻风波可以借着媒体也好网友无聊的爆料也罢再次卷土重来，我要让晨晨幡然觉悟，那晚的那一抱是他的潜意识在替他表达，而潜意识是可以变成意识的，变成光天化日之下朗朗的爱意。

“明天去找管西吧，看看她要怎么解决这件事。”蔡大军提醒我。

“我明天还得去片场呢。”我继续一意孤行。

“明天我陪你去找管西，今晚你别走了。”

“那怎么行，我得回去，晨晨明天的剧本还在我手里呢。”

蔡大军打开门，我以为他生气了要赶我走，没想他自己到了门外，却将我推回屋内，接着“咔嚓”一声，门被反锁了。

“蔡大军，你干什么啊!”我用力拍门。

蔡大军叹了一口气，“明天我跟你去找管西，现在我去你那里住。”

地上的小褐和小黄不知何时依偎在一起，两只蜷缩在角落里，睡得小肚子一起一伏好不香甜。有时候真的很羡慕这些不会说人话的小生命，它们没有烦恼，没有忧愁，也不必纠结爱或者被爱，更不必需要知道自己的生身父母是谁，它们只管吃饭睡觉，冲主人撒娇。

一夜未眠，思考如汹涌的海浪，在我的脑袋瓜里此起彼伏。虽然不甘心但不得不承

认蔡大军说的很对，这样的绯闻如果长期闹下去对晨晨来说必定是致命的打击，他因此被人卸去光环，因此遭到唾骂弄不好都会发生。而我呢，只不过是一个靠摆地摊为生，伺机寻找父母的千万民众中普通的不能再普通的一个，何苦为了那晚的那一抱，为了那句“别走”而搅乱了别人的星路呢？那一抱，大概跟任何人受了委屈时情不自禁抱住亲人痛哭流涕的感情是一样的吧？

这样的机会，我是不是该做个电视里演的为了爱护自己心爱的人而主动放弃一切牺牲一切的人呢？

一大早，蔡大军就过来开门，思考明白了的我没了昨晚的锋利，乖乖地跟在蔡大军屁后去了青橘子公司。

管西似乎早就在等我们的到来。

“只有一条路，”管西吃进去一片蓝颜色的药，“现在马上从晨晨的家里搬出去，助理也暂时不要做了，片场那边我会给晨晨派新的助理过去。”

“第一次传出这些事儿的时候你就该这样强硬，你这人就是心太软。”没等我表态，蔡大军就抢在了我前面。

其实我也不用表什么态了，管西和蔡大军的表情已容不得我做任何决定。

管西替我们派了车，蔡大军生怕我随时反悔似的，寸步不离我左右，我们一起去晨晨家拉回我的东西，几件衣服和洗面奶和旅行袋而已。从晨晨家出来的时候，蔡大军跟我说，这孩子生活的还挺好。

回家的第二天，记者堵上门来，这超出了我的想象。我以为我听了管西和蔡大军的话，那些看热闹的捧热闹的人就会无趣的摇头离开。但是我错了，几乎我一开门，他们就像炸了窝的蜜蜂，嗡的一下子将我团团围住。他们关心我和晨晨所生的孩子是男是女的架势比关心他们亲妈何时离世来得还要迫切。

不知道不知道不知道。

我挤出人群逃回小屋。门外又传来一阵骚动，相机的咔嚓声不绝于耳，我撩开窗帘，小心翼翼地观察，被记者包围的中心位置站着的竟是晨晨！他被记者们挤得东倒西歪，而他身边居然没有跟着保护他的人，管西给他配的新助理哪儿去了？

我一激动，就冲了出去，这下可好，形势更加混乱了。

我和晨晨被夹在中间，相机的闪光灯晃的我眼泪都淌了下来，不知什么东西在我的脸上划出一道口子，火辣辣的疼。周围住着的大爷大妈们也跟着沸腾了，他们戳戳点点，脸上的表情就好像我们刚被人捉奸在床。闻讯赶来的蔡大军在我的记忆里从未如此英雄过，他像个摔跤运动员，把围住我们的记者一个一个抛开，然后像恶狗护食一般连推带踢的将我和晨晨顶进屋子。

落在外面的蔡大军成了倒霉孩子，那些记者轮番向他开攻：

你是谁?

你和晨晨什么关系?

你跟颜花什么关系?

你知道他们两人的关系吧？要不你给我们讲讲吧？大伙都不容易，也不能叫我们空手而归啊。

颜草也来了，他一身刺眼的黄色，晃晃悠悠就进了我的视线，刚开始我以为自己眼花，还宽慰自己说那只是跟颜草长得很像的一个记者罢了。结果他的到来让记者们立刻为之一振，兴奋点呼的就转向了他。

颜草，听说颜花是你姐姐?

你姐姐跟晨晨的关系想必你更清楚?

作为新人，颜花是晨晨的助理也是你姐，我们不能不这么想，你的一夜成名是不是有他们的暗中相助?

小褐和小黄不知道是因为兴奋还是因为害怕，两只嗷嗷直叫，狗能叫出这种声音也就罢了，猫也能发出狼声这我倒是头一回遇着。难道它们正处在变声期?

我光顾着紧张的盯着颜草了，晨晨这时自己推开门，一个人走了出去，等我反应过来，他早已站在门口，蔡大军满头大汗，脸上全是紧张，他像一堵墙，隔在了记者和晨晨中间。本来喧闹的场面安静下来，因为晨晨开口说话了，他说，你们不要瞎写，也不要瞎猜，颜花虽然是我的助理，但我们更是好朋友。我存在这个世界上，价值恐怕只剩下娱乐大众这一条了，能让大家开心，我也没什么，挺快乐的，但是我身边的人，他们有他们活着的价值，请大家不要干扰到他们的生活。颜花不会离开，还会做我的助理，不能因为你们，就让别人的生活陷入混乱。

记者们当然不满足，还要发问，一边的颜草“切”了一声，蔡大军扭头黑着脸瞪颜草，那么尖锐的像刀锋一样的眼神让我不由得一颤。局势不会演变成颜草和晨晨的武斗，蔡大军在一旁拉偏架，记者们拍手称快，高喊着再来一次吧?

谢天谢地，谢天谢地，管西也来了！她一出现，形势马上就得到了缓解，她像拢小鸡崽儿一样把记者拢到一起，管西笑得真诚而干练，她说过几天会为此事专门召开一个发布会，到时候会澄清所有的一切，眼下，公司在饭店定了包房，大家要是没事儿就都过去热闹热闹。

记者们你瞅我我瞅你，有人说，那咱别跟这儿干靠了，走吧，管西请吃饭，咱也不能卷她面子不是?

管西拥着那些记者往外走，她故意放慢脚步，之后在蔡大军耳边说了句什么，蔡大军面色凝重的点点头。

记者们终于在管西的带领下散去，看热闹的大爷大妈们也各自回家，一度喧嚣的小巷子又恢复了往日的冷清，地上的西瓜皮看起来像糟了蹂躏一般，脏兮兮的四分五裂。

“走吧，我送你回去。”蔡大军对晨晨说。

晨晨把头转向我，“你还是我的助理，没有人要你离开。”

“晨晨，你不能再这样下去了!”蔡大军居然敢跟晨晨喊。

“你的助理?花花早就答应过我，她现在是我的助理。”颜草也来了劲儿。

看来，混乱的局势并没有因为记者的撤离而得到丝毫的缓解。

“走吧，哪儿来的都回哪儿去!”蔡大军指指晨晨和颜草，“你们两个都给我回片场，”蔡大军又指指我，“你给我进屋里呆着去!”

“说过了，花花跟我走，她现在是我的助理。”颜草上来挑衅。

我就纳闷，颜草不摆出一副桀骜不驯的架势能死么?

“你还会给我做助理吗?”晨晨走到我跟前。

“我——”面对晨晨柔软的眼神我不能不语塞。

“现在这种情况，不要再谈助理的事情了，都赶紧回各自的岗位。”蔡大军替我做了回答。

“是的，”我低下头，说出了违心的话，“就像你说的，每个人都有存在的价值，我想，我不适合在你的圈子里，扰乱你的生活。”

“那好吧。”

晨晨重重的点头，他随着蔡大军走了。颜草没跟着走，蔡大军走的时候叫他，他爱搭不理的假装没听见。我想蔡大军是生气了，因为他甩甩肩膀，领着晨晨大步流星地走了。

留下来的颜草凑到我跟前，很神秘地说，“花花，现在就剩我们俩了，我们进屋说。”

“颜草，你什么都别说了，我不想跟你吵架。”进了屋我直接封颜草的嘴。

“花花，我快开个唱了，到时候会给你个惊喜。”

“颜草，你给我的惊喜够多的了，我求你，我不想要了。”

“花花，明天你就过来给我做助理。”

“颜草，你清醒点儿好吗?我们是姐弟，这辈子是下辈子也会是，收回你所有有悖伦理的妄想吧。”

颜草逼近我的身体，“你知道的，我不是。”

“你知道了什么?”我盯着颜草的眼睛，努力使自己处乱不惊。

颜草败下阵来，他抱住我，“花花，你知道的，你该知道的。我不知道要怎么跟你说，我要怎么跟你说，你知道的对不对?对不对?”

“是的，我知道了。”我推开颜草，我不忍心再这样折磨他，“我知道了，我是个弃婴，我是个弃婴又能怎么样呢?我是弃婴但我不缺少父爱母爱，我甚至还拥有别人没有的弟弟。”

“花花，我还是你弟弟吗?我不是你弟弟，从我偷听到爸妈的谈话那天起，我就不再当自己是你弟弟。”

原来那夜偷听到爸妈谈话的人不只我一个，在另外一个不为人知的角落还有颜草，颜草跟我在同一时间不同的地点知晓了我人生最大的秘密。

“爸妈知道我知道了吗?”

“他们不知道，但他们知道我知道了。”颜草停了一下，“花花，你是为这个离家的吗?”

我点点头，笑笑，“颜草，我得找到我的生身父母，我要扇他们几耳光。”

颜草又来抱我，“花花，你别伤心，爸妈还是你的爸妈，你不会没有家的，我还可以给你一个新家，你想要什么我都给你。”

“我不伤心，我知道爸妈对我好，你也对我好，可越是这样，我越觉得对不起你们，我觉得自己是一个背叛者，我不是翅膀硬了就想飞，我只是想扇那俩人耳光，真的颜草。”

我也抱住了颜草，这么久了，我其实一直渴望有人跟我分享这个秘密，因为我一个人没有办法去承担它带给我的悲伤。两年了，我始终找不到可以扇他们耳光的人，这使我感到绝望，我觉得自己从生出来那天起就是没有价值的，要不然也不会被遗弃。而从出生到现在，这漫长的成长过程里，我第一次坚定而决绝要找到一个结果，可结果却给了我空，我的价值再一次受到了宿命的嘲弄。

生来就是没价值的，何苦强寻那根本不可能存在的东西呢?

我的眼前又是那个午后阳光里管西给晨晨削苹果的样子，嫉妒，嫉妒游遍了全身，曾几何时，我说过，我宁愿一辈子都在找寻，也不愿那一丝一毫的嫉妒在我的身体里存留。那时的想法是多么可笑啊，嫉妒它是个魔鬼，它没上你的身，你自然说得轻松加愉快，现在，它上了你的身，它是游离于你之外的，它不是你自身，所以，你控制不了它。

你终将被它吞噬。

第二十一章　你终将被它吞噬

至此，似乎所有的一切都将告一段落，我回到自己租来的小砖房，现在成了蔡大军的仓库小砖房。蔡大军忙不迭地过来收拾，我却挥挥手说，算了，给我留张床的位置就行啦。

我累了，在蔡大军把我带去见管西那时我就觉得自己疲惫的像一摊软泥。是的，这个世界混乱且疯狂，我累了，让曾经所有的支撑全都离我而去吧，我现在只想让我的心剩床那么大的地方，上面躺着的人只想有我自己。而床的周围，我曾经的领地，我要用黑漆漆的雾团将他们屏蔽了。

我的小床上还可以容纳谁呢？颜草送我的小褐和小黄挤上来，似乎要给我答案。

你们一边儿去！我呵斥它们，我想我还不能适应可以跟猫猫狗狗同睡。

我试图重操就业，可曾经的营生也抛弃了我，我的地摊旁，每天都会有人假装路过，他们窃窃私语，声音虽然很小，但却能像针锥一样刺进我的耳朵。他们说，快看快看，就是她就是她，不要脸想高攀人家明星，结果偷鸡不成反倒蚀把米，被人家扫地出门了。

听说还有一个孩子?

可不是，那孩子被男方要走了，现在都什么社会了，还想母凭子贵呢？真是可笑。

呦呦，那还挺可怜。

是啊，什么都没有了，你没看都摆地摊来了？

我不是圣人，还没修炼到“两耳不闻窗外事，一心只想摆地摊”的境界，对于自己一下子就变成了人们口中的反面教材、娱乐对象我还真适应不了，所以旧业没重操几天，我就强忍眼泪回了家。

等在家里的有蔡大军和小褐和小黄。蔡大军拍着身上的灰土，他刚出摊回来，小褐和小黄眼巴巴的看我，它们在等待我带回好吃的小金鱼和小排骨。

蔡大军打来水咔嚓咔嚓的洗脸洗脖子，那劲道就好像他的脸和脖子都是用猪皮缝制的，不怕刀刮一样。

“没啥了不起的，你的一日三餐我包了。”蔡大军拍拍胸脯说，。

我真怕他用力过猛把自己那单薄的小身板拍漏了。

“过不了多久，他们就都会把这事给忘了，到时候你摆你的摊，我还游街窜巷，也挺好的。”蔡大军接着说。

于是，我成了蔡大军的“三包”客户，他每天早早起来买回一天的青菜，我则像个农村小媳妇，不问世事，只管把一日三餐弄熟，然后等蔡大军回家吃。每天除了做饭，剩下的时光里我无所事事，招猫逗狗倒成了乐趣。跟小褐和小黄玩的累了，我就上网，我的菜地早就荒芜了，现在用大把大把的时间来重新拾掇拾掇我的菜园子也挺好，我还记起蔡大军带我去大学里偷李教授家大白菜的事儿。

那时多好啊，傻傻的没有欲望，只有清贫的快乐。

网友们对我和晨晨的事儿谈论的乐此不疲，半个月都过去了，他们的热情依旧不减，还有人为此做了专题，在专题里，我总能看到“欣欣然”这个名字，他就像一个影子，在引导着舆论的导向，这大概就是传说中唯恐天下不乱者的典型人物吧，我恨透了这个“欣欣然”。

欣欣然在网上提供的照片里，有一张是我怀揣小褐和小黄那晚的，蔡大军说的对，那晚他们真的守在门口。我怀里揣两只小动物，是怕他们冷，但却被“欣欣然”说成我偷偷摸摸带着我和晨晨的孩子回家。我不得不佩服现在的修图技术，照片里我那夜色下鼓起的肚子，不但像抱了一孩子，更像怀了一孩子。没把我说成十月怀胎，我真得谢谢他们。

另外还有去年在乌镇的，一张是我和晨晨一起上大巴车返回时的照片，另一张是个背影，晨晨和那个背影在挑茶壶，“欣欣然”说那是我和晨晨借着出去演出在乌镇上的恩恩爱爱。照片里的那个背影我在乌镇见过，那把紫砂茶壶我也见过，拥有背影的人是管西，不是我。

我在网上也看到了晨晨的消息，“欣欣然”爆料说晨晨因为这次“生娃门”事件，阳光向上的形象大打折扣，演艺事业因此受到影响，与其签约的广告商都要跟他中止合约。

这个消息就像是沸点，让我心里的那锅水一下子沸腾起来，咕噜咕噜，咕噜咕噜，滚烫的水花四溅。

反复琢磨了很久，电话拿起又放下，最后决定给管西打电话，而不是晨晨。管西略一迟疑，语气疲惫地说，“是的，我手里现在已经接到了几份解约的电函。”

“为什么?” 我问。

“很多商家选择晨晨，是因为他阳光向上的形象，现在出了这样的事，晨晨的形象已经不符合他代言的很多东西了，而且因为这样的事情我们也已经违背了当初合约里的许多条款。”

“怎么才能去阻止这样的事情发生呢?”

管西在电话那边笑的很无奈，“有一些自发的舆论我控制不了，你注意到网上有个叫‘欣欣然’的人吗? 这个人的目的很明显，他就是要弄垮晨晨。”

“我能做什么去补救吗?”

“不用了，这段日子你也一定承受了不少压力，娱乐圈的事情，很难说得清，即使是同一公司也存在着明争暗斗，一个明星落势，另一个新人马上就会上位。”

“你的意思就是说，晨晨他——就此完了?”

“公司还有很多新人等着上位，该做的努力都已经做了，剩下的恐怕只能是雪藏。”

“一丁点儿都挽回不了吗?”

“晨晨他也累了，红了这么多年，休息一下也好。”

“可是——”

管西打断了我的话，“颜花，我也很累了，许多事情，我们让它顺其自然吧。”

一通电话就这样宣告了晨晨明星时代的结束? 我不愿相信，我更不甘心，我不甘心晨晨的未来就这样被那个叫“欣欣然”的人给毁掉。但就在这通电话的几天之后，剧组那边传来消息，晨晨在片场出了意外，被从天而降的道具砸了个正着。得到消息后我直奔医院，蔡大军跟着我，嘴里直说，砸成什么样了? 砸成什么样了? 有事儿没啊?

到了医院门口我却犹豫了，我对跟着的蔡大军说，你进去看看吧，我就不进去了，被人看见不好。蔡大军额头的汗珠像刚出锅的蒸笼上的蒸汽，他点点头，说，那你就在这儿等我，我看看就回来。

找了个角落坐下来，高度的原因，见到的全是些急匆匆的脚步，我想顺着他们的脚步去透视他们的脸，但我没有勇气抬起头，我怕见到我自己。

蔡大军没一会儿就出来了，我观察他的脸色，他轻松地说，没事儿，道具砸到脑袋了，管西在里面照顾着，我们回吧。

我的眼前又是那个午后阳光里管西给晨晨削苹果的样子，嫉妒，嫉妒游遍了全身，曾几何时，我说过，我宁愿一辈子都在找寻，也不愿那一丝一毫的嫉妒在我的身体里存留。那时的想法是多么可笑啊，嫉妒它是个魔鬼，它没上你的身，你自然说得轻松加愉快，现在，它上了你的身，它是游离于你之外的，它不是你自身，所以，你控制不了它。

你终将被它吞噬。

“我的亲生父母在哪儿？” 我握紧拳头，发现手心全是汗。

“我只能告诉你，你的母亲现在在北京。” 标准男音平静地说。

第二十二章　我的亲生父母在哪儿

网上关于晨晨的消息，仅仅限于对他和我的关系的深度挖掘，正经的新闻很少，演出啊广告啊，这些更是没有。唯有一条，算是最后的谢幕，是关于他接拍的电视剧的，晨晨离开了剧组，原因是他的戏份已经结束，他所扮演的哥哥，在一次意外中葬身火海。我所了解的不是这样的，那部电视剧晨晨是主角，是从头演到尾的主角。不知所谓的编剧，就那样毫无征兆的把晨晨的角色弄死了。我知道这不是编剧的错，这是一种信号，一种即将离开大众视线的信号。

这种“离开”已被晨晨的粉丝敏锐的觉察到，除了祈祷他们还在帖吧里寻找导致这种结果的罪魁祸首，我自然而然的走进了他们的视力范围。他们辱骂、诋毁，一波接一波的向我发起进攻。我无法将显示器里的那些个 ID 与在现实里见过的那些可爱的人联系在前一起，但我理解他们，爱是会使人疯狂的。

他们最疯狂的举动，是在我出门的一刹那，朝我的脸上丢了一个塑料袋。空的塑料袋是无法产生那么大的力道的，所以，当塑料袋破裂，一股又臭又黏稠的液体顺着我的脸淌下来时，我知道他们在里面装了什么。

两个穿红色卫衣的女孩子顺着小巷张皇地逃离。

那一刻，我需要做点儿什么，可强烈的羞辱感像一张冰网将我冻住了。我动动手指，迈开脚步，我要在邻居出来之前回到我的小屋，我在小屋里清洗我的脸、我的身体、我的衣服，还有我的泪水……

各式各样的人给我打来电话，有邻家大妈似的人物，她们喋喋不休地向我倾吐做女人的种种难言；有粉丝女孩们，她们用肮脏的不堪入耳的话骂我吼我；还有寂寞的男同胞，他们语气暧昧，要约我出去，就好像我们前生早已相识似的。啼笑皆非的电话们让我觉得这个世界就像是一个可笑的充了气的娃娃，里面佯装忙碌实则无聊的人比比皆是，但只要一捅破，他们就会憋得满脸通红，缺氧般大喊："孤独啊孤独"。

这些人中仍旧记者居多，记者们想从我这里挖料，甚至有人开出价钱，只要我说出几条晨晨的私密，或者接受他们的专访来谈与晨晨的情感之路。

我的回绝让他们绝望，只有一个人，他让我竖耳倾听，生怕漏下任何语言符号。

"你好，颜花吗？"是一个类似机器制作出来的标准男音，"我叫'欣欣然'，想必你或多或少对我有点儿印象吧？"

见我不说话，标准男音又说："你不要紧张也不要诧异，我们做个交易好吗？"

"什么交易？"我想要自己也能发出跟他一样标准的女音。

"首先自我介绍一下，我是一名周刊记者，如果能拿到同行拿不到的东西，我的前途嘛自然就会很光明。"

"你想要了解晨晨的私生活，之后用钱来给我作交换，对吗？"

"不，当然不是。如果是那样，我就跟其他的记者没什么两样了，而且在这之前你拒绝过的记者都该论斤称了吧？"标准男音发出标准的哈哈笑，自以为说了一个很不错的笑话。

"那你什么意思？"

"我不想了解晨晨的私生活，我也不想知道你和晨晨的关系，我想知道的是——"标准男音就此打住，样子像在四下观察，确保万无一失才能说出下面的话。

"是什么？"

"你想知道是什么吗？"标准男音在挑逗我。

"如果你不说，我就挂断电话。"

"你不要挂断嘛，咱们将来是要合作的。好吧，让我来告诉你，是——晨晨和管西的私生活。"

"什么？"

"难道你还蒙在鼓里？可怜的孩子，到现在你还不知道你只是遮掩他们两个爱情的工具吗？告诉你吧，在你和晨晨的关系被曝光之前，他们俩人的暧昧关系已经被我探查到了，经纪人跟所带的明星闹绯闻耶，而且管西比晨晨大七八岁，这个你知道吧？你想想，这样的消息要是不胫而走，她管西还想在圈里混吗？他晨晨还当得成明星吗？他们只不过想借你来炒作你和晨晨的关系，这样呢，就可以转移公众的视线，让大家一窝蜂的关注你们。然后，管西和晨晨就可以优哉游哉地在你的掩护下过他们的二人世界了。"

"听不懂你在说什么。"

"你听得懂的，好好想想吧，把整个事情的来龙去脉认真想想，很容易就会发现的，在整件事里你只不过是个工具罢了，虽然这很难让人接受，但早一点儿知道总比傻傻的被人骗了还替人数钱强。”

“你当我是两岁的小孩子？你说什么我就信什么？”

“我没要求你相信我啊，你好好想一想嘛，想好了联系我。”标准男音像猛然记起什么似的，“哦，对了，你是弃婴吧？还想找你的父母不？我可以给你提供线索。”

“你到底是谁？你怎么知道的？”

“我是周刊记者嘛，你要知道记者是无所不能的。你叫颜花，1983 年 7 月 11 日出生，1983 年 7 月 23 日在北京站被你的养父养母捡到，你的亲生父母嘛——”标准男音戛然而止。

“我的亲生父母在哪儿？”我握紧拳头，发现手心全是汗。

“我只能告诉你，你的母亲现在在北京。”标准男音平静地说。

“她在北京什么地方？”我一定要保持平静与冷静，但我平静不下来。

“这个嘛，交换喽，你给我晨晨和管西暧昧关系的第一手资料，我就把你妈妈住的地方告诉你。”

“我凭什么相信你？”

“都说了嘛，你可以不相信。其实，咱们合作你一点儿都不吃亏，你是喜欢晨晨的吧？你那么喜欢他，围着他像只哈巴狗一样尽职尽责，可他呢？他在利用你，在利用你去爱另外一个女人，你不感到愤怒吗？女人嘛，在爱情面前都是自私的，不要佯装伟大却委屈了自己。”

不得不承认，这一刻我被这个标准男音“欣欣然”俘虏了，他像我肚子里的蛔虫脑袋里的神经一样了解我、知晓我的弱点。有一句话说的好，如果你知道了一个人的致命弱点，那么你就能控制他，控制他到死。

爱情和亲情，这两个被我屏蔽住了的精灵，它们在黑暗中伸出手，扼住了我的脖子。

“想想吧，怎么样你都不吃亏，而且很多事情我光说也没用，你比我更想知道答案的，对吧？想好了联系我。”

标准男音还没等我的答复就挂断了电话，挂的很突然，留给我的，却是无穷无尽的挣扎。是的，我迫切的想要知道那是不是真的，晨晨和管西在利用我？那个文明的乖巧的像小狗一样的晨晨他在利用我？

“欣欣然”说的对，女人都是自私的，不但自私而且敏感，我想那个答案或多或少已经在我心里盖棺定论了，但是，我仍想要亲身去掀开那个答案，万一，万一“欣欣然”说的都是假的呢？人要给自己留希望才可以生活下去，就算，就算我们怀揣希望，最后得到是——绝望。

我拿着这张照片走在朗朗的午后街道，我的身体里有悲伤有邪恶有悲壮有复仇，它们彼此纠缠不清，我则麻木不仁地只管用两条腿奔跑。

第二十三章　岁月打磨过的爱

蔡大军这几天也变得神秘起来，不但中午不回家吃饭，连晚上归来的时间也不确定了。问他，他就支支吾吾闪烁其词。问急了，他还耍小脾气，吵着说干嘛干嘛你管我干嘛。这可真是“虎落平阳被犬欺”，以前净被我欺负的蔡大军现在都敢跟我瞪眼睛了。

我思谋了好几日，决定先给管西的办公室打电话，打过去没人接。又给她手机打，这回接通了，管西电话那边的环境分外静谧，那感觉就像她被罩进了苍白的大屋子里。我给管西打电话无非想探听她跟谁在一起，这种事情不能直接面对面的探查，因为我一撒谎脸就红，还是电话好，只能听见声音，她看不见我紧张的脸。

“管西姐，刚给你办公室打，你不在，就打你手机了。”我说。

“嗯，没关系，我这段时间都不会在北京，如果有什么事情打我手机就好，这段日子很难熬吧?”

“还好，管西姐，晨晨他，最近还好吗?”我旁敲侧引。

“挺好的。”管西说。

“管西姐，能不能给晨晨换个公司呢?”我不光是在打探消息，我也实实在在的替晨晨担心。

“换公司不可能，”管西咳了两声，她好像感冒了，“晨晨没有那么多钱来付违约金的。”

“违约金要多少钱?”

“少说要几百万，多说就不一定了。”

“要那么多吗?”

“是的，晨晨虽然是明星，但他挣来的钱公司分去很多，剩给他自己的并不多。”

“那就再也没有别的办法了吗?”

“顺其自然吧，颜花，就让一切顺其自然自生自灭吧。”

顺其自然? 自生自灭? 顺其自然的成全了你们两个? 那我呢? 从头至尾我算什么

呢？一个为你们做陪衬的小丑吗？

我不假思索的打给晨晨，电话通了，我却结巴了，“晨晨，我，我是颜花。”

“我知道。”晨晨说，“有事吗？”

“哦，没什么，想问你最近过得好不好。”

“挺好的。”

“你，在北京吗？”我问出实质性问题。

“哦，我不在，我现在外地，等我回北京再联系你。”

她不在北京，他也不在北京，他们都不在北京，他们一定是在某个地方双栖双飞，而我却在风口浪尖上给他们做替死鬼！

我到蔡大军家，从柜子里翻出他的大衬衫穿上，还有他那脏了吧唧的遮阳帽也被顶在头上，我又去街上的地摊随便捡了个眼镜戴好。我承认我恼羞成怒了，我要迈开我的腿让那真相赤裸裸的呈现。

我去了晨晨的家，我有他家的钥匙，之前他交给我的，一直都没收回。随着锁芯转动的那一刻，我猛然惊醒，我这是在干什么呢？但强大的嫉妒或者说恼怒瞬间就打败了清醒的我，我有些胆怯但却毅然地开了门。

晨晨的家安静的让人害怕，午后的阳光顽固地洒在明亮的大理石地面上，折射出刺人的光芒，我遮住眼睛适应了一下屋内的亮度。依旧是干净的毫无生气的家，一切井井有条，像是临走之前已经做过充分的准备。

做过充分的准备？这又让我恼火起来。

与晨晨同住那几个月，我从未进过他的房间，今天，我来到这里，不为那期待已久的会心一笑，为的却是要将自己赤裸裸的摆在真相面前。房间的摆设很简单，还不如宾馆的客房复杂，一张床，一张书桌而已。书桌的抽屉上挂着钥匙，一个不上锁的抽屉里会藏着秘密吗？

打开，最上面是一张歌词，《不要站在离我最远的地方》，晨晨的笔迹：

如果我可以停住时间
希望你看得见
十八岁那年
雨滴像季节肆意蔓延
……
我说那不是青春懵懂的胸膛
你说生命其实还有很长
我说你可以将头靠在我肩上

你说它其实不够宽广

……

不要站在离我最远的地方

我们可以一起

向花儿盛开的海洋

那是记忆里最美的芬芳

落款的日期是2004年8月。

我告诉自己这不算什么，晨晨是个歌手，歌手写歌词写情情爱爱是很正常的事情，谁说他就一定是写给管西的呢?

可接下来的照片粉碎了我所有的侥幸和希望，还包括为数不多的自以为是的骄傲。

那是晨晨跟管西的合影，很多张，照片上的日期最早从2002年开始，每一张都是他们两人亲密无间的样子，最近的几张是在乌镇，那个灰色风衣的背影果然是管西，她和晨晨站在桥头，两人的脸上全是平静的幸福，像是经岁月打磨过的老夫老妻。

7年，7年的时间，我如何才能战胜他们的7年? 体内的嫉妒已然演变为妒忌，这个恶魔撕裂我的心，嚼得我的骨头咯咯咯咯响。我挑出一张照片揣进兜里，那是04年的照片，上面的晨晨看上去比现在要爽朗很多，他像个调皮的小孩子在管西的脸颊上轻轻一吻，照片就定格在这样的画面。

我拿着这张照片走在朗朗的午后街道，我的身体里有悲伤有邪恶有悲壮有复仇，它们彼此纠缠不清，我则麻木不仁地只管用两条腿奔跑。

在巷口我和蔡大军撞个正着，我人仰马翻，他却推着自行车立住了，蔡大军从地上拾起从我口袋里掉出来的相片，我跃起一把夺过。

蔡大军看了一眼满头大汗的我说："回家吧。"

我默默地跟在蔡大军身后，巷口到家门，短短的距离变得长长又长长，我企图唤醒自己的良心，我该把事情的来龙去脉原原本本的说给蔡大军，然后等他的想法，或许我们可以一起销毁这照片。

"你今天给管西打电话了?" 蔡大军扯过一把椅子坐下，他的身上全是尘土，好像赶了几十里的山路一般。

"你怎么知道的?"

"颜花，我知道你心里不好受，就让一切都顺其自然吧，这些乱糟糟的事情早晚都会过去的。"

"你什么意思? 顺其自然? 你也来跟我说顺其自然?" 我把蔡大军推到墙角，"你是不是知道什么了？你说你知道什么了？”

“我什么都知道，颜花，你想干什么呢？”蔡大军反问我。

“你什么都知道？”我大喊起来，“一会儿这个跟我说什么都知道了，一会儿那个又跟我说什么都知道了，你们到底都知道什么了？说到底就我什么都不知道？是不是？”

桌子被我掀翻了，早上给蔡大军准备的鸡蛋炒饭他没吃，结果现在全都扣在地上了，小褐和小黄因祸得福，喵喵汪汪吃得很香。

“颜花，你看你这是干什么呢？”那碗蛋炒饭也溅了蔡大军一身，他想弄掉，发现无从下手，只好作罢。

“你们都当我是傻子是不是？你什么都知道？你知道什么，你快说你知道什么！”我指着蔡大军的鼻尖吼。

“你别急也别喊，”蔡大军给我搬了凳子过来，“你坐下来，我慢慢跟你说。”

我坐下来，眼睛死死盯着蔡大军。蔡大军不自然的低下头，他掏出一根烟想要抽，我一把从他嘴里将烟拽出，扔到地上碾了几碾。

蔡大军无奈地笑笑，开了口，“管西生病了，治不好的病，我知道晨晨喜欢管西，管西也喜欢晨晨，我也知道你喜欢晨晨。”

“管西得了什么病？”我咬着嘴唇等待下文。

“血癌。”蔡大军抬起头，回答的简短而清晰。

“然后呢？”

“没有然后了，我这几天一直在西郊的疗养院里照顾管西，管西不让晨晨知道她的病情，现在晨晨去了哪里我也不知道，可能是到处在找管西吧。”

“你为什么会照顾管西？”

“管西没让我照顾她，但是我知道了，我就得去照顾。”

“管西的亲人呢？”

“我不知道。”蔡大军盯着我的口袋，“颜花，刚刚你拿的他们两人的照片，从哪儿弄来的？”

“你少管我的事情。”我摸了摸衣兜。

“颜花，你想干什么呢？我知道你喜欢晨晨，但喜欢不是单方面的事情。”

“我什么都不想干，我只是不想做个被人利用的傻子！”

“没有人利用你，颜花，你别这么说。”

“我的事情你少管！”

“好好，我不管你的事情，你想去看看管西吗？”蔡大军问。

“不看。”我低下头，声音很轻。

颜草也能耐了，记得最后一次见面，他抱着我哭哭闹闹，临走时留给我一句话："颜花，你等着，我会给你一个惊喜的。"谢天谢地谢谢他二大爷，我不想再惊得直干巴一点儿喜色没有了。而后，他返回剧组，再不找我哭闹，莫非在卧薪尝胆地研制飞毛腿导弹，想一下子把我崩到外太空去惊喜？

第二十四章　每个人都有自己的故事

我跟在一辆面包车后面，汽车在全速前进，风驰电掣般，我拼尽全力在狂奔，泪雨滂沱的模样。面包车上有的我妈妈，一个蒙面人劫持了我的妈妈。

汽车在僻静处停下，蒙面人用刀逼住妈妈的脖颈，周围是大片的荒地，不远处一棵枯树孤零零地看着我。警察围上去，我在人群里大哭，我说，求求你，放了她，要什么我都给你。蒙面人不屑的一撇嘴，妈妈的脖子流出血，她的整个身体瞬间就被她脖颈处的刀口分成两半，一个人从里面走出来，她面容模糊，嘴里却说，颜花，过来啊，快过来啊，我是你妈妈，我是你妈妈啊。

我扑到地上，妈妈被撕成了两半，我大吼：你骗人！我的妈妈在这里，你杀了她！我不会放过你的！绝对不会！

醒了，噩梦一场。

窗外是阳光明媚的6月，我躺在只能容得下自己的小床上，周围是蔡大军的破烂货，蔡大军现在能耐了，我只是随口说说他的货不用搬走，结果他真就没搬。弄得我每次醒来睁眼都以为谁拆了我的房子又把我丢进了垃圾堆。蔡大军能耐了，他现在不吃早饭都不会提前告诉我，他不吃早饭是为了每天骑几十里路去西郊的疗养院照看管西，他咋还那么抠呢?

颜草也能耐了，记得最后一次见面，他抱着我哭哭闹闹，临走时留给我一句话：“颜花，你等着，我会给你一个惊喜的。”谢天谢地谢谢他二大爷，我不想再惊得直干巴一点儿喜色没有了。而后，他返回剧组，再不找我哭闹，莫非在卧薪尝胆地研制飞毛腿导弹，想一下子把我崩到外太空去惊喜?

晨晨也能耐了，他本来就很能耐，他的那个拥抱就像是吊在大傻驴眼前的胡萝卜，我转着圈帮他拉磨，他却卸磨杀驴。现在，他在找他的爱，他的管西。管西就在西郊，可我偏就不告诉他。

管西也能耐，能耐的不得了，她敢喜欢自己带出来的明星，还是比自己小七八岁的明星，她比我能耐，我就不敢喜欢颜草，我怕晴天打雷劈死了我。你看，她现在得了血癌，还能耐着谁都不告诉呢。

那个“欣欣然”也能耐，他扣住了我的命门，我却还不知道他是男是女是人是鬼还是黑山老妖。

世界上的能人并不多啊，怎么为数不多的几个就都被我给遇着了？

说来说去，其实命数早就定了的，我从小被遗弃，注定了长大后也不会有人愿意留在我身边，我所追求的都是些无果的事情。

那个在我离开沈阳那天在阳台飙海豚音的妈妈说的对，“颜花花，你要是走了这辈子就别想再回这个家！”

那我现在后悔了，我想回去了，还回得去吗？

妈妈，哎，妈妈，我想你了。

世上还有一件能耐的好东西，那就是高科技，你看，我现在想妈妈了，就可以掏出电话打给她。老太太在干什么呢？我看看表，午后1：20分，应该在跟七姑八婆们打麻将呢吧。

“妈，”我对着接通的电话叫了一声，感觉像在哭，我吓得赶紧调好了自己的情绪，“妈你干什么呢？”

“干什么？看电视呗。”

“怎么不找四姑她们打麻将啊？”

“还打麻将呢，你老妈妈我现在都不敢出门了，还敢打麻将？”

“怎么了啊？”

“颜花花，你还好意思说？你在北京都干什么臭屁事儿了？现在邻居见了我就问，颜大嫂啊，那报纸上写的都是不是真的啊？”

“那不都是别人瞎写的嘛。”

“你说你当初跟管东多好，现在孩子都得好几岁了，我不也有事儿干了？我就给你看孩子，那小日子上哪儿找去？”

“妈，还说那些干什么啊。”

“你现在怎么样了？”老太太刀子嘴豆腐心，她关心我关心的不得了。

“挺好啊，妈我跟你说，那帮人都是瞎写的，你们离北京远觉得好像挺大个事儿似的，在北京，这算什么啊，公司现在调我做文职，待遇比以前还好呢。”

“那就好那就好，我知道他们都是瞎写的，你妈妈我有文化会分辨，就是那些没文化的老太太成天嚼舌根。”

“让他们说去吧，他们那是上不了报纸，嫉妒呢。”

“颜花花，我可跟你说，家永远是你的家，在北京没意思了就赶紧回来，听见没?”

“听见了，等我闲下来就回去。”

“哦，对了，上次你爸的钢厂裁员，管东帮了大忙，要不你爸就得下岗，一会儿你给管东打个电话谢谢人家。”

“行，我知道了。”

这么大的事儿，管东上次来北京也没跟我提过，管东永远都是管东，做了好事从不留名。人也随随和和的，嗨，我还想这些有什么用呢?

再次动用高科技表示对管东的谢意，这要是蔡大军一天之内连打两个长途，他得心疼死。

“嗨，颜花。”管东从电话那边说。

“你干什么呢?”我问。

“刚到单位，有事儿?”

“我爸爸的事儿，谢谢你。”我说。

“嗨，你不提我都忘了，应该的。”

“嗯——”我在电话这边笑了。

“颜花，想听故事吗?”

我想起上次见面，我们的约定。

“想啊，你想说故事了吗?”

“是啊，这个周末我去北京说故事给你好吗?”

“好啊，北京欢迎你。”

北京没有迎来星期日的管东，却迎来了星期五的陆欣。陆欣准确无误地找到我的小狗窝，她还精细地掐算好了我的起床时间，所以，我一开门，就见肚子上像扣个锅盖的陆欣站在门口。那肚子大的可以，我真怕她一不小心就把孩子生在我的门前。

“早上好。”陆欣一手扶后腰一手摸肚子，腆腆地走进我的小屋。

“早上好。”我让开路，忘了摆打招呼的姿势。

“我知道这样很打扰，但我必须要来。”陆欣四下望望，最后决定坐在床上。

“没有打扰，只是有些意外。”我心虚的很。

“管东周日要来，管东他这个人不擅长撒谎，所以我提前过来看看。”

“我——”

陆欣打断我，“没关系的，你准备约管东在哪里见面？”陆欣看着蔡大军的破烂货，“我想这里不行，你得换个地方，我的意思是说，换个好点儿的，你知道，管东会担心你。”

“我们不见了。”

“不，管东的机票都买好了，我买的。”

我的脸抽搐得极其猛烈。

陆欣突然干呕起来，我吓得手忙脚乱，该死，家里杯子啊盘子啊都被蔡大军那些货压得不知哪儿去了，连一个塑料袋都找不到。

“没事儿，你想吐哪儿都可以。”我替陆欣拍背。

陆欣冲我摇头，又是一阵干呕，她在努力忍着。

“你等等我，我给你拿点儿水来，马上就回来。”

我旋风一样跑出去，到巷口的小卖店，小卖店的大娘认得我，我说我买瓶水，顺便给我个塑料袋。大娘递过一瓶水，等了半天塑料带却没给。我问她再要，她没好气地说，还是个年轻人呢，限塑不知道啊？

罢了罢了。

我折到蔡大军家，门口的石板下压着他家的钥匙，打开门，从菜板上捞起一个碗又往家里跑。陆欣还在坚持着，她硬是不吐。我递上碗和水，陆欣只接了水，喝下一口，她缓缓地说，吐过了，刚在门外吐过了。

“你和管东找个饭店见面吧。”陆欣脸色缓和过来后说。

“真不见了。”我说。

“不是的，我来不是要阻止你们见面的，你这样，管东会跟我吵架的。”

我像个上吊自杀未遂被卡在那里的人，生死两难，见也不是不见还不行。

“你别多想，不会出现你想象的那种事情。”我说。

“我不会多想的，这样，我还是先走了，你别跟管东说我来过。”

陆欣起身，我没挽留，这样尴尬的气氛越早结束对谁来说都是个解脱。陆欣走了，却把难题抛给了我，我和管东还要不要见面呢？

我决定各取一半，照见管东，但地点听了陆欣的话，选择在一家饭店。我想的是，听故事而已，我们每个人都是有故事的人，但不是每个人都能有幸成为值得信赖的倾听者。

我的出生完全是为了另外一个人，这个人就是我姐。你睁开眼看见的第一眼世界是什么样的？是不是色彩斑斓？可我不是，我看到的是苍白的脸，一张忍住不哭但眼睛里藏满泪水的苍白的脸。

第二十五章　管东的故事

我的出生完全是为了另外一个人，这个人就是我姐。你睁开眼看见的第一眼世界是什么样的？是不是色彩斑斓？可我不是，我看到的是苍白的脸，一张忍住不哭但眼睛里藏满泪水的苍白的脸。

我在家人的期盼中长大，但他们的期盼与我无关，他们期盼的是我可以跟我姐配型成功，我姐得了白血病，我是父母给她的礼物。

他们从来都不问我是否愿意，只管把我抓去北京，逼我在一个小塑料盒子里小便，然后他们拿着我的尿去化验。我记得那个走廊，黑漆漆的没有人影，到处都漂着消毒药水的味道，从一个四四方方的黑洞里伸出一只手，他们把我的食指交给那手，我惊恐地拼命挣脱，但指尖还是钻心的疼，那手不知用了什么暗器咬了我的指心。

在这之前，邻居哥哥逮到一只蜻蜓，我从没见过那么大的蜻蜓，眼睛像玻璃做的，它恶狠狠地咬了邻居哥哥的手，邻居哥哥惨叫一声，脸都变了色。我一直觉得那天咬我指心的就是那只邪恶的大蜻蜓。

我跑到我妈那里，我希望妈妈抱我，可妈妈只是用冷冰冰的嘴唇轻轻亲了一下我的额头，她只关心我姐，关心我的血。

那天下午，爸爸带我去了一个很大的商店，墙上整整一排全是玩具，爸爸问我要哪一个，我看中了好多，最后却只选了一个小汽车，可那个售货员却拿给我一只小熊的毛绒玩具，我想跟爸爸说，我要的不是毛绒玩具，我要那个小汽车。不过我从爸爸的眼中读到了一些信息，通常他打我之前都是那样的眼神，所以我什么都没敢说，我说也说不明白，那时我只是一个可怜的小孩子。

后来，那个毛绒熊被放在了我姐的床头。

我已不想再记起这许许多多，就如同我不愿再记得，他们是如何将我丢弃在冰冷的手术室，任凭带着恐怖气息的白色医生将粗大的针头扎进我的身体，我不知道他们从我的身体里抽出了什么，但那不是血，那一定是我骨子里最最重要的东西，他们想把它给我姐，我知道的，一定是。

记忆里永远都忘不掉的是：恐龙，庞大的恐龙在咬我的脖子喝我的血……

我一个人躺在病房里，四周是雪白雪白的墙壁，白的让我想到死人。爸妈都在我姐那里，我能想象出我姐的样子，她闭着眼睛，像是很疲惫又像是已经死去。我也想闭上眼睛，但是我很害怕，我不知道接下来他们还要对我做什么，爸妈不会保护我，他们只会保护我姐。

好像突然之间我就从爸妈的表情里看到了喜悦的模样，他们抱在一起，妈妈黑色的头发里藏着大片的亮白，他们的嘴里反反复复说着几个字，仿佛着了魔。

成功了，成功了，成功了。

成功了？

我的使命已然完成，们不会在理会我。

我在孤零零的家里，当起初的哭闹变成习惯之后，我总是在他们关门离开的刹那，迅速地搬来小板凳，我站在小板凳上才可以勉强让自己的眼睛透过玻璃窗，我看着他们的背影急匆匆地离开。偶尔带我出门，永远也都是走在探望我姐的路上。我想不明白，他们为何不肯将那些都会流泪的喜悦分洒给我一些，哪怕一点点，我也不会独自哭泣。

我想了很久，似乎想明白了，他们把我留在家里，还不许我蹦不许我跳不许我碰这儿不许我碰那儿，是因为他们想要我攒血攒我身体里那些最重要的东西，然后在某一天再来抽走。喝奶的时候如果一次喝太多容易呛到，血也是一样的，他们把我姐身上的血一点点抽走，再把我的一点点给她，这样才安全。而我姐睁开眼睛那天，就是我死的日子。

小小的我，居然会想出这么复杂而深奥的答案。

可惜那时的我只会思考，不会表达，我的语言系统远远落后于我的思维系统。

或许惧怕死亡是人的本性，它像古老的诅咒一样能唤醒人内在的某些东西，我的行动就是对这些东西的应和。

一天，格外不同的一天，窗外有叽叽喳喳的鸟叫，窗台上那盆不知名的花也开了。妈妈早早地带着我出发去看我姐，她醒着，扭过头冲我笑，可我才不要冲她笑，她精神愈好越只能说明我快死了。

我说了这天格外不同，因为我做了一个大胆的举动，一个让所有人震惊的举动，但是所有人，包括我姐，到现在他们也不知道那是我做的。

我姐在睡觉，妈妈跟爸爸一起出去了，后来我才知道，他们是出去赚钱，我姐的病要花很多钱。

在轻轻喊了两声“姐”后，我迅速来到她的床边，我挑了她身上最明显的一根管子拔下来，我拔的毫不犹豫，觉得那是理所当然，所以毫不惧怕。

拔完后我悄悄躺到病房里的沙发上，我闭眼假装睡得很香甜，在假寐的时间里我听到世界上最为奇妙的声音。先是我姐哼了一声，就像是梦魇中的微微皱眉，紧接着是呼吸声，像海浪起伏般的潮状呼吸，一浪接过一浪，一浪比一浪凶猛，我在这海浪声中潜溺于深深的海底。

护士凌乱的脚步声打破海浪，我闭着眼睛，似乎睡得很沉很香甜，我的耳朵却像眼珠一样转来转去，我听见了，我真的听见了，那最接近天堂的声音……

我姐却没死，她不但没死，那次之后脸色还红润起来，又过了几天，她居然可以下床大步的走动了。我很沮丧，是不是因为她见着了上帝，与上帝做了某些交易而重返人间呢?

这场恶作剧唯一的受害者是我姐的主治医生，他被撤了职，我趴在窗台上看到他离开医院的样子，一脸的无辜。

我姐出院以后，我们都开始茁壮的成长，起码表面上都是茁壮的，因为没人能看到我的内心，随着年龄的增长，它居然开始为曾经做过的事情痛苦起来。

我姐对我很好，她在我面前总是一副亏欠我的表情。她想要把爱全都给我的，但我拒绝，拒绝用血换回来的爱。我成了一个道貌岸然的人，在人前我永远都是懂事听话上进的形象，可在我姐面前，我就成了魔鬼。有一次我生日，那时我们的家境不好，钱都拿去治病用了。我姐不知从哪儿弄来一块蛋糕给我，我却把那蛋糕狠狠摔在地上，我从地上抓起被我踩烂的奶油涂到我姐嘴上，我说，甜吗? 喜欢吃这烂东西的人是你，不是我。我姐哭了，她的眼泪顺着嘴角的奶油滑落到地上，她哭却不发出声音，这是她的特点，她说，东东，你想要我怎么样呢?

我想要她怎么样? 她高中毕业那年我给了她答案。

我把她拽到墙角，恶狠狠地说，知道我想要什么吗? 你记好了，我永远都不要再输血给你！现在，你给我走得远远的，再也不要回来，我要一个人享受爸妈的爱，懂吗?

我姐眼睛里先是闪出明亮的光芒，不过只那么一瞬，就熄灭了，她的眼睛里死灰一样的沉寂，我姐说，东东，你救了我的命，所以我愿意为你做一切。我会考北京的大学，之后再也不回来，但是如果你想我了，爸妈想我了，你们就来看我，行吗?

我鼓起掌来，我说，以后从北京往西的地盘都是你的，我绝不踏入一步，而东面这些，如果你敢来，你就死定了！

“你的姐姐叫管西吗?”我打断管东。

管东缓了好一会儿，他回到现实中我的对面，“很容易猜吧，管东管西就跟你的颜花颜草一样，一眼就知道是兄弟姐妹的名字。”

“我认识一个人，她也叫管西，她的病又发作了。”我一字一顿地说。

管东愣愣地看着我，嘴角不觉地抽动了一下。

“她叫管西，她是晨晨的经纪人，她现在住在西郊的疗养院里。”我接着一字一顿。

“只是名字相同吧，或许不是一个人。”管东故作轻松。

“她 36 岁，爱把长发总盘在头顶，爱穿白衬衫外面套黄褐色羊毛开衫，她的身上总是散发出理性与母性杂糅的气质。”

管东的脸色变了，随即又恢复平静，是那种强压住的平静，他拿咖啡杯的手抖了，“你说她，她的病发作了?”

“是。”

我看着管东，等待他说出想法。但管东没说，他低头喝咖啡，只顾喝咖啡，好像他的思想都被浸在了咖啡杯里，他现在喝它们是想找回大脑里的东西。

“这次，你要去救她吗?”我问出了管东一直在咖啡杯里不知疲倦地找寻答案的问题。

“我，我该去救她吗?”管东抬头反问我。

“她是你姐姐，你当然要救她。”我回答。

“不，”管东连连摇头，他冲我打着手势，企图想让我更能明白他在说什么，“我也是生命，我也是个体，我说过，我不可能一辈子都为她而活。”

“可她是你姐姐，你不能不管她。”

“我不是不管她，是我，我很害怕，”管东的声音变弱了，“还有我曾经拔过管子的手，我恨我自己。”

“如果你想得到解脱，就必须要救她。”我说。

“不，我不救。跟你说颜花，我痛恨北京，从小时候第一次来这里就恨，要不是因为现在你在这里，我死都不会来。现在我要回去了，我要回去了。”管东起身。

“你不能回去，现在管西需要你去救她！”我扯住管东。

没想到管东牦牛一样蛮着劲儿把我甩倒在地，咖啡馆的人都傻愣愣的看我们，我也傻了，管东趁机跌跌撞撞的跑出去，他回头留给我一句话：对不起颜花，我回去了。

23

报纸躺在地上，仰面朝上是一张大幅照片，照片上不是别人，是晨晨和管西。我从晨晨家里偷拿出来的晨晨亲管西脸颊那张照片横铺了整个版面。我下意识的去翻抽屉，照片不见了！冷汗像鲸鱼背上猛然喷出的巨团海水，毛孔一张一合，鲸鱼的气孔一收一缩，我的后背瞬间湿透，我拿回来就藏在抽屉里的照片不见了！

第二十六章　南巷口 23 号

蔡大军把两打报纸撇到我脸上，砸的我脸生疼。

干什么?! 我冲他喊。

你干的好事! 他也吼我。

报纸躺在地上，仰面朝上是一张大幅照片，照片上不是别人，是晨晨和管西。我从晨晨家里偷拿出来的晨晨亲管西脸颊那张照片横铺了整个版面。我下意识的去翻抽屉，照片不见了! 冷汗像鲸鱼背上猛然喷出的巨团海水，毛孔一张一合，鲸鱼的气孔一收一缩，我的后背瞬间湿透，我拿回来就藏在抽屉里的照片不见了?!

“不是我干的。”我跟蔡大军解释，“真的不是我干的!”

“颜花啊颜花，我看错你了。”

“真不是我干的，蔡大军你要相信我。”

我扯蔡大军的衣角，就像是犯了错误的小孩子抹着鼻涕和眼泪扯父亲的手，“你相信我蔡大军。”

而我的样子肯定丑陋极了，要不然蔡大军也不会一脸的厌恶，就像是看见了地上令人作呕的秽物。

“蔡大军，不是我干的。”我带着哭腔。

蔡大军突然抓住我的肩膀，然后我就被甩到了墙上，“你还不承认? 到死你都不要悔改吗?”

撞墙撞的清醒了，我咬牙切齿，“好啊，就是我干的，就是我干的! 怎么样? 你能把我怎么样? 我就是不要他们在一起! 把我当傻子耍? 就是我干的——”

蔡大军“啪”甩了我一耳光，我半张着嘴，说出一半的话没能吐完，人就完全僵住了，就像武侠片里被人点了穴一般。

蔡大军蹲在地上哭了，蔡大军个不高，蹲下去显得更加唯诺起来，“你知不知道？管西现在还在医院里，她马上就要死了，”蔡大军把手指向门外，好像门外就是医院，“晨晨现在满世界的找她，可我却不敢告诉他，这些你知不知道？你知不知道？”

“你打我蔡大军？”蔡大军的眼泪浇醒了我的语言功能，“你打我？”

“颜花我没想打你，我真没想打你。”这回轮到蔡大军解释了。

“你打我？”除了这一句，我又想到了另外一句，“你凭什么打我？”

我站着，蔡大军蹲着，我觉得自己的形象顿时高大起来，“你凭什么打我？”

起身、抹眼泪、转身、开门、出去，蔡大军这些动作做得缓慢而寂落，我没有得到答案，只得到了叹息一般的关门声。

又跑了一个，两天之内，管东和蔡大军两个男人以同样的方式解答了不同的问题，管东比蔡大军强，他起码还留给我“对不起”三个字。

窗外的云朵飘来又走，我像个想要参透时间静谧的思想者静静地坐在云朵的阴影里，窗外的世界像一首歌，此起彼伏的音符有高潮有低音，天空里的星辰也被唱的从太阳变成了月亮。当黑暗将我的影子全部覆盖，我知道自己要做些什么了。

“标准男音”的电话号就在我的手机里，打过去，响了很久对方才接，我极为平静地问：“你为什么要这么做？”

“为了上位喽。”对方回答的倒是干脆，“你应该了解的，就像明星急于上位一样，我也想当主编的。”

“你怎么拿到照片的？”

“你觉不觉得我其实就是另外一个你？我只是替你做了你想做而不敢做的事情。”标准男音说。

“我从来没想过要那么做！”

“你想没想过，天知地知，你知，我不知。”

“你到底是谁？”

“之前就说好的，作为交换，我现在就告诉你你生母的住址，记好了哦。”标准男音故意顿了顿，“南巷口 23 号。”

“我凭什么相信你？”

“信不信由你，这句话也说过很多遍了，好了，漫漫长夜，你无心睡眠，我可要养足精神等待好戏开场呢。”

“什么好戏？你还想干什么？”

“标准男音”没有回答我，他果断的挂了电话。“南巷口 23 号”这 5 个字像用锥子凿进我脑子里似的，睁眼闭眼全是它。难熬的一夜，痛苦的挣扎，一方是深深的内疚，如果不是我偷偷从晨晨那里将照片拿出来，事情不会发展到这般田地，而“标准男音”嘴里的好戏肯定不止这些，晨晨和管西还要受到怎样的打击，我无从知晓，更不敢去思考。另一方来自生母，这个词汇像孙悟空的紧箍咒一般死死卡住我的太阳穴，只要我一想到它脑袋就会刀剜般疼痛，这疼痛让眼睛莫名的淌出泪水。

而这两股势利从不肯各自安营扎寨，自谋自己的小营生，它们非要彼此打量，彼此试探，试图找到彼此的共同点或者抢占另一方的地盘。

“南巷口 23 号”，我终是受不了这几个字的诱惑，天蒙蒙亮，就起程赶往那里。我像个旅行者，背上大大的书包，头上戴着蔡大军的破遮阳帽，我不知道自己为什么要用这些啰里啰嗦的东西把自己遮掩，就好像戴上帽子压低脑袋不看别人，别人也看不到我一样，真是成了将脑袋插在土里的鸵鸟了。

我拿着写着“南巷口 23 号”这 5 个字的纸片，沿街窜巷，遇到人时我的心总是会狂跳不止，期冀对方冲我摆摆手说不知道的同时我又很希望对方可以恍然大悟般替我指路，告诉我，她在哪里。而一路摸索一路打听最后得到的结果却出人意料：“南巷口 23 号”不是房子不是家不是人，而是一个——煎饼摊?!

很容易辨认，摊前站着一个人，女人，50 岁左右，绿颜色的衣服外面围着红格子围裙，她的套袖是白色的，就是这样的一个人，我在不远的暗处观察了她一遍又一遍。每看一次，心里都有一种表达不好的感觉，想哭？想笑？还是要傻傻地走掉？会是她吗？会是她吗？

鼓足勇气，佯装路过买煎饼，她热情地为我打鸡蛋，还问我要不要多放些香菜，我自小就喜欢香菜这东西，难道她都知道的？匆匆忙忙地拿了煎饼走掉，走到不远处高楼的拐角蹲下，咬了第一口，有点儿咸，饼咬在嘴里也不脆。我探出头看她，有几个学生模样的人在买煎饼，摊煎饼、找钱，她干的有条不紊。把头缩回去，继续咬手里的煎饼，再将头探出看她，再缩回来……如此反复，吃一个煎饼的工夫，有 5 个人买她的煎饼，7 个人路过她的“南巷口 23 号”。

我擦擦嘴，吸了口气，又走过去，“你这煎饼挺，挺好吃的，再来一个。”我说。

“我都在这儿卖二十几年了，来买的都是老顾客，你是第一次吃吧?” 她是湖南口音。

我是湖南人？相比之下，我更喜欢自己是个东北人，说来也怪，人的容貌都可以随着时间的流逝发生变化，可人的口音，却是无论如何也改变不了的。

“那个，” 我咬了一口新做好的煎饼，“20 多年前你就来北京了?”

“是啊，那时候这里没这么多高楼，对面那些都是矮房子。” 她拿着铲子指着对面说。

“哦。” 我点着头朝她指的方向看，“那，你的孩子呢?”

“嗯?” 她带着戒备的目光看我。

干脆一点儿吧，我跟自己说，“你二十六年前是不是丢了一个孩子在车站?”

“你——” 她看着我，忘记了回答。

“你丢过孩子吗?” 我固执起来。

“你见过我的孩子?” 她突然抓住我的手，“你见过我的孩子？二十六年前我在火车站丢了一个孩子，你见过她？快告诉我她在哪里?”

我，落荒而逃……

不逃我从不知道自己可以跑这么快，并且在神经错乱的情况下，脑海里居然还可以有一条清晰的路线图，它正确地指引我进行公交地铁转换，顺利抵家。抵家之后内心却没有得到片刻的安宁，我想的全是她抓我手时的表情，那么急切，似乎带着泪花。

怎么会是她呢?

我的妈妈现在在沈阳，她现在一定穿着白色的羊毛开衫，脸上敷着面膜，躺在床上看催泪的韩剧。要不然，她就是在客厅里跟那些跟她一样的更年期老妇女在搓麻，三万四饼五条的嚷嚷。

还有我的爸爸，他现在一定乐呵呵像个小熊一样在旁边伺候着我妈，端茶递水削苹果。

“还需要点儿什么?” 爸爸一定在这样问准备和七万的妈妈。

“这么看来，你是嫌弃她是个卖煎饼的了?” 一个声音问我，惊得我出了一身冷汗。

“如果她是个富婆，坐拥几百万，你会落荒而逃吗?” 那个声音还在问。

“才不是!” 我堵住耳朵摇头大喊。

“就是！就是！就是!” 声音从四面八方传来。

为了证明我不是，我又磨磨蹭蹭去了“南巷口 23 号”，这回她几乎是扑着朝我过来，就像老鹰要捉小鸡一样。

“你那个话到底啥意思?”她抓的我手生疼。

“也没什么，就是——”我磕磕绊绊，不知道要怎么样才能吐出第一个字。

“那到底是啥意思?”她迫不及待想要知道。

“就是，”我甩开她的手，咬咬牙，“就是我偏巧也是那年被人遗弃了，就在那个火车站!”

“你说什么?”她呆了，随后苏醒一般上上下下打量我，她的手伸过来，再次抓住我，声音却软软的，“你是，我的孩子?”

她哭了，哭的稀里哗啦，有点儿突然，有点儿突然，我一直安慰自己，不过想想自己这两年多的种种，我也忍不住了。我俩在来来往往人诧异的眼神中不停地抹眼泪。最后，她先停止了哭泣，她拉着我说，走，我们回去。

她推着煎饼车，我跟着她，每走几步，她都会回头瞅我几眼，生怕我跟丢了似的。而她的家，是一间还不如我的狗窝棚的小瓦房。脚探进门里，整个身子都往下坠，我怀疑要是到了下雨天这里就得成为海底世界。屋子里地面坑坑洼洼，菜板上放着一碗萝卜干，地上有一口黑漆漆的饭锅，锅盖不知去向，露出里面硬硬的米饭。

“快坐快坐。”她变得客套起来，在屋子里找了半天，她递给我一个失了水分的苹果，“你叫什么名字?”

“颜花。”我捏了捏苹果，“我只知道我是在 83 年 7 月 23 日在北京站被捡到的。”

说完这话，我猛然意识到自己犯了一个不可饶恕的错误，我为什么要跟着她哭呢?我不是该伸手给她两个耳光的吗? 这耳光我演练多少遍了，怎么到了这个时候居然给忘记了呢? 我的手悄悄在裤子上蹭了蹭。

“当年，我和你爸爸不是不要你，我们是去了趟厕所，回来你就不见了。”她苦着脸，如果一个人的脸可以预言一个人的一生，那我对面这个我该叫做妈妈的人，她的一生一定是在愁苦中度过的。

“哦，没关系。”

可我心里却在说，自己亲生的孩子可以随随便便扔到某处，就为了去趟厕所?

“你丢了之后，你爸爸就落下了心口疼的毛病，几年前死了。”她像在跟我说一个冷冰冰的石头的死亡，而不是我爸爸。

“哦。”

“你现在生活的好吗?”她在观察我。

“挺好的，我被一对东北的夫妇捡去了，他们对我很好。”我说。

她看起来很失望，“我知道你一定恨我们，可我也不想，要是你不嫌弃，剩下的时间我养着你。”

“不用不用的，我现在生活的挺好，你不用内疚。”我环顾四周，转移话题，“你现在一个人住?”

“是啊，你爸爸死了之后，我一直一个人。”

“哦。”

接下去两人都没什么话可说，我继续捏苹果，她继续打量我，我觉得这样被打量下去自己就会变成雪人，在她的目光里被融化掉。于是，我准备离开，她发觉赶忙说吃了再走吧? 我说不了，以后还有很多机会的。

再一次逃也似的离开。

晨晨回去了，他走出房门的一刹那，我知道，他再也不会属于我，虽然他从就不曾属于过我。因为，他属于天堂，一个文明的像小狗一样的人应该在天堂里快乐的歌唱。他的脸上不会再有强颜的微笑，他的人生不必再像听话的木偶，他的爱，可以大胆的说出来。

第二十七章　他只属于天堂

管西和晨晨的关系被媒体曝光之后，蔡大军一次家都没有回，直到有一天我在报纸上看到晨晨出现在西郊的疗养院，他被疯狂的人群围在中间，还有蔡大军，他瞪着双眼打掉了一个记者手中的相机。

接着，报纸上的晨晨和管西坐进了一台商务车，而车开去了哪里，报纸上没写。蔡大军就是在这天回的家，当时我正在小房子里啃胡萝卜干，我卖煎饼的“妈妈”腌的。这段日子我的煎饼妈妈很殷勤，常常给我打电话叫我过去她那里吃饭，她还买一些衣服鞋什么的给我，我本不想这样，但禁不住她那张愁苦的脸。

蔡大军推我的门，我忘记上锁的门让他很意外，所以蔡大军推开门之后就愣愣的站在地中央不知如何是好。我继续低头嚼胡萝卜当他是空气，蔡大军站了一会儿，转身要走不过刚走一步又转了回来。他对着我的后背说，“咱们出去吃吧。”

我闷不吭声。

“出去吃吧，我请你。”蔡大军重复了一遍。

见我还是不做声，这次蔡大军想都没想，转身就走了。我把胡萝卜嚼的咯吱咯吱，还用后背狠狠瞪了蔡大军几眼。大概过了半个小时，蔡大军又回来了，他拎着一只烧鸡还有啤酒坐到我跟前。烧鸡的香气让我蹭了蹭鼻子，脚下的小褐和小黄馋的直哼哼。蔡大军掰了一个鸡腿递给我，我没接，他就放在碗里送到我面前，那样子就像是喂谁家的小狗。他自己则打开一瓶啤酒咕咚咕咚喝了下去。

“晨晨回来了，他要带管西去国外治病。”喝完啤酒的蔡大军说。

“挺好啊，有情人终成眷属。”我也拿过一瓶啤酒喝了一大口，一个饱嗝翻上来，差点儿没将之前的胡萝卜顶出去。

“只是晨晨再也做不成明星了。”蔡大军黯然地说。

“你懂什么？瘦死的骆驼比马大。”我说。

“颜花，你变了。”蔡大军说，“管西治病需要很多钱，晨晨要跟公司还有那些广告商打官司，听说输了的话就要付几千万的违约金，而这些，都是你干的好事。”

“管西生病也算我的？”

“颜花，你真的变了。”

“我没变，变的人是你。”

“好吧，就算变的人是我，那天，我不该打你。”蔡大军说。

“算了，就当我从没认识过你这个人。”

“晨晨马上要带着管西去国外了，你不给他打个电话吗？”蔡大军喝了一口啤酒。

“打电话给他，等着他骂我吗？我才没那么贱。”

“不会的，晨晨从来不会记仇，我知道你喜欢他，这可能是最后的通话了。”

蔡大军就像个潜伏的狙击手，他的话就是他的子弹，将我一击毙命，我开始坐立不安，“他去了外国就不回来了？”

“医生说，管西已经做过一次骨髓移植，现在病情复发就很难再治好。晨晨也知道这点，他只想给管西一个好的环境，管西去世之后，晨晨一定不会再回来了。”蔡大军说这些的时候，语调极其灰暗，这让他的整个人看上去就像是一堆摊了的白骨，没有生命的气息可言。

“如果再给管西做一次骨髓移植，她能好吗？”我问。

“说的容易，上哪儿去找合适的配型呢。”

“她第一次做骨髓移植的那个配型人呢？管西没找他吗？”

“没找，管西大概已经放弃了。”蔡大军叹了一口气。

蔡大军走后，我拿着电话犹豫了好一阵子，但还是抵不住内心强烈的想要听到晨晨声音的念头，其实我更想见他，对我来说，光听声音是不够的。可我有什么权利去见他呢？他是明星，即使所有的人唾骂他，在我心中他仍是最闪亮的那颗星。可我呢，只是一个普通得不能再普通的人，如果非说跟别人有什么不同之处，那恐怕就是在经历了这些事情之后，我在大众眼中成功树立了一个想要借子荣贵很傻很天真的坏女人形象。

最关键的是，晨晨不喜欢我，他只爱他的管西，爱到可以拿一个无辜的人做挡箭牌。

管西和晨晨的私照曝光之后，我甚至变态地企盼有一天晨晨看到这些报道来到我的小屋，他踹开我的门，质问我，或者扇我几个耳光，我或许会跟他辩解，也或许会像跟蔡大军那样承认那就是我干的。无论怎样，他气恼至少说明他还是知道有我这么一个人存在他身边的。

可晨晨没来我这儿，他看到了报道，却去了管西那里。

恶魔又悄悄地爬了出来，它四下窥视，见没人，一下扑上我的脑袋，顺着我的后脑勺钻了进去。

“晨晨，我是颜花。”我对着电话说。

“颜花，你好。”

他居然跟我说“你好”?

“管西好些了吗?”我问。

“还好，谢谢你。”晨晨说。

他居然跟什么事儿都没发生过似的，一点儿不恼我?

“哦，我能找到第一次给管西移植骨髓的人，要我帮忙吗?”

“什么?那你快叫他来!”

晨晨的话语里终于出现语调这东西了。

“不过我有件事情想问你。”

“什么事情?”

“见面谈好吗?你过来我这里我们见面谈。”

“好的，我马上就过去，你等着我。”

恶魔在我的脑袋里伸懒腰挠痒痒，悠然自得，偶尔还随手摘一块我的脑浆，吸溜吸溜吸进肚子里。

晨晨来的飞快，那只文明的小狗现在气喘吁吁额头渗着汗。

“你能找到可以给管西捐骨髓的人?”他进来就问。

“我有个问题想问你。”我避而不答。

“好的，你问吧。”

“你要我搬去你那里住，还抱住我说不要走，这些是不是你早就计划好的，我只是你掩盖你和管西感情的一个工具，对不对?”

“对不起。”晨晨低下头，“我知道那样做不对，管西也不许我那样做，我做错了。”

“没什么，我不该偷你的照片。”

“没关系的，如果不是你把那照片曝光，我也不会知道管西在西郊的疗养院里。”

“我会联系给管西捐骨髓的人，你回去等我电话。”

“好的，谢谢你，颜花。”

答案终于从晨晨口中被说出，奇怪的是我并没有撕心裂肺的痛苦，大概是之前预防针的打的太多，人已经麻木掉了。

晨晨回去了，他走出房门的一刹那，我知道，他再也不会属于我，虽然他从就不曾属于过我。

因为，他属于天堂，一个文明的像小狗一样的人应该在天堂里快乐的歌唱。他的脸上不会再有强颜的微笑，他的人生不必再像听话的木偶，他的爱，可以大胆的说出来。

晨晨撞车的消息在下午4点钟由一个陌生人带来，他在电话里说，事主出了车祸，他手机最近的通话记录是你，你来医院一趟吧。

我赶到时，晨晨血肉模糊地躺在急诊室的铁床上，我不知道自己是被晨晨的样子吓到了还是心疼了，反正一下子就哭了出来，连下意识伸出来去捂嘴的手都没能止住这眼泪。周围忙碌的医生和护士似乎很反感我的反应，有个护士手里端着白色的托盘，里面全是血淋淋的纱布和棉花，她经过我身边时厌烦地说了一句：别哭了，人不行了，赶紧通知其他亲属来见最后一面吧。

我不敢相信自己的耳朵！

我宁可相信明天就是世界末日也不愿相信刚刚耳朵听到的一切。这个时刻，我迫切的需要有个人站在我身边狠狠地掐我一下，然后跟我说，快醒醒快醒醒，别做梦了。

脑海里面只有一个人，电话通了，我控制不住自己，哭着说出来："蔡大军，你快来医院，他们说晨晨不行了。"

冷峻的白色布单将晨晨盖得严严实实，他身边站着穿制服的警察，警察说他是处理这次交通事故的交警，还问了我一些什么我没听清，我耳朵听到全都是"嗡嗡"声，声音由头顶刺眼的灯发出，好像那不是灯，是飞机的螺旋桨在我头顶飞速旋转。

"他——死——真死了？"我跟警察确认眼睛看到的东西。

蔡大军在墙角，他像被人抽去了筋骨，只剩下一堆肉畏缩着瘫在那里，他的双手插进头发，嘴里不住嘟囔着："抽我的血有什么用呢？我不是他哥哥，我又不是他亲哥哥……"

刚刚，医生摇着头叹息地说："患者失血过多，救不回来了。"

蔡大军像鳄鱼咬住水面的猎物一样，几乎是跃起着一把抓住医生的胳膊，他的眼睛里像要蹦出血："有血就能救他是吗？抽我的血，我是他哥哥，抽我的血，抽我的血一定能救他，求求你们快救他！"

医生摇摇头，脸上带着惋惜和哀伤："患者伤势过重，对不起，我们没有办法救活他。"

蔡大军几乎将脸贴在医生的脸上，恶狠狠地说道："我叫你救他，我叫你抽我的血救他，你必须救活他，明白吗？明白吗！"

保安过来拉开蔡大军，医生似乎对此早已司空见惯，他冲我宽释地笑笑，转身快步离开，剩下的蔡大军猛的就散了架子，坐在地上。

我看见警察在点头，他的嘴一张一合，却没有声音传进我的耳朵，我非常厌恶他的点头，他怎么不说话老是点头呢？点头代表着什么？点头就代表着晨晨死了？怎么可能，他下午还在我的小屋里跟我说话呢，我还要他回去等着，我说我可以救他的管西。我还没救他的管西，他舍得去死吗？

我伸出手去，指尖接触到晨晨的一刹那，一股凉气“噗”的从我的头顶冒出来，眼睛看见的东西未必就真实，我跟自己这样说。

一张血肉模糊的脸，我下意识的别过头去，一阵目眩与恶心，一旁的警察抓了抓我的肩膀，似乎是想鼓励我再看一眼。我突然庆幸起来，因为我无论如何都没法将刚才那一眼看到的与晨晨俊朗的脸联系在一起，那一刻，我笃定，警察弄错了，医生也弄错了。

几近崩溃的蔡大军依旧在墙角里嘟囔着，就像着了魔一般：“抽我的血有什么用呢？我不是他哥哥，我又不是他亲哥哥……”

警察有的过来拍我的肩膀安慰我，有的去扶蔡大军，我的心很疼，疼得我不得不再次蹲下来抱紧自己，我的眼泪，它们像厌恶我一样，拼命逃离我的身体。

蔡大军甩开警察，他掏出手机，对着话筒嚎啕大哭：“管西，你快来，晨晨死了，晨晨死了，我救不活他，我救不活他……”

管西的到来让满屋子的悲恸突然平静下来，她坐在轮椅上，缓缓地，从门口到晨晨的距离，她一直保持着平静，那样子不像是来奔丧更像是要驶向彼岸，能让她泅渡的彼岸。警察拉开白色布单，管西的嘴角稍微抖了抖，我以为她会哭，没想到抖出来的却是一抹微笑，有无奈和悲酸的微笑。她伸手拽了拽晨晨的衣服，让衣服的下摆刚好遮住晨晨露出的肚皮，几滴眼泪滚落，管西的嗓子里发出佯装平稳实则颤抖的声音，“我们来处理后事吧。”

蔡大军扑到管西身边，他跪在地上用手扒着轮椅的扶手，蔡大军痛哭的样子难看极了，他的鼻涕流的到处都是。蔡大军说，管西，晨晨不能死，他死了我活着还干什么呢？管西像慈祥的阳光，她冲蔡大军惨烈一笑，说，命中注定，蔡大军，我们处理晨晨的后事吧。

我在一旁痛哭流涕，一股黑流一样的东西从我的脑子里呼啸而过，它们像张网，一下子就罩黑了我的世界，一个声音在头顶盘旋着不肯下落：“如果不是你自私的非要从晨晨嘴里得到那个答案，晨晨他，会死吗？”

这么小的孩子蔡大军是第一次见到，他的睫毛很长，皮肤很白，小手摸上去软软的，这跟蔡大军常年砍柴挖地的手截然不同，蔡大军的手干巴巴，还裂了口。

第二十八章　蔡大军和蔡小军的故事

7 岁的蔡大军天还没亮就起床，他要到几里外的山上挖一种叫苦丁子的菜，镇上的许多人都喜欢吃这种纯天然的菜，他们很舍得花钱从蔡大军那里买。运气好的话，蔡大军凌晨 3 点起床，挖两个小时，7 点之前赶到镇上的早市，4 个小时的时间，他就能解决蔡小军几天的牛奶钱。

蔡大军有个爷爷，白胡子的爷爷在床上躺了两年，两年的时间里蔡大军这个站起来还不如灶台高的孩子承担起端屎倒尿的所有。然后在一日的夜晚，爷爷哭了，哭得蔡大军也哇哇大哭，爷爷说："娃娃，你真是苦命的娃娃。"

之后爷爷不声不响地睡了，再也没起来。

蔡大军成了孤儿。

蔡大军没有爸妈，他生来就跟爷爷一起生活，从爷爷可以将他举过头顶直到爷爷的手连一只鸡蛋都握不住。

孤儿蔡大军也不是一无所有，爷爷留给他一间瓦房，小小的房子，除了灶台和土炕再也放进不任何东西，天一下雨，不光棚顶漏雨，雨水还会顺着门缝涌进来。但蔡大军很满足，他从来不想自己为什么没有爸妈，也从来不想为什么爷爷会离他而去，他只会砍柴烧饭，还收留了一条瘸了腿的流浪狗狗相伴。

村里的人都可怜蔡大军，也会送一些小了旧了的衣服给他，蔡大军不会白白的要别人的东西，每次上山回来，他都带鲜蘑菇或者大捆大捆的干柴给帮助过他的人，算做报答。村里人不收，蔡大军就站在人家门口不走。渐渐地，帮助蔡大军的人越来越少，因为他们觉得，自己的施舍反而会增加这个 7 岁小孩子的负担，上山砍柴，那是二十几岁的小伙子都不愿意做的苦劳力。

在村民们眼中，蔡大军像懂事能干，笑起来憨憨的，他们常常拿蔡大军做榜样教育自己的孩子。

7 岁的蔡大军像杂草一样顽强地活着。

5 月份的一天，蔡大军记得很清楚，5 月 23 号，他早早地起来准备到山上砍柴顺便挖点儿山野菜混到玉米面里烙饼子吃。在门外他听到一阵断断续续依依呀呀地哭声，蔡大军顺着声音找，在自家房后的柴火垛子里，一个襁褓中的婴儿出现了，婴儿闭眼咧嘴涨红了脸好像已经哭得背过气去。蔡大军抱起婴儿往家跑，他觉得这孩子肯定是饿了，就熬了苞米糊糊，一点点地往孩子的嘴里抹。

这么小的孩子蔡大军是第一次见到，他的睫毛很长，皮肤很白，小手摸上去软软的，这跟蔡大军常年砍柴挖地的手截然不同，蔡大军的手干巴巴，还裂了口。

吃饱了的孩子不哭也不闹，他开始睁眼看这个世界，他睁开的第一眼本不该看到蔡大军，但偏偏，就是蔡大军。

小孩子乐了，露出还没长牙的牙床，像个老婆婆。

瘸腿狗也知道家里来了新人，凑过来在孩子的小脸上闻来闻去，蔡大军呵退它，因为怕狗狗的脏嘴弄疼了孩子。蔡大军知道，从 23 号开始，他再也不会是一个人了，因为，他有了一个弟弟。

给孩子起什么名字好呢？这个问题困扰了蔡大军好几天。

想来想去，蔡大军决定给这个孩子取名蔡小军，蔡大军，蔡小军，这样听起来才像兄弟嘛。

小孩子总是长得很快，好像没几天蔡小军就到了 3 岁，3 岁的蔡小军歪歪斜斜跟在蔡大军后面，他像个不倒翁，摔倒了也不哭，只会仰起脸冲蔡大军咯咯笑。

蔡大军爱死了这个小精灵。

10 岁的蔡大军领着 3 岁的蔡小军在村口走来走去，蔡大军得意洋洋，他想全村人都知道，他蔡大军再也不是孤儿了，他有了一个弟弟，一个漂亮的弟弟。

是的，蔡小军很漂亮，漂亮的让人觉得他是个女孩子就好了。

漂亮的蔡小军早就引起了别人的注意。

一辆黑色的小轿车开进了这个宁静的小山村，车上的人来到蔡大军家，他说他想领养蔡小军。蔡大军第一回听说领养这个词，那代表什么意思呢？

那人说，我领走蔡小军，他就可以过小皇帝一般的日子，天天有蛋糕吃，还有碰碰车玩，碰碰车你见过吗？

蔡大军摇摇头。

那人笑了，他说，这么漂亮的一个孩子，跟着你就变成了苦命的娃娃，我没有孩

子，你把蔡小军给我，他一定会过上比现在强一百倍的生活，有漂亮衣服和鞋子，还可以读好的幼儿园，念城里最好的小学，等他长大了，我还可以送他到外国念书。

苦命的娃娃？蔡大军当然不想蔡小军也变成跟自己一样苦命的娃娃。

村长也来了，他摸着蔡大军的头，说，大军，苦是啥滋味你肯定懂，让小军跟这个叔叔走，以后吃香的喝辣的，肯定比跟着你一起活强。

蔡大军知道，村长是一个值得信任的人。但是蔡大军还是很纠结，他想，如果蔡小军可以说话就好了，倒是可以征求一下他的意见，如果蔡小军说，哥哥，我不去，我不要漂亮的衣服，我要留在你身边。

蔡大军是一定不会让蔡小军离开的。

但蔡小军还太小，他还不能发表意见，其实蔡大军也还只是个孩子，所以，他放走了蔡小军，因为他觉得，如果蔡小军可以每天都有白馍馍吃，每天都有穿新衣裳，他就能长得更漂亮，会笑得更加咯咯响。

蔡小军走了，坐着那辆黑色汽车走了，蔡大军跟在汽车后面追了好久，也哭了好久。是的，蔡大军后悔了，当汽车启动的一刹那，蔡大军就后悔了。

一天两天……日子一天天过，蔡大军心里空落落的感觉与日俱增，终于有一天，蔡大军决定：去找蔡小军，看看就行。

蔡大军问村长蔡小军的去处，村长支支吾吾不说，蔡大军就趁着村长不在家，偷偷翻了他藏在柜子里的小本子，蔡大军知道，本子里记着蔡小军的地址，在蔡小军走那天，他亲眼看见村长记在里面的。

北京。

这两个字蔡大军认识的，蔡大军一直坚持自学，斗大的字他能认识一箩筐呢。

蔡大军卖了爷爷留给他的小房子，揣着钱就去了北京。在北京，10 岁的蔡大军虽然弄丢了所有的钱还不知什么原因被好几个跟他一样大的人揍了一顿，但是蔡大军心里是快乐的，是满足的，因为按照从村长本子上撕下来的地址，他找到了那栋二层小楼，当蔡小军像个小少爷穿着蔡大军从没见过的衣服从楼里走出来，蔡大军在角落里偷偷地乐了。

蔡大军又哭了，他用脏兮兮的手抹眼泪，心里想，小军，你过得好可真好。

他听见有人喊蔡小军做黎晨晨，这个名字虽然比“蔡小军”这 3 个字要好听得多，但蔡大军还是忍不住落泪，我的好弟弟，你还会记得我吗？

蔡大军决定再也不回那个小山村了，他要留在北京，就留在蔡小军的身边。蔡大军，一个 10 岁的孩子，他捡破烂，睡马路，就那样一天天的长大，但他很快乐，他只要每天能偷偷看看蔡小军就会很快乐。

黎晨晨 18 岁那年，家里突然变故，他的爸爸，那个 15 年前从小乡村接走蔡小军的人开车撞死了人，自己也受了重伤，不久便离了世。黎晨晨在他爸爸的墓前哭得死去活来，看得蔡大军心疼不已。

我的好弟弟，如果我死了，你也会这样哭吗?

黎晨晨变卖家产赔偿了被他爸爸撞死的人的家属，一无所有的黎晨晨在那一年遇到了一个叫管西的人，管西一眼就从黎晨晨身上闻到了与众不同的气质，她问他，你愿意做明星吗?

黎晨晨看着管西，一下子就想起了妈妈，黎晨晨从来没有见过自己的妈妈，他记事起就只有爸爸，他记得自己好像还有一个哥哥，可他不敢在爸爸面前提起这事，一提爸爸就会大发雷霆。

黎晨晨不知道要怎么回答管西。

管西笑了，她说，我是一个经纪人，不过还没什么名气，你可以做我的第一个明星吗? 我们共同努力，我觉得你一定可以的。

黎晨晨想，这个叫管西的人，笑起来可真好看。

黎晨晨变成了晨晨，3 年的时间，他和她共同的努力，他理所应当地红了。不过在浮漂漂的娱乐圈里，黎晨晨知道，所有都是泡影，都会像他的爸爸那样，说失去就彻底消失不见。唯有管西，她才是他存在的意义。

管西也知道，这个叫黎晨晨的人，命中注定需要她来爱。

后来蔡大军去找管西，蔡大军说，我是晨晨的哥哥，我叫蔡大军，晨晨不叫黎晨晨，也不叫晨晨，他叫蔡小军。接着蔡大军把兄弟二人是如何相遇又是如何离别的故事讲给管西听。他最后说，弟弟现在成了明星，我不能随随便便偷偷去看他了，但是他是我弟弟，我惦记他，所以，求求你，让颜花当晨晨的助理，她在他身边我安心也放心。

“花花，到时候如果你不去，我的演唱会就不开了，我不但不开了，我还会把这个世界捅一个窟窿，你信不信？”

第二十九章 无法诉说的伤痛

晨晨的死讯被传播开后，那些无孔不入的记者像预谋好了一样，在蔡大军、我，还有管西我们3个人可能经过的任何地方齐齐神出鬼没。只要稍不留神，就会被他们从角落里探出的相机“咔嚓”上一张。一天，蔡大军实在忍不住了，他抢过记者的相机就要往地上摔，那记者不甘示弱上来夺，两人厮巴在一起，结果几个回合下来蔡大军略胜一筹，那记者捂着肚子趴在了地上。我没阻止，晨晨死后，我自顾不暇，潜藏于内心的是生不如死的煎熬，一个明晃晃的答案无需我去求证，它像一把剪刀插进我的心里：是我害死了晨晨。

那记者没多大事儿，只是流了些鼻血，肋骨处可能被蔡大军一个寸劲儿踹到了，所以他才捂着肚子趴在地上起不来。蔡大军在这时突然哭了，这几天蔡大军敏感的像含羞草，自己坐在那儿也会莫名的红眼圈用他那干巴巴像树皮的手抹眼泪。他伸手去扶那记者，期期艾艾地说，兄弟，快起来，我是心情不好，对不住你。

男人跟男人之间，好像用“哥们儿”或是“兄弟”这样的词就能化解所有的恩怨，那记者弯腰捂着肚子捡起相机，他摆摆手，说道：“哥们儿懂，我就是混口饭吃，没关系。”

记者说完一瘸一拐地走开了。

管西变回了我第一次见她时的样子，穿白色衬衫外面套灰色针织开衫，长发盘在头顶，俨然病愈复出的模样。管西生病之后我一次都没去看过她，唯一的见面就是晨晨出事那天在医院里。那时的管西坐在轮椅上，面色苍白，看起来很孱弱。

作为晨晨的经纪人，管西要处理的事情千头万绪，他要应付记者，要面对公司和许多商家，还要赤裸裸的忍受失去晨晨的巨大痛苦。晨晨的死对管西来说是怎样的打击，除了她自己，这个世界再也不会有第二个人能明白与了解。

一个人最难熬的不是失去，而是无法诉说，这点我深有体会。当年我从沈阳来到北京，带着一肚子无法诉说的委屈，我没有办法跟爸妈说我去北京是为了找自己的亲生父母，我没有办法跟管东说你等着我，我找到亲生父母就回来，我更没有办法跟身边的蔡大军说，我其实是个孤儿，我是个没人要的孩子，看在我这么可怜的份儿上，你原谅我吧。

没人要的孩子，这是一种耻辱。

管西现在也一样，她没有办法诉说，而她身边也不存在一个可以让她毫无顾忌地吐露心声的人。她在人前一如既往的干练，根本看不出患了绝症，可我和蔡大军却时时在担心，我甚至想，这是不是一个人回光返照的迹象呢?

这样的想法出现后，我也彻底的认清了自己，我就是一个内心流着毒水的巫婆，怪不得我生下来就没人要，我的亲生父母早就看透了我，所以他们才明智的将我抛弃。

我害死了晨晨，居然一点儿都不知悔改，我还想要管西也死。

而管西的努力换来了晨晨宁静的葬礼，葬礼上只有蔡大军、管西和我。蔡大军用手摸着石碑掉眼泪，管西低头看石碑上晨晨的照片，她的嘴角始终挂着一抹微笑，好像办完了所有的事情卸去所有重担的那种释然。我站在晨晨的石碑前，晨晨死了，这个吃起东西来像个文明的小狗的人，这个笑起来温温柔柔、牙齿白白的人，这个即使生气说起话来依旧柔柔的人，这个处在繁华的舞台上高歌却始终孤独的人，这个深爱着却被逼的缄口不语的人……现在，他就躺在我身前的土地里，他化成尸骨，被长埋地下。我不相信轮回，所以，我是永生永世永远都见不到他了。

他是我害死的。

晨晨的后事料理完，管西就以摧枯拉朽之势倒下了。她躺在医院的病床上，鼻子上插着氧气，终日昏睡。蔡大军一直在旁照顾着，偶尔我也会到医院里看一看管西，但不敢常去，因为每每看到管西，我的心里总会有个声音在说:“你害死她的晨晨，她也要撒手西去了，现在，你开心了?”

报纸、杂志、网络，再也没有晨晨的消息，有一则倒是关于管西的，报道上说管西身患重病，有记者号召所有的人让这个昔日红牌经纪人可以安安静静地度过人生最后的点滴时光。

一切的一切归于宁静，这更像是一出大的闹剧，所有人在其中都能找到满足自己乐趣的支点，曲终人散时，又都各自拍拍屁股，没有一丝留恋地悄然潜回到自己的生活角色里。

大概，在这个世界，看与被看，娱乐与被娱乐，都是出于生活的本能。

唯有“标准男音”，他似乎还意犹未尽。

“标准男音”在电话里说：“晨晨是因为驾车去你家才出的车祸，你说，我要是把这件事情公众于世，会有什么效果呢?”

我的太阳穴被不知名的物体猛烈地撞击着，一下一下，“整个事情已经结束了，你还揪出来干什么?”

“是啊，晨晨已经死了，这个新闻大概没什么卖点了。不过，如果我把这件事情告诉蔡大军呢? 对了，管西也不知道晨晨是因为去你那儿才出了车祸的。”标准男音带着调侃的语调。

“你到底是谁? 你到底想干什么?”。

“标准男音”回答的不紧不慢：“有一天你会知道我是谁的，事情还会继续，做好准备，继续看戏哦。”

“求你，”我绝望地说，“别告诉蔡大军和管西。”

“你害怕?”标准男音问我。

“是的，我害怕。”我已经丧失了斗志，“所以，求你，别告诉蔡大军和管西。”

“害怕什么呢，其实作为女人，你所做的一切都是再正常不过的事情，只不过那个晨晨命不好，这纯属意外，所以你也别太自责了。”标准男音倒安慰起我来。

“能不告诉蔡大军和管西吗?”

“我考虑一下，告不告诉这都是小事情，还有一个更大的事情在后面呢。”

没等我问是什么事情，“标准男音”就挂断了电话，我像个梦游者站在窗前，任深夜的冷风吹打在我身上，这风真像一次我和晨晨录完节目从电台出来的温度。我站在窗前嚎啕大哭，泪水伴着风，很多被我吞进肚子，肚子里有了积蓄，于是，我哭的更加肆无忌惮起来。

晨晨，我对不起你，我对不起你。

多日不见的颜草，在清晨出现在我的小屋外，他穿一件黑色风衣，里面白色的衬衫领子直愣愣地杵在那儿。颜草现在已然是个红得发紫的大明星，他好像眨眼之间就替代了之前的晨晨，广播、电视、户外广告，到处都是他的影子。不过他还是上来就笑嘻嘻地拉住我的手，颜草说：“花花，我很长时间没来找你，是因为我在酝酿一件事情，还记得么? 我之前跟你说过的。这个月 27 号，我的首个演唱会，在工体，你一定要来，我是为你才唱的，一定要来哦，花花。”

我推开颜草递给我的 VIP 门票，“颜草，姐姐现在没心情去听什么演唱会。”

颜草抵住我的去路，“花花，他已经死了，我现在做的一切都是为了你，你不能不去看我的演唱会！”

“你做的一切？你做过什么？你到底是谁？”我想起昨晚的“标准男音”。

“什么我到底是谁？我是颜草啊。”颜草用双手抓我的肩膀，“花花，你变傻了？”

我定定的看颜草的眼睛，叹了一口气，颜草没有骗人，他那么单纯的一个孩子，怎么会是他，我怀疑谁也不能怀疑他，“好了，有时间我会去看你的演唱会。”

“什么叫有时间，花花，你必须得去，你记不记得，我说过要给你一个惊喜的。”

“好吧，我看情况。”

“花花，到时候如果你不去，我的演唱会就不开了，我不但不开了，我还会把这个世界捅一个窟窿，你信不信？”

“好，我会去。”我想尽早打发走颜草。

颜草面露喜色，“花花，那我先走了，彩排去，那一天，会很美好的。”

我每天都会去“煎饼妈妈”那里吃饭，几次我都想抓住她跟她倾诉，可每次眼神触碰，我的话就会自觉地缩回肚子里。她虽然是我一直心心念念想要找到的亲妈，但不知怎的对于我来说却缺少了母性的吸引，我无法接受她是我亲生母亲的这个事实。这个时候，我会想起在麻将桌旁二五八万吆喝着的妈妈，不得不承认，那个才是我想要倾诉的对象，那个人才是我想要的妈妈。

第三十章 “煎饼妈妈”的债

蔡大军照顾管西，吃住都在医院里，我则每天在家与自己的影子做伴，很多时候我不敢自己一个人呆着，我总觉得晨晨一直就站在我的小屋他站过的位置，他会跟我说话，语调虽温柔，但却充满了责备，晨晨说：“如果我没来你这里，现在，我可以守在管西身边。”

捂住耳朵却阻止不了晨晨的声音穿透我的天灵盖直达我心里，每每这时我都会慌不择路地逃出去，我往熙熙攘攘的人群里挤，我让阳光炙烤我的肌肤，只有这样，我的心才会慢慢安宁。

我很想找个人诉说，我想跟别人把事情的来龙去脉讲清楚然后跟他们求证，问他们晨晨的死是否跟我有关。我乐意从他们的嘴里听到“这根本就跟你没关系”的肯定回答，我迫切的需要用别人的话来让自己解脱，可是，我身边没有人愿意坐下来听我说些什么。

一个人也没有。

我每天都会去“煎饼妈妈”那里吃饭，几次我都想抓住她跟她倾诉，可每次眼神触碰，我的话就会自觉地缩回肚子里。她虽然是我一直心心念念想要找到的亲妈，但不知怎的对于我来说却缺少了母性的吸引，我无法接受她是我亲生母亲的这个事实。这个时候，我会想起在麻将桌旁二五八万吆喝着的妈妈，不得不承认，那个才是我想要倾诉的对象，那个人才是我想要的妈妈。

可是不甘心，我不甘心我的找寻会以这样的结局收场，这对我来说无疑是人生最大的讽刺。所以，我固执地等待，等待我在心里承认了这个妈为止。

今天的菜是土豆丝和黄瓜片，“煎饼妈妈”殷勤为我盛好饭，她还问我这几天都做了什么，我一一敷衍着。像她这样的人，恐怕一辈子都不会知道自己的孩子前不久还处在风口浪尖上，出门时还被人泼了粪。

我们是生存在两个世界的人，她不懂这个世界的浮华，她只懂得土豆丝炒了肉才更好吃。有一次她来我的住处，我在上网，她像怕弄坏我的电脑似的很不自在的坐在我身旁，我给她看网上的电影，她看着画面，怯怯地说："这东西看上去是比电视强。"

而我的妈妈，把我养大的那个时髦老太太，是会没事儿就掉小脸子跟我抢电脑在网上玩斗地主的，她还会用我的QQ号码跟那些"帅哥"网友聊天，说一些"孩子，你OUT了"、"不要迷恋姐，姐会让你吐血"的俏皮话。

嗨，我真的很想我妈妈。

吃过饭，我打算回去，"煎饼妈妈"一再地挽留我，要我陪她看会儿电视，她讨好般调来一个青春偶像电视剧给我看，还摆出一副很感兴趣的样子跟着剧情傻乐。其实她不知道，我早就过了旺盛的青春期，把孙红雷和吴尊放到我面前，我会义无反顾的投向孙哥哥的怀抱。

青春偶像剧的片尾曲迟迟不肯响起，我如坐针毡，想要借口去厕所出去透透气，一伙人在这时闯了进来。他们对我视而不见，直奔"煎饼妈妈"。"煎饼妈妈"瘫软下去，她的嘴里唯唯诺诺地说着："过几天就还，过几天肯定还。"

一个脸上带着刀疤的男子在屋子里巡视了几圈，他的目光落在墙角的电视机上，"煎饼妈妈"立刻跑过去抱住电视机，她急急地说，这个不能搬不能搬，下个月我一定还钱一定还。

"下个月？你都跟我们说过多少个下个月了？"刀疤男从衣兜里掏出一根烟点上，"我不要你的电视机，你那破电视值不了几个钱，就今天，你要是不还钱，哥几个就砸了它。"

几个地痞无赖讨债而已，我的目光与刀疤男遇上，他的兴趣由电视机转向了我，"呦，我说大婶，这你亲戚啊？长得还算标准，跟我们去酒吧还账也行。"

"煎饼妈妈"脸色铁青，她横在我和刀疤男之间，"使不得，使不得。"

"那大婶，你说怎么办吧？今天我要是拿不到钱是不会走的。"刀疤男的目光猥亵地在我的身上瞄来瞄去。

"煎饼妈妈"挡住他的视线，"我会给钱的，明天，明天就给。"

"你拿什么给啊大婶？"刀疤男冲我下流的挤眉弄眼。

"你欠他们多少钱？"我开了口。

"也不多，就3万块。"刀疤男推开煎饼妈妈，他坐到我身边，伸手想要摸我的手，我起身避开。

有股冲动在鼓舞我，我想跟这伙流氓白刀子进去红刀子出来的拼了，菜刀就在“煎饼妈妈”的小菜板上，我往菜板的方向走了几步，没想到刀疤男比我快，他从兜里拿出匕首在我面前晃了晃。

“煎饼妈妈”快速把我拖到身后，她那样子像极了大义凛然慷慨赴义的女英雄，“煎饼妈妈”说：“你们别想打我女儿的主意，要不，要不我就跟你们拼了。”

刀疤男笑了，屋子里的其他的无赖也跟着笑了，我顺势操起菜刀，他们几个为此笑的更欢了。我顿时被他们笑得下不来台，因为那股冲动的鼓舞只存在了一小会儿，后来居上的理智轻轻松松就让它们偃旗息鼓了。

我拿着菜刀继续与他们的笑声对峙，“煎饼妈妈”大惊失色，她连连说着“不敢这样，不敢这样”，我半推半就的将菜刀给了她。

刀疤男将我拽到他眼前，他的巴掌狠狠地拍到我脸上，打的我耳朵嗡嗡响，我后悔刚刚放弃了菜刀，刀疤男的脸几乎贴在我的脸上，他的嘴里散发出劣质香烟的味道。

“你找死吗?”刀疤男拿刀抵在我的脖子上，一股细细热热的液体从我的脖子上流出来。

我没说话，是吓得已经说不出话了。

“求求你们，求求你们，放了她，放了她，我明天肯定还钱，肯定还。”煎饼妈妈在求饶。

刀疤男没理会“煎饼妈妈”的苦苦哀求，他拿着刀的手继续用劲儿，我的脖颈一跳一跳钻心的疼。

“砸!”刀疤男一声令下。

电视机被扔在地上，几根木棍轮番向它开火，可怜它刚刚还乐呵呵的放着青春偶像剧，眨眼的工夫，就支离破碎冒着烟吭都不吭一声了。还有那些锅碗瓢盆，碎了一地，晚上吃的黄瓜片带着油腻腻的身子遍体鳞伤地躺在地上。

刀疤男的刀还卡在我的脖子上，我稍有动作，就疼得一身冷汗，屋里已经没有什么可砸的了，“煎饼妈妈”哀嚎着不断求饶。刀疤男看着满屋子的零碎，满意地点点头，刀也从我的脖子上拿开了。

我捂着流血的脖颈斜眼看他们，他们大概是害怕了，刀疤男扭着脖子发出格格响：“我们只想拿钱走人，你是她女儿?正好，父债子偿，3 万块，明天晚上我来拿，没钱就抢人，别想跑也别想报警，我们的厉害你妈妈清楚得很。”

说完，几人匆匆离开。

这群无赖走后，“煎饼妈妈”赶紧找来干净的毛巾替我捂伤口，我一阵目眩，“煎饼妈妈”要带我去医院，我安慰她说，没事儿，就是破了皮，这点儿小伤不用去医院。

如我所愿，那血只流了一会儿就不流了，伤口处也渐渐结痂，如果刚刚我真被那群无赖割破了动脉就此一命呜呼，不知道谁会为我哭呢?

“他们明天还会来吗?”我问。

“会，这帮家伙要钱不要命的。”

“那报警吧。”我说。

“煎饼妈妈”脸上露出惧色，“要不得，要不得，这群人你可不了解，警察都惹不起他们。”

“那怎么办?”

“煎饼妈妈”一筹莫展，“我也不知道。”

“还是报警吧。”我继续建议。

“孩子，实话告诉你吧，你爸爸就是被他们逼死的，咱们家惹不起他们，真惹不起啊。”煎饼妈妈眼泪刷刷流下来。

“那个，那个谁，爸爸，死的时候你报警了吗?”爸爸这两个字被说出口是如此的别扭，我觉得自己真是大逆不道，我对不起家里那个像小熊一样温柔的爸爸。

“报了，警察也管了，最后也没弄出个啥结果。”

“怎么会欠他们钱呢?”

“你爸爸那几年没钱看病，我跟他们借的高利贷，后来还不起，他们来讨，你爸爸活活给气死了。”煎饼妈妈长叹一声，“我这辈子命苦啊，对不起你，也对不起你爸爸。”

“要不你明天去我那里躲一躲吧?”

“哎，欠债还钱，这总躲着什么时候是个头呢。”

“先躲躲吧，钱我看看能不能帮你想办法还上。”

“那怎么行，傻孩子，我欠你的太多了，怎么还能拖累你呢?”

“这——这没什么，真没什么。”我言不由衷。

我何尝不晓得自己一穷二白的现状，但此时此刻，除了做出这样的决定，我还能有什么其他的好办法呢?

“煎饼妈妈”禁不住我的一再坚持，简单收拾了几件衣服跟我回了家。家里地方实在太小，我安顿好“煎饼妈妈”就去了蔡大军那里，反正他整天在医院，房子空着也是浪费。两天两夜，相安无事，那帮无赖不可能找到我住的地方。第三天，蔡大军回来了，他进门看到我并未表现出多少吃惊，自从晨晨去世后，蔡大军变得麻木了，任何事情似乎都提不起他的兴趣。

“你脖子怎么了?”蔡大军问。

“没什么，不小心划伤的。”我摸摸脖子。

“哦，怎么住我这里了?”蔡大军又问。

“有个朋友住我家里，反正你这里也空着，我就过来住了。”

“住吧，挺好。”

“那个——管西，她——她还好吗?”

“不是很好，昏迷之后醒过几次，但没多久就又睡过去了。”

“哦，你回来还去医院吗?”

“去，我回来收拾几样东西就走。”

“那一起吃晚饭吧，好久都没一起吃饭了。”

蔡大军想了想说，“好，你想吃什么?”

“咱们在家里吃吧，我那个，那个朋友做饭很好吃的。”

我突然想落泪，世界上的很多东西，都是这样的在不知不觉中悄然被我们遗失了，我们从不留心，到了想要挽留的时候，伸出手，却发现早已相隔千里。蔡大军再也不是以前的蔡大军了，他每天都眉头紧锁行色匆匆，他再也不会哄我开心由我欺负了。而我也不再是我自己，上帝伸出一根手指，他向左摆我就不能向右，潜藏于我内心的反抗情愫弄破了同样潜藏着的毒瘤，自私与毒辣便流遍了我的整个心。

蔡大军吃的很少，他也没问旁边这位50多岁的妇人如何成为了我的朋友，他像酒桌上疲于应酬的客人，心不在焉的夹菜添饭，随时等待可以抬腿走人的机会。

或许不该留蔡大军吃饭。

因为那伙无赖踹开了房门，蔡大军因此损失了3万块。

我不知道那帮家伙是怎么找到这里的，他们踹开房门，二话不说，先掀翻桌子，然后有人上来用刀逼住我，还是刀疤男，他拍着我的脸说：“跑？我看你往哪儿跑?”

“煎饼妈妈”又来求情，她好像只会这一招，“求求你们了，放过我们吧。”

“你们干什么?”蔡大军问，语气相当沉稳。

“你又是哪儿冒出来的?”刀疤男横着脸。

“我是这屋子的主人。”蔡大军说。

“呦，主人？哥们儿你真是命苦啊，要伺候两个女人，那 3 万块钱你替她们还呗？”刀疤男屌里屌气。

“什么 3 万块？”蔡大军问。

“装糊涂？他们娘儿俩欠我们 3 万块，欠债还钱，天经地义。”刀疤男说。

“娘儿俩？你欠他们钱？”蔡大军将头转向我，见我仍被刀逼住，他皱了一下眉，随即说道：“先放人，我给钱。”

“你有钱？”刀疤男问。

“有，你先放人。”蔡大军说。

刀疤男使了一个眼色，架在我脖子上的刀挪开了，我起身跟蔡大军解释，蔡大军一点儿听的心思都没有，他只顾钻进床底下掏出他那个锈迹斑斑的钱盒子。里面只有几百块钱，蔡大军拿开这几百块钱，从盒子的底部掏出一个存折，他拿存折在刀疤男他们眼前晃了晃说，这里有你们要的 3 万块，但是这个时间银行都关门了，你们明天派人来取吧。

“明天？逗我们玩呢？我知道你那存折里有几毛钱？”刀疤男说着上来抢存折，被蔡大军躲开了。

“我今天晚上不走，你可以派人在外面守着我们，明天一早，我就取钱出来给你们。”

“守着你们？当你们是皇亲国戚呢？”

“钱我一定给你们，如果你们非要闹下去我就报警，如果你们阻止我报警我现在就跟你们拼个你死我活。”蔡大军说着从菜板上抓起菜刀，印象中的蔡大军，何时这般沉稳与英勇过？

“好吧，”刀疤男想了想，“都是男人，我喜欢你的做事风格，明天上午 10 点，我过来取钱，3 万块，一分不能少。如果你们想报警，在这之前我劝你们好好考虑清楚，认认真真打听打听我刀疤这个人。”

“我们不会报警，明天上午 10 点，你们准时来拿钱。”蔡大军说。

刀疤男点点头，带着他那些小无赖们摇摇摆摆走了，其中一个在出门之前随手将菜板上的一碗菜反扣过来，他还回头冲我们挑衅地笑。

“我们还是连夜搬走吧。”我开始收拾东西。

“煎饼妈妈”擦着眼泪说，“能搬到哪里去呢？搬到哪里他们都能找到，我这辈子真是作孽啊。”

“不用搬走，我有钱还他们。”蔡大军说。

“骗骗他们就好，你怎么可能有那么多钱。”我继续收拾东西，我还叫“煎饼妈妈”也赶紧收拾。

蔡大军把存折递给我，上面的数字是——10万！，我把1后面的那些个零又数了一遍。平日里连身新衣服都舍不得买的蔡大军居然有10万块的存款！？

“我有钱给他们，所以你不用搬走。”蔡大军看着我说。

“这个——”

我心中有好多疑惑，不过碍着“煎饼妈妈”也在，不好发问。“煎饼妈妈”倒很知趣，她见我欲言又止，借故去厕所，推门离开了。

“你哪儿来这么多钱？”我问蔡大军。

蔡大军掏出一根烟放进嘴里点燃，他蹲在地上，慢悠悠地吸了一口，吐出，又吸了一口，再吐出，蔡大军以前是不抽烟的。

“这些年攒的，是想给晨晨结婚的时候用，不过现在用不着了，明天替你还了债，剩下的给管西治病吧。”吸够了烟的蔡大军说。

“晨晨”这两个字像一记闷棍击在我头上，内心的诸多情愫被打的飞扬四溅，我躲闪不及，自责、难过、思念等等等等，所有的一切像雨水一样倾盆而下……我无助的站立着，努力使自己内心的翻腾不显现出来。

爱自己的偶像爱到要出结婚钱，蔡大军也算头一个。

“我问你个事情。”蔡大军把吸完的烟头在地上蹭了蹭。

“什么？”我问。

蔡大军没抬头，依旧在蹭烟头，“晨晨死前，是你叫他来你这里的吗？”

“我——”我想否认，但说不口，想承认，同样不能说出。

“是你吗？”蔡大军抬起头，他突然哽咽了。

“蔡大军对不起，我也没有想到会变成现在这个样子，”我知道再也无法隐瞒下去了。

我蹲下身去，拉起蔡大军的手哀求，“蔡大军，对不起，我对不起你。”

泪水滴在蔡大军的手上，不知道是我的还是他自己的。

“咋是你？咋就是你！”蔡大军的手从我的手里抽出来，他狠狠地砸自己的头，就好像那脑袋不是他自己的。

我的心疼的厉害，“蔡大军我求求你，你不要这样，你原谅我，我求求你，你原谅我！”

多日来的隐忍终于像火山一样喷发，我需要痛哭，我需要蔡大军像砸自己头那样踢我打我，我迫切需要一场身体上的疼痛来化解我内心的伤痛。

蔡大军只是砸自己的脑袋，我去阻止，他把我摔到一边，我趴在地上号啕大哭，“蔡大军，你不要这样，都是我的错，我害死了晨晨，都是我的错，我求求你，求求你，你打我骂我，你杀了我吧。”

不知是不忍看我这样，还是真的是恨透了我再也不愿见到我，蔡大军起身欲离开，我爬过去拽他的裤腿，继续乞求，“蔡大军，你原谅我，你原谅我。”

蔡大军哭着说，“我不想见到你，颜花，我再也不想见你了。”

“蔡大军，你原谅我，我求求你原谅我。”我苦苦哀求。

蔡大军甩开我，只留下一句话：“颜花，我再也不想见你了。”

妈妈，　我回家了。

第三十一章　她不是我妈妈

世界上没有人能预测下一秒发生什么，就像有人说，2012 年会是世界末日，我倒希望这个世界末日可以提前，提前到此时此刻，我不想让自己如此低廉地趴在地上苦苦哀求泪水肆意滂沱却仍唤不回一个人的回头。

刀疤那伙无赖第二天没再找来，想必是蔡大军找到他们还了“煎饼妈妈”3 万块钱的结果。

那晚“煎饼妈妈”出去之后就没再回来，可那时的我已经没有任何心情和精力去寻这个亲生的妈妈了。我只想躺着，躺在地上也好，床上也罢，我只想让眼泪尽情地流淌。

那一刻，我体会到了痛彻心扉的绝望，不是为了晨晨的离去，也不是因为是自己的过错才让晨晨离去的，而是因为蔡大军，因为他那么决绝的扭头。

我日日躺在床上，看窗外的蓝天白云，我那么羡慕飞鸟，它们可以自由地穿越，尽情地翱翔，蓝天白云，明亮到刺眼，我不想让眼泪再掉下来。

我也想到了“标准男音”，那个网络里和报纸上频频出现的“欣欣然”。我给娱乐周刊打过电话，但他们却说杂志社里从来没有谁用过“欣欣然”这个笔名。而杂志上发表的“欣欣然”写的关于晨晨的稿子都是通过邮箱传给他们的，他们也从未真正见过“欣欣然”这个人。

面对这些娱记，“来路不明的稿子未加任何调查你们怎么就可以发表?”这样的问题我没有去问，如果追究起来，就会正好中了他们的圈套，得利的怎么说来都会是他们，他们巴不得将自己越炒越火。

去通信商那里查“标准男音”电话的所在地，被拒绝了，通信商说他们不可能凭空说查谁就查谁，这涉及客户的隐私问题，如果我有公安部门的相关手续，他们倒是很乐意为我服务。

所以，“标准男音”隐匿得完好无损，我拿他毫无办法，我连自己的亲生妈妈都可以找到，却找不出一个频频给我打电话的人。

一定是“标准男音”给蔡大军打了电话，告诉了蔡大军真相。可我不恨他，自作孽不可活，我早该得到这样的下场。

一切都已经发生，该有的伤害，最坏的伤害都已经出现了，还揪住“标准男音”不放会让我内心的绝望减少一点吗？会让晨晨活过来吗？会让管西醒过来吗？会让蔡大军回头再看我一眼吗？

不会的，因为这一切根本就不是“标准男音”的错，一切的根源都在我这里。如果当初我不来北京寻找什么见鬼的亲生父母，如果我没去应聘助理，如果我没有爱上晨晨，如果我还是一个心地善良的人，这一切就不会发生。

这一切发生的太不应该了。

该如何去弥补？

晨晨又站在屋子中央，他柔柔地说，你说过，你会救管西，你为什么还不去救她呢？

像一道闪电击中我的头颅，我一个激灵，醒了，管西，管西还在医院里昏迷着，我答应过晨晨会去救她，而晨晨也是因为这个才来到我的住处，然后奔赴了死亡。

我只顾期期艾艾，只顾不断表白自己是多么的难过多么的自责多么的痛苦，却忘记了还有一个生命需要我去救，还有一个对逝者的承诺需要我去兑现。

我是一个多么自私的人。

我从床上爬起来，几天不吃不喝不动的我突然就觉得周身充满了力量，来不及梳洗打扮，直奔火车站，回沈阳，找到管东，穷尽所有，一定要他救回管西！

下午一点多的火车，要回去了，是不是该告别呢？可惜身边已经没有了可以告别的人，颜草不行，他又藏起来预谋他的那些惊喜去了，蔡大军也走了。

还剩下谁呢？

大概只剩下“煎饼妈妈”了，是该跟她道别一下，毕竟，毕竟有着血缘关系。况且她这几天没回来我都没给她打过一个电话，一丁点儿作为孩子应尽的孝心我都没有表现出来。

“煎饼妈妈”的小家像着了洗劫，电饭锅不见了，菜板不见了，床上的被褥也没了，只剩下一个见了我扯开话匣子抱怨个没完没了的老太太，是她的房东。

“这家的主人哪里去了？”我问。

“该死的老王，走了都不说一声，谁知道她去哪儿了。”老太太抱怨。

“你说这家的主人姓王？不是姓李吗？”我以为自己走错了屋子，看看四周，没错，是“煎饼妈妈”的家。

“你找谁啊？这家人就姓王，卖煎饼的。”

“是卖煎饼的，可她告诉我她姓李啊。”

“谁知道你们怎么回事，反正她卖煎饼就姓王。”

“那她的，她的丈夫是不是几年前死了的？”

“谁说的！这个你可不能乱说，她老头子活得好好的呢，也卖煎饼。”

“什么？”

“她姓王，她老头子姓张，都是卖煎饼的。”

“那她是不是长头发，平时卖煎饼的时候爱穿一个花格子围裙的？”

“对，就是她，这个老王，搬走了也不告诉我一声，你说我这房子是要租人还是继续给她留着呢？”

我跟老太太确认好半天，才弄明白，“煎饼妈妈”租她的房子快20年了，“煎饼妈妈”不姓李，她姓王，她的丈夫姓张，他们两个的营生就是在街边摆摊卖煎饼，他们还有一个儿子，早就结婚搬出去单过了，房主从没听过她还有一个女儿打小被遗弃了。

第一个反应是我被骗了，被“煎饼妈妈”给骗了。

我开始回忆以往的种种，她的哭泣她的拥抱她的拘谨，现在看来，似乎都被镀上了虚假的色调。她骗了我，她的欺骗是有预谋的，刀疤跟她是一伙的，现在蔡大军的3万块钱到位了，她理所当然的卷铺盖走人。

可是，她怎么会知道我是一个弃婴，她又为什么来骗我呢？会是“标准男音”干的吗？

一定是他！

“煎饼妈妈”不拿金马奖最佳女主角真是屈了才。

忽然之间，我如释重负般一身轻松，拍拍裤子上刚才在小屋里蹭的灰，心情愉悦的想要飞，她不是我妈妈，太好了！她不是我妈妈！

当然，我也会嘲笑自己，颜草身边多了一个老的可以做妈的天娜时我恨铁不成钢天天训斥他，可颜草比我强，人家天娜供吃供喝还供颜草当明星。可我呢？不但给自己找了个假妈，蔡大军的3万块也被人家骗走了。

但这些抵不住我内心的愉悦，她不是我妈妈，我就又可以跟沈阳家里的小熊爸爸撒娇，跟和我抢面膜的妈妈吵嘴，我还可以继续把颜草的脑袋按进脸盆里，大声说：“你给我老实点儿，我是你姐。”

我突然明白，家人，不一定非要和你有血缘关系，只要你爱他们，他们也爱你。

妈妈，我回家了。

我想不明白，为什么管东就是不肯回北京救他的姐姐，那是他的亲姐姐，即便是小时候因为他的姐姐，管东被忽略了，应得的父爱母爱也被分割了，可那又算什么呢？血浓于水啊，管东他怎么就不懂呢？如果现在生病的是颜草，就算要我把脑袋割下来喂狗吃，我也会毫不犹豫甘心情愿的。

第三十二章　我们永远是一家人

火车停靠在我熟悉的车站里，脚踩在沈阳的站台上，就像踩在我踏实的心里。阔别了两年，找寻了两年，还是回到了最初的地方，这不能不说是一种宿命。以前我像个不安分的小兽，明知没有结果也要拼命去找寻，现在，我笑过痛过，终于明白，我是那么爱我的妈妈爸爸，还有颜草，宿命让我们是一家人，我们就永远是一家人。

谁都不能改变，也没有必要再去改变谁。

虽然我的心早已飞回了家，但我没忘记此行的目的，我这个人也终于不自私一回了，我要去管东那里，我要把他带回北京，给管西做骨髓移植。

管东的家我以前去过几回，他的父母都是慈眉善目宁可自己吃亏也绝不拖累儿女的标准东北老人。我在管东家楼下转悠了好几圈，想着要是推开门的是陆欣，我开口的第一句要说什么。

开门的不是陆欣，是管东的爸爸，老爷子还记得我，他闪开身子把我让进屋，笑容在他的褶子脸上展开，管东的爸爸说："是小颜啊，快进屋快进屋，都多久没看到你了。"

我后悔自己没买点儿水果之类的带上来。

管东的妈妈正在厨房里做饭，听见客厅有声音，喊道："老头子，谁来了?"

管东的爸爸大声喊回去："小颜来了，你快出来，那鸡汤我来炖。"

管东的妈妈扎着围裙跑出来，"小颜? 快坐快坐，你说说，这都几年没见着你了?"

当年我和管东分手时，两位老人也不同意，多次把我叫到家里开导，他们说你跟我们管东结婚吧，房子我们马上就能给你们买，你说你们两个人处的好好的，为什么要分呢?

我把我和管东早就商量好的理由说出来，两位老人根本就不相信，管东的妈妈说，你说你们俩人性格不合? 我看怎么你们两个天天腻在一起很开心的啊?

无论两位老人如何劝解，我全都以性格不合敷衍过去，无论在哪点上，管东都是够意思的，在他的父母和我的爸妈的双重压力下，管东守口如瓶的替我保守着我要去北京的事儿，他只按我的要求一直给4位老人解释我们分手是因为性格不合。

现在，再见管东的父母，他们二老视我如初，并没有因为当初他们苦口婆心的相劝，我还是义无反顾的跟他们的儿子分手而对我有丝毫怨恨。他们见了我，就像见了久别的邻家的孩子一样，表现出来的亲切与热情让我心里暖暖的。

“阿姨，管东在家吗?”我打量四周。

“管东啊，他不在。你还不知道吧？陆欣她生了个大胖孙子给我们。”管东的妈妈喜悦里带着炫耀。

“哦？什么时候的事情啊?”

我想起陆欣最后一次来北京时挺着的似乎随时能爆炸的大肚子，是该生了。

“昨天，这不我正在厨房给她炖鸡汤一会儿送医院去。”

管东的妈妈说着要起身去厨房看锅，这时管东爸爸出来了，他说不用看了不用看了，都炖好了，我都给盛到保温杯里了。

我借故去厕所，查好500块钱，我拿出钱塞进管东妈妈手里，我说，上次我爸爸单位的事儿多亏管东帮了大忙，这次生孩子就算我的一点心意。管东妈妈说什么都不收，她说，你看你这孩子，多这心干什么，你跟管东的交情那么深，这钱我们不能要。

我把钱丢到沙发上，掉头穿鞋出门，临走我说，阿姨，你跟叔叔一起去医院吧，我走了。

管东的妈妈在门口喊我说，小颜，你说你这孩子，我还没问你找管东什么事儿呢?你咋就走了。

我在走廊里回答：阿姨，没啥事，就是来谢谢管东帮了我爸爸的忙。

我藏在楼群的角落里，等待两位老人出来，没一会儿，管东妈妈就拎着保温杯搀着管东爸爸出来了，我尾随其后，跟着他们去了医院。我本可以直接问他们陆欣现在在哪个医院的，可是又觉得凭自己以前的身份这么问怎么说来都会觉得别扭。于是只好出此下策，像个私家侦探一样跟在他们后面。

陆欣住在妇婴医院里，我记好病房的位置，准备等管东的爸妈走了再进去找管东。过了差不多两个小时，管东的爸妈才慢慢悠悠的走出医院，我避开他们，连电梯都不愿再等，直接奔楼梯上楼。

管东刚好出来扔垃圾，他看到我，既惊讶又紧张，我开门见山，“跟我回北京吧，管西现在还在昏迷，她需要你。”

管东想逃，但是他明白无论逃到哪里我都会找到他，于是，他咬咬嘴唇说，“颜花，我不去北京，陆欣刚生完孩子，剖腹产，我得照顾她。”

“以后的日子你有的是时间照顾陆欣和你的孩子，但是管西她没有多少时间了。”

“颜花，对不起，我不能去北京，我真的很讨厌那里。”

“如果你不跟我去北京，我就把你和管西的事情跟你的爸妈说，她是你姐姐，我不相信你爸妈会袖手旁观。”

“你不能这样！”管东失控地喊起来，随即又压低声音，“你不能这样颜花，你不能让我爸妈知道管西的事情，不能。”

“管西也是他们的孩子，知道管西的现状是他们的权利！”

管东把我拽离病房门口，我被他拖着到了一个无人的角落，“颜花，你不能这样，我跟你说我的事情，是因为我以为你会懂我，会明白我的苦衷我的胆怯，你不能让管西再次把我的爸妈抢走，那是我好不容易抢回来的爱。”

“管东，你真的是无药可救了，管西她是你姐，你的亲姐姐，你们本来就应该共同享受父母的爱，怎么会存在谁抢谁的问题?”

“颜花，你不是我，你不明白，你根本就不明白我小时候的经历那些，”管东蹲下身去靠在墙角，“我再也不想躺在那铁床上，再也不想他们用管子吸我的血。”

“我一定会把这件事情告诉你爸妈的，除非你跟我回北京。”

“颜花，你别逼我。”

陆欣突然出现在我和管东身旁，管东急忙起身，他很焦急似乎又很无地自容，连手都不知是要去拉陆欣还是要做其他什么别的事情。

“你昨天刚生完孩子，怎么能随便下地呢? 赶紧赶紧回病房。”管东说。

陆欣看着我，“你要管东跟你回北京? 你们想再续前缘?”

“不，不是这样的，你听错了。”我连连摆手，陆欣误会我了。

“那什么是正确的?”陆欣又问。

我看管东，我不知道管东是否跟陆欣提过他和管西的故事，管东冲我狠狠地使了个眼神，看来陆欣不知道，我还不能说。

“快回房到床上躺着去，你不能随便下地的，我抱你回去。”

管东抱起了陆欣，陆欣却拉住了我的手，这真是滑稽的场面，我几乎是间接的被管东抱回了病房。管东替陆欣掖好被角，一个皮肤皱皱的婴儿在陆欣的枕边酣睡。

“我的儿子。”管东指着婴儿笑着说。

“有什么事你们在这里说吧，如果管东想跟你回北京我也没什么，我跟孩子也可以生活的很好。”陆欣扯回话题。

“不是你想的那样的，我跟管东没什么，真的。”我解释。

“颜花，你先走吧，有什么事情以后再说。”管东下了逐客令。

眼下这情形，我也不想再呆下去，可我又心急如焚，我想马上就带着管东回北京。

“管东，那我先走了，你送我出去行吗?”

管东用眼神征求陆欣的意见，陆欣笑了一下，她用手摸着婴儿的小脸蛋，说:“去吧，早点儿回来，我和孩子等着你。”

“你必须得跟我回北京。”我站在医院外跟管东说。

“颜花，对不起，我不去北京，眼下陆欣也需要人照顾。”

“你别拿陆欣当借口行吗?如果管西死了，你觉得你会一辈子心安吗?”

管东沉默了好一会儿，他说，“颜花，你回去吧，我不跟你回北京。”

“你不跟我回去，我就把事情告诉你爸妈。”

我们又转回了以前的圈子。

“你给我几天时间考虑。”管东说。

“几天?”我穷追不舍。

“3 天。”

“不行，就 1 天，明天晚上我就要听你的答复。”

“好，你先回去吧，明天晚上我给你答复。”

我想不明白，为什么管东就是不肯回北京救他的姐姐，那是他的亲姐姐，即便是小时候因为他的姐姐，管东被忽略了，应得的父爱母爱也被分割了，可那又算什么呢?血浓于水啊，管东他怎么就不懂呢?如果现在生病的是颜草，就算要我把脑袋割下来喂狗吃，我也会毫不犹豫甘心情愿的。

看惯了北京夜晚街道上的灯红酒绿，如今走在冷冷清清的沈阳，我的心却有了难得的平静，是的，办完管西的事情，我就回家，陪我妈打麻将，给我爸捶背，他们赶我我都不走了。

我找了个小旅馆住下，等待明晚管东的决定。离家这么近却不能回，真的是凄凄惨惨戚戚，我站在旅馆客房的窗前向家的方向望，似乎爸妈淘米做饭的样子都清晰可见。

思念，在这宁静的深夜里如藤蔓般悄悄在我的心底蔓延。

“你们不爱我，根本就不爱我！”管东推开他的妈妈，声嘶力竭的喊出来。

这些话，管东大概憋在心里30年了，今时今日，他终于说出了口。这一刻，我似乎明白了管东，他或许跟我一样，秘密哽住喉咙，不吐不快，却不敢吐，因为他爱，爱着他的爸妈，他也矛盾他也挣扎，所以才想找一个出口去倾诉，他选择了我，而我却背叛了他。

第三十三章　你们为什么不爱我

管东食言了。

晚上，他把我约出来，站在医院的墙根处，他跟我讲了很多很多，而我一句都听不进去，我只想拉着他上火车，我只希望轰隆隆的火车快些快些再快些的载着我和管东回北京。

管东说：“颜花，别让我去北京，陆欣和孩子现在都需要我。而且我问过了，像管西这样再一次复发的白血病患者，再次骨髓移植也没有多大的意义，就是说我去了也解决不了什么问题。”

“你到底想怎么样？我怎么就想不明白你呢？那是你姐姐，救你姐姐的命，难道还要我这样的外人跪下来求你吗？”

“颜花，我求你了，你别再逼我了，我害怕，你不能明白吗？我以为你能理解我明白我的。”

“你的害怕和一个人的命相比，哪个更重要？”

“我都说了，我问过权威人士，他们说再次骨髓移植没有任何意义，我去了也没用，我救不了管西。”

我逼着管东的眼睛，一字一顿地说，“我现在就去告诉你父母整个事情。”

“颜花，你别逼我。”

我不再跟管东说话，朝马路对面走去。突然，我感觉后背被什么猛地推了一下，我趔趄着扑向马路中央，一辆出租车刚好经过，伴随着刺耳的刹车声，一股巨大的力量将我抛了出去，我的后背撞在了路边隔离带中的柳树上，我和一些枝叶共同下落。

出租车司机急忙下车拍我的脸跟我说话，我的意识很清晰，我也很想回答司机的问话，但是我的头嗡嗡地响，还有就是，大概是受了过分惊吓的缘故，我张了几次嘴却都说不出话来。我看见马路对面的管东脸色惨白惨白的，他的手死死地握着拳头，我明白了，是管东推了我，他想让我死。

管东在我汹涌的泪水中踉踉跄跄跑进了医院的大楼。

医院里有医生和护士跑出来，出租车司机连连问我哪儿不舒服需要什么，我用渐渐已经可以说出句子的嘴跟他们说我没事儿，我还站起来在地上蹦跶了两下给他们证明。我没有假装，我像个网络游戏里的战士，只躺一会儿蓄满血我就又生龙活虎了，除了右腿一阵疼痛，我全身上下完好无损，这不能不说是一个奇迹。

司机跟我一再确认，他说医院就在旁边，不行我领你去检查检查吧？

我摇摇头，指指身后的大树说，这大树救了我，没事儿，你走吧。

司机笑逐颜开，他说，真没事儿？那我走了？

我再次跟司机确定我没事儿，我还感谢了从医院里跑出来救我的医生和护士，跟周围看热闹的路人，我也表示了十二分的谢意。

是的，我没事儿，管东没有得逞，汽车没能将我撞死。

我只是受了内伤，我的心它受伤了。

我瘸着腿到了管东家，管东的爸爸把我拽进屋，她说："小颜，你这是怎么了？这脸在哪儿刮的？这衣服怎么也都破了？"

我说我没事儿，就是走路时不小心摔倒了，我让管东的爸爸坐下，我还招呼在厨房里做饭的管东妈，我说叔叔阿姨，我跟你们说个事情。

二位老人忐忑的望我，他们没敢坐下。

我先坐下了，我说叔叔阿姨很抱歉，我腿疼，站不住了，你们也坐吧，你们不坐我不好说话。

二老你瞅我我瞅你，缓缓地坐下。

我开始讲述，把管东说给我的统统讲了出来，不知道是不是我心上的伤转移了，我的腿越来越疼，疼得我一波一波往外渗汗，但我挺着，我挺着，我一定要把故事都说完，一定都说完。

最后我挺不住了，我哭着说："阿姨，你们去救救管西吧，她不能死。"

"你说什么？"二老的反应如出一辙，他们以难以置信的口吻同时问我，像商量好了一般。

"我说的千真万确，是管东撵走了管西，管西现在生病了，她需要管东的骨髓去救她。

"不可能，"管东妈妈跑进屋子，她拿着一打信给我看，"我们管西学习好才考上了北京的大学，又留了京，怎么可能是被管东赶去的？你看，这些都是管西写给我们的信，她说她生活的很好病也没再复发，就是工作太忙，抽不出时间回来看我们，她每个月都给我们打电话，年前我们老两口还去北京看了她，她怎么会快死了呢？而且我们管东也不可能是那种人，小颜，你是不是弄错人了？"

我为管东的爸妈描述起管西的样子来，管东的妈妈脸色灰白，她打住我说，小颜，不行，我得把管东叫回来，他不会是你说的那种人，我的儿子怎么会是你说的那种人呢？而且管西她的病不会复发的，不会复发的。

我以为管东不会回来，他回来不仅要面对当年那个邪恶的自己，他还要面对刚刚推了我的那个他。但管东还是回来了，管东爸爸打过电话没多久他就回来了，这一点似乎又让我看到了希望，我所认识的管东，是一个有责任感的男人。

进到屋子，管东低着头，他尽量不去与我的目光相对。

"小颜说的都是真的吗？"管东妈妈急于知道答案。

管东点起一根烟，他猛猛地吸了一口，随即将烟掐灭。

"对，"管东看着他的母亲，"是我撵走她的，那是我们的约定，有我在的地方就不会让她存在。"

管东妈妈颤抖着双唇，"为什么？"

"因为我恨她，恨她从你们那里得到的爱比我的多。你们是因为喜欢她才把她生出来，可我呢？你们把我生出来，就是为了救管西。你们从没顾过我的感受，只知道抽我的血，不停地抽我的血，如果把我的血抽干可以救活管西，你们一定也会那么做的。"管东挥舞着手臂。

"孩子，我们不会，我们不会那么做的。"管东妈妈揪住胸口，忏悔一般流泪，"我和你爸爸怎么会不心疼你，你那么小为了你姐姐遭了那么多罪，我们怎么会不心疼你？可是没有办法，我和你爸爸真的是没有办法，如果可以换，我们宁可得病的是自己，也不愿见你和你姐姐受那么多苦。"

管东激动起来，"你们把我丢到铁床上，按住我，让那些护士抽我的骨髓，你们这也叫心疼我？你们根本就不心疼我，我生出来就是一个工具！你们为什么就不能问问我，问问我害不害怕、疼不疼？你们为什么不爱我？为什么就不爱我？"

"管东啊，你还是管东吗？"管东妈妈捧起管东的脸，泪水浸湿了她的整张脸，"你误会我和你爸爸了，我们爱你，你是我们的儿子，我们爱你，我们怎么会不爱你？"

"你们不爱我，根本就不爱我！"管东推开他的妈妈，声嘶力竭地喊出来。

这些话，管东大概憋在心里30年了，今时今日，他终于说出了口。这一刻，我似乎明白了管东，他或许跟我一样，秘密哽住喉咙，不吐不快，却不敢吐，因为他爱，爱着他的爸妈，他也矛盾他也挣扎，所以才想找一个出口去倾诉，他选择了我，而我却背叛了他。

“你的这个畜生！”

管东爸爸哆哆嗦嗦地给了管东一巴掌，可这一巴掌好像打在了他自己身上，老爷子随即倒地，他面如土灰、牙关紧咬，脸上的表情极为痛苦，就好像被谁捅了一刀在心口。

管东扑了上去，管东的妈妈扑了上去，只有我一个人站在原地。管东妈妈从管东爸爸的衣兜里摸出一个小瓶药，她不住地哭不停地抖，药撒了一地，管东捡起一片放进他爸爸嘴里。好一会儿，管东爸爸的眉头渐渐舒展，一直捂在心口的手也拿开了，管东爸爸也哭了，他拽住管东，呜呜地说着：“都是我们的孩子，你和管西都是我们的孩子，手心手背都是肉，我和你妈妈从来没有偏过心，没偏过心。”

管东哭出来，他跪在地上，抱着自己的父母，他像一只受了伤的猛兽，压抑着自己的哭泣，管东说，我是畜生，我连畜生都不如。

管东最终答应他爸爸今晚就买车票去北京，出门买车票时他放心不下，又叫来了自己的医生朋友，那人带来一大堆设备为管东爸爸做了耐心而细致的检查，得知并无大碍，管东才出了门。管东走得很急，他好像忘记了要坐车，就像前方有根线在拼命扯他一样，只是一直走一直走。我腿很疼很疼，我跟在后面，每走一步都会汗如雨下，但我不敢停歇更不敢叫住管东。

我多么希望自己是一个小钢人儿啊。

这样我就没有疼痛，我就可以跟得上管东的步伐，甚至还能超越他。我还是跌倒了，腿的支点作用一下子被卸去了，我摔得莫名其妙，爬起来，右腿膝盖像有把刀在剜，勉强走了几步，疼得鼻尖全是细细的汗珠，实在是不行了，我叫住管东。

管东上下看我，他说：“变成现在这个样子，你满意了吗?”

“我们坐车去火车站吧。”我说。

“颜花，这件事根本用不着你来管，我跟你说我的事情是因为我相信你，可你让我觉得我很可笑。”

“管东，我是狗拿耗子了，但事情已经这样了，现在我们应该打车去车站，然后买票去救管西。”

我觉得疼痛正由内而外，一波一波从我身体里散发出去，以至我说话的时候都感觉的自己在抖。

管东招来街边的出租车，坐进车里，他说："我要先去医院跟陆欣交代一下。"

我在医院的厕所里卷起自己的裤腿，借着昏黄的灯光，自己右腿的膝盖好端端的，没有裂口子、没有流血，只是暗红暗红好像淤了血，摸上去麻麻的，已经没什么感觉，外观上来说，应该是肿了。

管东在陆欣的病房里，我不好进去，从厕所出来就一直坐在走廊尽头的长椅上等着，肿了膝盖的腿拐坏了我的腰，现在腰也会跟着像被抽了筋一般"丝丝"的疼。

半个小时过去了，管东还没从病房出来，我知道 11 点多有趟去北京的列车，现在已是 10 点，再不去火车站恐怕今晚就走不成了。又耐着性子等了一会儿，管东还没出来，打了他的电话，意外的是，管东关机了。

我隐隐约约觉得事情不对头，一瘸一拐到陆欣的病房门外探头探脑，如果我脑袋没在刚才的那场车祸中摔坏的话，病房里，没有管东?

我推门而入，病房里只有陆欣还有她和管东的孩子，果然没有管东。

"管东呢?"我问陆欣。

"他走了，"陆欣说，"他不会跟你去北京的。"

"你说什么?"我说话的声音大了些，膝盖连着腰一阵钻心的痛。

"管东跟我说了，她来征求我的意见，我的意见就是他不能跟你去北京。"陆欣回答。

"怎么能这样?!"我几乎喊出来。

管东难道忘记了刚刚他和伯父伯母抱头痛哭的事情?

"管东是我的，我必须捍卫我的爱情，而且管东已经不爱你了，你清醒清醒吧。"

"管东跟你怎么说的?"

我怀疑管东没有告诉陆欣他这次跟我去北京的真正目的，陆欣一定还误会着我与管东有不正当关系。

"你不必知道管东跟我说了什么，你只需要知道管东是我的丈夫，现在躺在我身边的是我们的孩子，你不能破坏我们的家庭。"陆欣不紧不慢地说。

"我没破坏你们的家庭，你快告诉我管东到底去了哪里，他必须跟我回北京。"

我还是没有把管东和管西的事情告诉给陆欣，恐怕管东在陆欣的心里，跟从前的我是一样的，一定是个异常有责任感的好男人，我不想去破坏管东的形象。

"你口口声声说不来破坏我的家庭，那为什么还非要管东跟你回北京生活?"陆欣问。

"管东说我要他跟我一起去北京生活?"我反问。

陆欣没回答，只是看着我，她在等我的答案。我苦笑一下，一个大胆且可怕的念头在我脑海里像火花一样闪现，可我不假思索就将这个念头付诸了行动。

我奔到陆欣的床边，一把抱起襁褓中的婴儿，我的手卡在婴儿的脖子上，但我并未用力，我只想把管东带回北京救管西。

“你干什么?”陆欣惊呼。

“联系管东，要他马上跟我回北京，不然我就掐死这个孩子。”我说。

“你放了我的孩子!”

陆欣从床上一跃而下，直逼到我跟前，我连连后退，嘴里却不松懈，“你再过来我就掐死他!”

陆欣果然不敢再动了，“求求你，放了我的孩子。”

“叫管东出来跟我去北京。”

这时，病房的门开了，进来的人就是管东，他瞪大了眼睛疑惑的看着我，我也疑惑了。

“管东，快救你儿子，颜花要掐死他!”陆欣喊道。

“颜花，你在做什么?”管东看着我。

“管东，你快救孩子，她要杀了他。”陆欣披头散发像一只女鬼凄厉地喊着。

病房门外聚了三三两两的人看热闹，医院的医生、护士还有保安也都来了，管东跟门外的保安说:“没事儿，我们自家人闹别扭，我能处理，你们都走吧。”管东说完将门从里面插上了。

“你跟我去北京我就放了孩子。”我说。

“我已经答应跟你去北京了，你这是干什么?放了孩子。”管东伸手向我要孩子。

“你不能跟她去北京!”陆欣在一旁喊道，“她让你去北京不是为了救管西，是为了她自己!”

“你跟她说管西的事情了?”管东问我。

“我没说。”我摇头否认。

“你调查我?”管东将头转向陆欣。

“放了我的孩子!”陆欣把我逼到了墙角。

我靠在墙上，卡在孩子脖子上的手佯装用劲儿，其实我一点儿都没用力，“别过来，你过来我就杀了孩子!”

“你查我?!”管东把陆欣拉到一边问。

“我没有!”陆欣回答，“管东你快救孩子。”

“颜花不会伤害孩子的。”管东看了我一眼，继续问陆欣，“你为什么要查我?”

陆欣奔回床边，她拿起电话，“我要报警，有人要杀我的孩子，我要报警!”

管东抢过电话摔在地上，“不许报警！我说了，颜花不会伤害孩子的!”

我觉得这个场面很搞笑，现在拿孩子做人质的人是我，就算做做样子，他们两人起码也要一致对外吧？可管东就当我不存在似的，只管质问陆欣。我想我得说点儿什么，我冒着被警察抓走的危险可不是为了看他们夫妻二人吵架的，我的任务很明确，带管东走，去北京救管西。

“你们两个别吵了行不行？管东你是不是跟我去北京，你跟我去北京我就放了孩子。”我终于找到机会插进一句话去。

管东似乎为没能从陆欣那里得到答案而心有不甘，他把手伸向我说：“好吧，先去北京，你把孩子给我吧。”

“你不能去北京！她要你去北京不是为了救管西，她害死了晨晨，她良心不安，她没了晨晨，她要跟你再续前缘!”陆欣情绪失控了。

“你说什么?”我把即将送到管东手里的孩子又揽回怀里，“你再说一遍?”

我盯着陆欣，她怎么会知道的？怎么会知道晨晨的死跟我有关？晨晨的死是我永远的伤痛，那是我的愧疚我的忏悔我的心魔，如果可以，我不想让任何人知道，夜夜的噩梦，醒来时湿透的枕巾，我经不起自己灵魂的拷问，可陆欣怎么会知道?

“标准男音”?

陆欣和“标准男音”有关系?

“你怎么知道的?”怀里的孩子在此刻才成了真正的筹码，“有个人经常给我打电话，他跟你有关系吗?”

“把孩子还给我!”陆欣站在原地，她的手胡乱在空中抓着。

“是谁在一步一步把我引向深渊，是不是你?”我把孩子抱得更紧。

“是你自己，你本来就是一个恶毒的女人，你早就想那么做了，我只不过是在提醒你!”陆欣像狮子一样冲我咆哮。

这话怎么如此熟悉？是的，“标准男音”说过：“我其实是另外一个你，我只是替你做了你想做而不敢做的事情。”

我抓紧孩子，我想我的眼神里一定闪出了杀气，不然管东不会紧张地说：“颜花，你要干什么？那是我的孩子，你不能伤害他。”

“告诉我究竟是怎么回事，不然你的孩子就会死!”我的矛头直指陆欣。

陆欣也一定感到了身上散发出来的杀气，她瘫跪到地上，垂着头，“我求你，把孩子还给我。"凌乱的长发里看不清她的脸，"是我，我就是打电话给你的那个人。"

"那个人是男的！你别骗我，我不是傻子！"我喊破了音。

"我用变音器，我改变了自己的声音，每次打电话我都用。"陆欣像失了魂一样，"求你，把孩子还给我，孩子是无辜的。"

"你就是'欣欣然'?"

"是的。"

孩子在我怀里"哇"的一声哭了，他响亮而凄惨的哭声响彻病房，管东向我逼来，他说，颜花，不管发生了什么，你先把孩子还给我。而陆欣像被猛兽附了体，她从地上"霍"地起来，像是一辆加足了马力的汽车不惜余力地要撞死我。

我卡在孩子脖子上的手从来都没有用过力，我不知道那孩子为什么会哭。

在陆欣到我手里抢孩子的那一刻我已经缴械投降了，我再恶毒也不会拿这么一个小小的生命开玩笑，况且他是管东的儿子。

可孩子却在抢夺中被高高抛起，我想跃起接住孩子，可我忘记了自己的右腿受了伤，我一跃，右腿"咔嚓"一声，好像里面的骨头一下就折断了，我应声倒地，我发誓，我真的想接住那孩子。

孩子掉在地上，哭声戛然而止。

管东抱起孩子往门外跑，他忘记了门在之前被他锁上了，管东撞到门上，门上的玻璃哗啦啦散了一地，管东的额头渗出血，他开锁拉门，像一阵旋风，卷着孩子出了病房，走廊里传出管东鬼哭狼嚎的声音："医生，快救救我的孩子！"

"你杀了我的孩子！"陆欣扑上来用手死死卡住我的脖子，我瞪着腿，喘不上气，死亡像一朵乌云幽幽地飘在我的头顶，灰暗，我的世界成了灰白色……

好像有人上来扳陆欣的手，我贪婪地呼吸那因此一丝一丝挤进我喉咙地空气，后来，卡在我脖子上的手突然一下子就松开，空气涌进来，我来不及适应，呛得又看见了灰白色，我咳，好像喉咙处的骨头被陆欣捏断了，我一定要把它咳到恢复原样。

清新的空气源源不断地冲刷我的大脑，意识一点点的恢复，一旁有人问我感觉怎么样，我看见他穿白色的衣服，想必是医生。我冲他点点头说自己没事，可嘴里发出的声音吓了我一跳，那声音干巴巴，好像是从沙漠里抓起来的一把沙。旁边的医生说没事的，声音过一会儿就能恢复，你到病床上躺一会儿吧。

我摇摇头，用干巴巴颤抖的声音问："孩子怎么样了?"

医生说："没事儿，孩子是吓着了，我们已经给他做了全面的检查，现在正在她妈妈怀里吃奶呢。"

我长叹一口气，谢天谢地，孩子没事。

“陆欣和管东都还好吧?” 我又问。

“都没事，都挺好。” 医生回答，“你现在感觉怎么样?”

“我没事。”

我从地上站起来，把全身的力量都给左腿，我摇晃着不断调整平衡使自己不跌倒。

闹剧一般的夜晚。

时针指向12，深夜12点的钟声从灯塔上传来，去北京的那趟列车早已离开了沈阳，今晚是走不成了，我站在走廊的窗前望着远处铁轨上驶过的列车想。

“我们坐明天一早的火车去北京吧。” 管东突然在我身后说。

我吓了一跳，没敢转身，在前一秒，我差点儿就杀了他的儿子。

午夜的风从窗外吹进来，每每闻到深夜那空旷而苍凉的风的气息我都会想哭，今天也不例外。

“我好像突然明白了我的爸妈，” 管东继续说，“就在刚刚我以为我失去了我儿子的一刹那。”

“对不起。” 我说。

管东拍拍我的肩，我回头，看见他嘴唇的苍白，“如果我的儿子死了，我真的会杀了你，真的。”

“我不是故意的，我没想拿你儿子做人质，但是那个想法突然就冒出来了，而且有很多事情，很多故事你都不知道不了解。” 我说。

“我知道陆欣一定做过对不起你的事情，” 管东略微迟疑，继而说道，“她就是那样的女人，结婚的时候我就知道，我也不是什么好人，跟你在一起的时候我会把我的那些灰暗掩藏的很好，但其实我很压抑，跟陆欣在一起就很轻松，我的那些狡猾我的阴险都可以展露出来，因为我们是一类人，谁都不会嘲笑谁。”

“如果说谁是坏人的话，我想我也应该属于坏到家的那种了。” 我说。

“颜花，我真的很害怕，我没有办法跟你形容那种感觉，就像这个世界有人晕高有人晕血一样，我一想到那个铁床，一想到那些管子，我都恨不得能去死。” 管东握着拳头跟我表达他的胆怯，“我想你不会明白的，没人能明白，要去面对一个你曾经亲手去杀过的人，你能明白那种感受吗?”

“其实没什么，你不也好好的面对着我吗?” 我说。

管东低下头，“颜花，那一瞬间，我真的昏了头，我很害怕，所以——所以我才推了你。”

“就像那一瞬间我抱起了你的儿子一样。” 我耸耸肩，“我能明白，所以我不怨你，管西也一样，她是你姐姐，做姐姐的永远都不会记恨自己的弟弟，这个我比你更清楚。”

管东点点头，“那时我想，如果你死了，我也不活了。如果你残疾了，我会养你一辈子。你别担心，我会跟你回北京的，因为刚刚面对我的儿子，我感受到了，特别强烈的一种感觉，大概，做父母的没有一个不爱自己的孩子。”

“还有一件事情。” 管东又说。

“什么?”

“你可不可以原谅陆欣，” 管东看着我，“我不知道陆欣做过什么，可无论她做过什么，她都是我的妻子，我的儿子不能没有妈妈，我请你原谅她。”

我释然地笑着，“等从北京回来，你好好呆在陆欣和儿子身边吧，让你的儿子不要像咱们一样，变得自己都不认识自己了，让你儿子做个光明磊落的人，我觉得警察这个职业不错，你觉得呢?”

“是个好主意。” 管东也笑了。

蔡大军抱起我，我的双臂环着他的脖子，没想到，那么一个干瘦的小男人居然可以有如此宽厚安全的胸膛，我不敢与蔡大军的眼睛对视，我脸红了，蔡大军喘气的声音里也带着小心翼翼。

第三十四章　死或许是另一种生

从火车上下来，管东很焦躁，他抱歉地笑笑说，我真的很讨厌北京。我给管东打气，我说，想想以后吧，你有了儿子，你们一家人会安安稳稳地生活，而救了管西，你的心就再也不会受折磨。管东掏出一根烟，他叼着，想了又想说，我要是现在说我又反悔了，我不想跟你去了，你一定看不起我吧?

我抓住管东，生怕他真的就跑了。

如果那样，你的儿子都会看不起你，我说。

管东一直跟在我后面，每过几分钟，我都会回头瞅他一眼，管东自嘲地说，放心吧，我不会跑掉的。

管西在病床上躺着，身上没插着我想象中的各式各样的管子，她好像睡着了，那安静的样子就像午后的一抹茶花，温馨与安宁。蔡大军坐在床边的椅子上，在看报纸。我敲了病房的门，管西没醒，蔡大军的头从报纸后面露出来，我想起他说过的话，颜花，我这辈子都不想再见你。

可是我来了，带着管东，你说我是为了弥补或者是为了心安都好，不管是因为哪一种理由，结果都是一样的，我必须救管西。

蔡大军起身，他没说要我进来，不过也没挥手赶我走。我自己做主进了病房，我还站到了管西的床边。蔡大军看着我，他的目光像戒备随时都可能举刀杀了管西的图谋不轨者一般。我回头，身后没有管东，他也需要勇气，这个我懂，就像我走进这个屋子也需要莫大的勇气一般。

“你腿怎么了?”蔡大军问。

“哦，没怎么，摔了一下。我答应过晨晨会救管西，现在来兑现。”我说。

“怎么救?”蔡大军的话语里没有一丁点儿激动的成分，他可能根本就不再相信我了。

“管西有个弟弟，可以做骨髓移植。”

蔡大军的眼里这时才闪出光亮，“管西的弟弟在哪儿?”

“在门外。”我回答。

管东慢吞吞地走进病房，像有心灵感应，管西醒了，他们是姐弟，本来就该心灵相通的。管西看到管东很意外，而管东就像个犯了错的孩子立在床前，他一言不发，等待发落。

“管东，你，你怎么来了?”管西从床上坐起，蔡大军适时的给她垫了一个靠枕。

“颜花叫我来的，她说要我给你捐骨髓。”管东指了指我，似乎指了我就能转嫁他的恐慌一样。

管西对我笑，她的表情她的目光，全是对我的感激，我也用微笑来回应她。可是管西却说：

“别麻烦大家了，我这个病移植了也没有用。管东，你能来，能来，我，姐姐我，死了也高兴。”

管西哭了。

“爸妈还好吗?”管西吸吸鼻子抹去眼泪。

“很好，爸妈这两天也过来看你。”管东咬咬嘴唇，“我，我其实，有件事你不知道，小时候，我拔过，拔过你的管子，你差点儿，差点儿就死了。所以，所以这次我是甘心情愿给你做移植的。”

管西的眼里带着泪花，“我知道，我都知道，那天我没真的睡着，我不怪你，是我拖累了你，拖累了爸妈，拖累了咱们整个家。”

“你知道的?”管东僵住。

管西点点头。

“那么这次，让我赎罪吧。”管东说。

管西摇摇头，“我一生出来就在麻烦你还有爸妈，那个时候我自己没法做主，现在我能自己给自己做主了，我不治了，这都是我的命，你能来，姐姐很开心，你不恨我就好。”

我不能让自己辛辛苦苦带管东来北京的成果就这样让管西一句“我不治了”给全盘否决。于是我搬出晨晨来，“管西姐，晨晨也希望你治好病——”

管西打断我，她好像看见了晨晨，脸上浮出幸福的微笑，“如果有下辈子，我不要再跟晨晨认识了，他这个傻孩子，我害了他。”

“可是——”

我还想劝解，蔡大军拉着我说，“走吧，咱们出去走走，让他们姐弟两人说说话。”

管西和管东的确应该说说话了，按照管东的说法，管西从念大学开始就来了北京，这样算来，两人起码也有八九年没见了，八九年未见的姐弟，是需要时间去了解彼此和化解恩怨的。

我跟蔡大军出了病房，8 月的北京，医院大楼对面的草地上一片生机勃勃的景象，还有周围的柳树，绿的明晃晃，让人越发觉得生命存在即是美好。

不时有穿着病服的人在家人或朋友的搀扶下从我和蔡大军身边经过，他们有的坐着轮椅，有的架着拐杖，可每个人的脸上都没有愁容，有的只是幸福和希望，大概是环境使然，美好的环境往往让人身心愉悦。

“坐坐吧。”蔡大军带着我来到一条长椅前。

对面草坪里的洒水机开始洒水，晶莹的水珠挂在翠绿的嫩草上，闪着熠熠的光彩。我一直想着蔡大军说的这辈子再也不想见到我那件事。蔡大军想什么我不知道，坐下来后他也没有说话。

“这段日子过得还好吧?”沉默悬在空中总要下落，蔡大军先开了口。

“不错，挺好的。”我揉揉发疼的右腿，“你得劝劝管西，她不能死。”

“顺其自然吧，管西的病，医院现在采取保守的中药治疗，医生说像管西这样复发的情况即使移植骨髓也没有多少希望。”蔡大军说。

“没有多少希望也还是有希望的，有希望就不该放弃。”我说。

“管西不想再折腾了，晨晨的死对她打击很大，她现在就想安安静静的生活，直到死那天。”

“有生的希望为什么要等死呢?”

“别再折腾管西了，生生死死，这就是命。颜花，有的时候放弃不一定就是懦夫不一定得到的就是失败。像管西，医学上已经没有办法救她了，而情理上，管西也累了，她的心早就死了。”

“那就这样，等死?”

“谁说等下去就是死呢，或许是另一种生。”

蔡大军何时变得这么有文化? 说的倒想是佛语。

“说说我们吧。”蔡大军突然说，“那晚，我不该说那样的话。”

悲伤一下子就涌了上来，大概我最不能接受也永远都不愿相信的，就是蔡大军有一天也会离我而去。

“是我的错，我活该。”我说。

蔡大军看着我，“不是你的错，阴差阳错，很多事情我们改变不了。晨晨死了，我不应该再失去对我来说同样重要的另外一个人。”

“晨晨死了，你能原谅我？”

“能。这些天，我总是想起咱们一起偷白菜一起摆摊，我就觉得，我不能没有你。”

这算赤裸裸的表白吗？蔡大军这个向来唯唯诺诺的小男人居然也可以说出这样的话？我没敢接话茬儿，我还没想好，我的心会宽恕我自己吗？

一对老夫妻从我和蔡大军面前走过，男的穿着病服坐在轮椅上，女的在后面步履蹒跚的推着，两人的脸上是岁月留下的痕迹，还有年轻人不曾有过的安宁，这大概就叫做“执子之手，与子偕老”吧？

有一天我老去，如果也可以有这样一个人毫无怨言地推着我走完人生，那将是何等的幸运与幸福，我这样想着。

我起身，时候不早，该回去了。身旁的蔡大军也跟着站起来，我的右腿一沾地，全身倏地麻了一下，然后整个人就倒在了地上，倒在地上的我后悔刚刚的所想，不会一语成谶，真成了瘸子要一辈子坐轮椅吧？

“怎么了？”蔡大军慌忙扶我。

我赖在地上不起来，“腿疼，”我指着自己的右腿，眼泪噼里啪啦掉下来，“膝盖疼，疼死我了。”

在这个世界上，只有在蔡大军面前，我才会是那个肆无忌惮的毫不伪装的颜花，因为我知道，只有最爱你的人才会为你的伤而伤为你的痛而痛。把眼泪和委屈留给那些匆匆的过客，只会成为他们茶前饭后的谈资与笑料。

蔡大军卷起我的裤腿，我的右膝盖红肿的触目惊心，好像是膝盖处被打了血水，只要轻轻一碰，它就啪的碎掉喷出血水来。

“怎么弄的？”蔡大军焦急地问。

“摔的。”我咬紧嘴唇。

蔡大军抱起我，我的双臂环着他的脖子，没想到，那么一个干瘦的小男人居然可以有如此宽厚安全的胸膛，我不敢与蔡大军的眼睛对视，我脸红了，蔡大军喘气的声音里也带着小心翼翼。

医生是个老太太，她一边在处置单上写字一边说，你们这些年轻人，总以为自己的身体是钢的，膝盖的伤最危险，现在拉伤很严重，都积水了，弄不好就会留下后遗症。这个是你男朋友？你不好好爱惜自己，等以后让他成天用轮椅推你吧。

“不会那么严重吧？”我被老太太吓着了。

“需要住院，你说严不严重？去，先做个核磁共振，看看韧带断没断。”老太太把单子递给我。

蔡大军又背着我楼上楼下的去做核磁共振，我说找个轮椅给我，你推着我就行，蔡大军说呸呸呸，闭上你那乌鸦嘴，你真想像大夫说的那样变成残疾人要我天天推你啊？

大热的天，光走走都会冒汗，蔡大军背着我前楼后楼的跑，累得他气喘如牛。我在蔡大军的背上，好像以前种种的烦恼事都没有了，我拍着他的背跟以前一样，我说，加油蔡大军，蔡大军加油！

蔡大军也好像忘记了所有，他回头龇牙笑，蔡大军说，颜花，你变瘦了，别老吃鸡蛋炒香肠，一会儿我给你买鸡米花。

韧带没有断，只是拉伤。

蔡大军拿着诊断单，抹一把额头的汗，然后将水珠子甩到墙角，“幸亏没啥大事，除了鸡米花你还想吃啥？”蔡大军问。

我躺在病床上，啃蔡大军刚买回来的甜苹果，我的腿被吊了起来，膝盖处缠着厚厚的纱布，纱布里面是大夫给摸的又黄又恶心的药膏，医生说，不要下地乱走，躺一个星期就能好。

我想起韩剧里那些浪漫的剧情，白色的石膏在腿上方便用笔在上面表达爱意，“不用打石膏吗？”

“你盼着自己断腿断脚？”来查房的大夫一脸慈祥。

“长这么大没住过院，觉得新奇好玩嘛。”我回答。

蔡大军拎着他的洗漱用品从管西那里转移到我的病房，也对，管西那里有管东了，当然就用不着这个土里土气的傻大军作陪了。蔡大军像个贤惠的小媳妇，每天都会为我端来腻乎乎的骨头汤，蔡大军说吃什么补什么，颜花你多吃骨头，腿好得快。

谬论，我又不是狗，天天啃骨头像话吗？

有时候我耍赖，蔡大军就一勺一勺地将汤送到我嘴边，我不喝，他就婆婆妈妈哄我给我讲道理，我最受不了蔡大军的婆妈，他那样还不如干脆一刀切开我的喉咙，把汤都咕嘟咕嘟倒进去呢。

管西要回沈阳了。

蔡大军告诉我的，他说这是管西的父母跟医生交流后做出的决定。

那管西的病就不治了吗？我问。

蔡大军说，颜花，无能为力的事情真是很多，与父母和管东一起生活是管西的梦，安静的享受命运最后的安排跟让你的亲人陪你一起疲惫不堪最后血本无归相比，你会选择哪个呢？

我沉默。

除了傻子，这道选择题，我想谁都会做。

麦克风的声音被拔掉了，颜草只唱出了几句，随即就没了声音，他孤零零地站在舞台上，没有停下来，他的嘴在动，琴弦在动，虽然没有声音，但是我全部听见了，我听见了：姐姐我爱你/原谅我现在才敢告诉你/那个答案/我爱你/不能失去/姐姐跟我回家/我多么希望自己还是那个小孩子/你牵着我的手/跟我回家……

第三十五章　最后的好戏

膝盖说好就好，就跟从来没有肿过疼过似的，不知道是要感谢医生的妙手回春还是要感谢蔡大军的悉心照料呢？有一点倒是很清楚，我希望自己可以再病一次，我希望蔡大军能天天背着我上楼下楼，看花赏月。

回到家，小褐和小黄热情地迎接了我。

膘肥体壮的两只同样是蔡大军的功劳，即使每天骑着自行车往返几十里，蔡大军也没遗弃我的小褐和小黄，这就是蔡大军，让人放一百个心的蔡大军，宁可自己吃苦受累，也绝不负人的蔡大军。

颜卓的演唱会即将如期举行，蔡大军天天把八卦周刊和报纸的娱乐版往我眼皮底下放，他说，颜花，你弟弟的演唱会哦，可是他人生第一次演唱会哦，你去不去？

我记得颜草说要在演唱会上给我一个惊喜，我真是怕自己被这个惊喜惊到小便失禁。

犹豫再三，蔡大军替我做了决定，他拿出那张上次颜草给我我没接的 VIP 门票说，“喏，你弟弟叫我给你的。”

“你这么快跟颜草也成为朋友了？”我不屑。

“我倒是想哦，不过你弟弟不愿意。你弟弟说演唱会上会给你一个惊喜的，惊喜出现之前他不见你了，说是如果见了惊喜就不新鲜了。”

不新鲜？这种新鲜也真只有颜草能想得出来。

蔡大军把买来的小喇叭还有一打荧光棒也给了我，“我给你预备的，我看电视上那帮粉丝都用这个。”

“你是给晨晨当粉丝的时候学的吧？”我没大脑地抛出一句。

蔡大军像摸小褐似的轻柔地摸了摸手中的荧光棒，“嗨，我都没去看过他的演唱会。”

“对不起。”我真想掐死自己。

“嗨，这有什么，要不这样？我还没看过演唱会呢，你带我去瞅瞅？我借你的光也开开眼，怎么样？”蔡大军挥舞着银光棒，“颜草我爱你，颜草我爱你，哈哈。”

“神经病。”

演唱会那天，蔡大军老早就要拽着我去了工体，不过我可不敢光天化日之下众目睽睽的去坐颜草给我准备好的那个 VIP 座位，我怕颜草上来拉我的手就亲，然后说，花花花花，你来啦？

我躲在角落里，看呼啦啦呼啦啦的人一群又一群拥进工体，蔡大军说，你看你弟弟，多厉害，这么多人来看，多好啊。

等待夜幕降临，工体里传出爆炸般的欢呼，我才拉了蔡大军悄悄进了现场，我没去 VIP 区，就挤在臭烘烘的人群后面，远远地看着。

颜草戴着礼帽，上身只穿了小得可怜的银色马甲，他又蹦又跳，像是涂了油的黝黑皮肤全都露出来了。

看台的人群爆出欢呼，她们尖叫的分贝随着颜草裸露的多少而起伏。疯了疯了，这个不要脸的颜草，这也能叫歌手？这要是放在古代，就是一个青楼里卖唱的舞男！蔡大军倒看得津津有味，他挤眉弄眼地捅我，“你弟弟身材不错哦。”

我唾了一口，苍天哪，家门不幸，家门不幸啊!!

天娜上台送花，台下又是一阵骚动，颜草捧着花随着升降机的下落渐渐消失，台上的大屏幕里开始播放颜草从小到大的一些照片，伴着舒缓的音乐，颜草又出现在了舞台上，这次他穿得还算像样，牛仔裤配黑色衬衫。

音乐停止，颜草挎着吉他站在麦克风前，他环顾台下，缓缓说道：这是我人生的第一场演出，我知道，这也是最后一场……

台下的粉丝大喊：不会的，颜草，我们爱你，你永远是我们的天！

颜草等台下安静下来，继续说道：我有个姐姐，她叫花花，我给她留了座位，但是她今天没来，我就知道是这个结果，可能是被我吓着了吧。我写了一首歌，写给花花的，一直想唱给她听，但是都找不到机会，她很少听我唱歌，因为我总是有一些烂摊子要她去收拾。

颜草笑了一下，“今天唱吧，《姐姐，请跟我回家》。”

就在这时，大屏幕突然暗了，全场的灯光也都暗了，足足有一分钟，大家都在等待，我也在等待，颜草给我写的歌？我是不是该感动得当场落泪呢？

突然，一张女孩平躺在水晶棺材里的照片出现在大屏幕里。场下一片惊慌，我明显感到大片的人开始往后退，就像准备随时逃跑一样，一个声音响起："这个是我的女儿，她叫陆苒，她有花一样的年龄，因为她永远定格在了20岁！就是这个人，就是舞台上站着的，你们嘴里喊着的人，因为他，我的女儿堕过胎，因为他，我的女儿得了抑郁症。我的女儿死的很惨，真的很惨，她用剪刀剪断了自己的喉咙，满地的血，我的女儿躺在血里说，'妈妈，我恨，我恨！'"

是天娜的声音！

有人开始大骂颜草，话语不堪入耳，也有粉丝替颜草回骂，人群里开始推搡，我差点儿被挤得摔倒，蔡大军搂住我，我才勉强站稳。几个小伙子上台去撕扯颜草，颜草像个小蛮牛，他甩开那几个人，声音却极其平静，他说："天娜阿姨，叫你的人不要伤害我的粉丝，给我一首歌的时间。"

颜草又冲台下说："我什么都明白，但今天来的人里面也有实实在在喜欢我颜草的，你们不要伤害她们，今天这个状况，如果出现踩踏，伤了人命，谁都付不起这个责任。"

天娜说："你说的对，人命的事，谁都不付不起责任。可你呢？你这个凶手，你害死了我的女儿！你要负责任！"

有人停手，人群歪歪斜斜，总算保持住了平衡，大家都在屏住呼吸倾听，我拨开挡在我前面的人，陆苒，叫我如何不记得这个人？当年，就是她找的我说怀了颜草的孩子，我带着她堕胎之后，她就退了学，再也没出现过。

我挤到台下，颜草眼睛放出光芒，他看到了我，颜草说："花花，我本想给你一个惊喜，站在台下听我唱只属于你的歌，一定会是件很幸福的事吧？不过没想到结果会是这样，但无论付出什么，我为的就是这一天，花花，我喜欢你，跟我回家吧。"

"你这个杀人凶手！你还我的女儿！没有人会原谅你！你害死了别人的女儿，你还喜欢自己的亲姐姐，这里所有的人都看到了你丑恶的灵魂，你将身败名裂！"

颜草弹起吉他，他唱起写给我的歌：姐姐我想你/家里面的那条金鱼/它日夜游荡/不停哭泣……

"住口！没人会听你唱歌，你要为你的灵魂赎罪，几生几世都要忏悔！"天娜声嘶力竭。

"让他唱，让他唱！"台下人群里有人齐呼起来，"让他唱！让他唱！"

这真是一个混乱的年代，美丑混淆，善恶混淆，亲情友情爱情统统混淆！

麦克风的声音被拔掉了，颜草只唱出了几句，随即就没了声音，他孤零零地站在舞台上，没有停下来，他的嘴在动，琴弦在动，虽然没有声音，但是我全都听见了，我听见了：姐姐我爱你/原谅我现在才敢告诉你/那个答案/我爱你/不能失去/姐姐跟我回家/我多么希望自己还是那个小孩子/你牵着我的手/跟我回家……

陆欣不知何时出现在我的旁边，她说，你不知道吧？我不光是管东的妻子，我还是陆苒的姐姐，天娜是我的妈妈，这才是我要的最后的好戏。

颜草在一夜之间失去了所有。世界上的看客太多了，有人蛊惑有人被蛊惑，嘲笑、辱骂、攻击，如同当初我和晨晨的遭遇。

颜草说，花花，其实我什么都知道的，天娜阿姨精神没有问题，她就是陆苒的妈妈，但是我必须这么做，我不知道要用什么样的方法才能让你明白我。或许，我自己都不明白我自己，我爱你花花，我不知道是亲情多一点儿还是爱情多一点儿。但是我知道，我想你跟我回家，爸爸、妈妈、你还有我，我想咱们4个人还像以前那样生活，只要你不走就没有人会抛弃你，咱们是一家人，你不能一个人孤零零地漂泊。

颜草说，花花，你不必担心的，我知道爸妈不能接受我喜欢你这件事，所以我会把我对你爱藏在心里，在家里，我永远只做你的弟弟，你放心，我能做到的，你跟我回家吧，你要是觉得没能找到你亲生爸妈不甘心，你就来打我耳光解恨，你不是说很想打他们耳光吗？你就把我当成你父母，你打我吧。

颜草说，花花，还有一件事情，陆苒的孩子不是我的。

“喜欢。”蔡大军好像生怕谁会从他嘴里把这两个字偷走似的，说得几乎让人听不见……

第三十六章　你有一颗会发光的心

回家的感觉真好。

没有人追问我离家又突然归来的原因，也没人提及颜草在演唱会上的一切，毕竟是个日新月异不断花样翻新的世界，谈资渐渐失去新鲜度，就会被众人遗落在角落里。

妈妈还有颜草，我们又可以在一张饭桌上为了一个鸡翅膀而争得赤膊上阵，真好。

爸爸还是小熊一样的爸爸，他看着我们3个，眼睛露出的除了幸福还有满足，真好。

颜草如他所说，自始至终都是一个规规矩矩的弟弟姿态，大概，他对我的那些爱里面，亲情的部分最终打败了爱情吧？真好。

我想这就是人生的意义所在，在你失去的同时必然会为你弥补，我终归没能找到自己的亲生父母，但却拥有如此幸福的一家人。

不过——

生活总还是缺少了点儿什么，缺少了一个可以让我欺负自己却喜笑颜开的人。

不知道蔡大军过得可好？

决定离开北京，是蔡大军的功劳，他说，跟你弟弟一起回家吧，家才是最安全的地方。我要蔡大军跟我一起回去，我说一起在沈阳摆地摊也不错呢。蔡大军却说，不了，你还有你的弟弟。

管西葬礼那天，蔡大军来了，他依旧衣衫褴褛，跟我初见他时一个样儿，黄衣蓝裤，我把一年多攒下来的两万块钱交给蔡大军，我说这是我欠你的那3万块，还差1万，我会还上的。

蔡大军盯着茶几上的钱，眼睛却不是想象中的闪着绿光，他说，颜花，你过得怎么样？

你呢?

不错，挺好。

我们的回答如出一辙，就像是商量好了的。

沉默，尴尬得要人命的气氛。

“那个，你——交男朋友了吗?” 蔡大军闪烁其词。

“我们在一起吧。” 我说，“一起摆摊，一起吃炒鸡蛋。”

蔡大军先是受到了惊吓，随即咧开嘴乐，“颜花，你别拿我开玩笑，一年多没见了，你想吓死老人家?”

“你有女朋友了?” 我问。

“没有没有没有。” 蔡大军急忙摆手否认。

“那你喜欢我吗?”

蔡大军吞吞吐吐。

“喜不喜欢?”

“喜欢。” 蔡大军好像生怕谁会从他嘴里把这两个字偷走似的，说得几乎让人听不见，“可是我不高不帅，没房没车也没钱，你会跟我这样的人在一起吗?”

我看着蔡大军，清清楚楚地说出：“可是，你有一颗会发光的心。”

图书在版编目(CIP)数据

散生的花草/刘单著.—北京:大众文艺出版社,
2010.6
ISBN 978-7-80240-598-1

Ⅰ.①散… Ⅱ.①刘… Ⅲ.①长篇小说-中国-当代
Ⅳ.①I247.5

中国版本图书馆CIP数据核字(2010)第097482号

书　　名　散生的花草
著　　者　刘　单
责任编辑　范　钧
出版发行　大众文艺出版社　发行部电话 010－65060478
地　　址　北京市朝阳区农展馆南里10号　邮编100125
经　　销　新华书店
印　　刷　三河市华润印刷有限公司
开　　本　787×1092毫米　1/16
印　　张　16
字　　数　302千字
版　　次　2010年6月第1版　2010年6月第1次印刷
定　　价　26.80元